婚約解消のち、お引越し。セイラン・リゼルの気ままで優雅な生活。

2

After breaking off the engagement,
I moved to.
Seiran Lisel's carefree and elegant life.

砂都千夕

Illustration
あんべよしろう

character

シレンディア・フォスティナ・アウリス・サフィーリア・セイラン・リゼル・アストリット・シルヴァーク

前世の記憶をもつ、6つ名の公爵令嬢。婚約者であった第2王子に婚約破棄をされたことを機に、学術都市セレスティスへの留学を決意。自由な生活を手に入れ、美食や勉学、QOL向上のための開発などに励む。

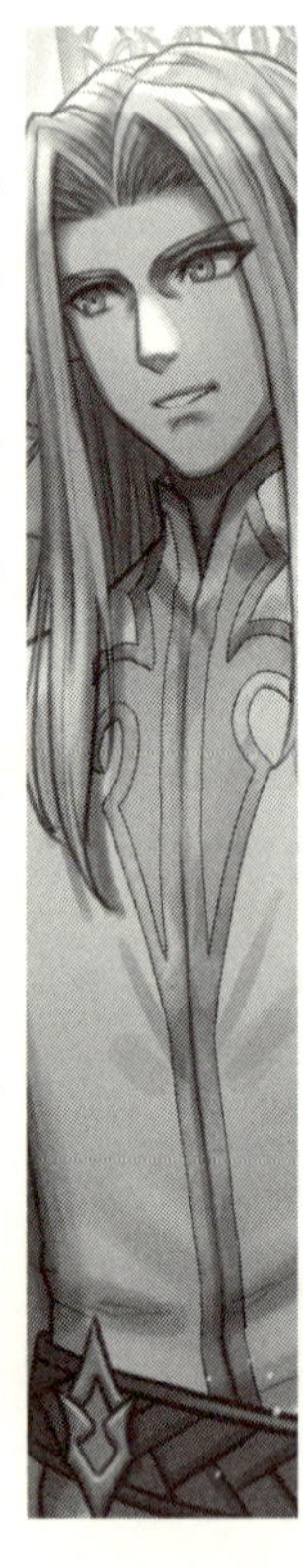

ジークヴァルト・エヴェラルド・ライソン・フィランゼア・カルス・ナリステーア・ハルヴォイエル・リーベルシュテイン

400年以上生きているハイエルフ族の6つ名持ち。リシェルラルドの王族だが、訳あり。引きこもりの研究者。

story

次期王妃候補として政治、経済、外交、語学、芸術、魔術、その他の教養も全てが完璧な、筆頭公爵家の令嬢シレンディアは、婚約者である第2王子から「真実の愛を見つけてしまった」という理由で婚約破棄される。しかし、もともとあまり権力や社交に興味のなかった彼女はこれ幸いとばかりに慰謝料で学術都市セレスティスへの留学を決める。シレンディアは目立つことを避け、6つ名の一部である「セイラン・リゼル」を名乗ることに。

自由な生活を手に入

ルナール・シュトースツァーン

——狐獣人の冒険者。実は実家が太い。食いしん坊でワイルド系イケメン。——

ジュリアス

——シルヴァーク公爵家の次男。セイラン・リゼルの弟。姉を追いかけてセレスティスに留学中。——

エリシエル——エルフ族の冒険者で、ルナールとも顔なじみ。——

イリス——セイラン・リゼル専属の侍女。セイラン・リゼルより5つ年上。とても面食い。——

クラリス——セイラン・リゼル専属の侍女長。——

After breaking off the engagement,
I moved to.
Seiran Lisel's carefree and elegant life.

れた彼女は、図書館を愛したり、商会と靴の中敷きやサプリを作ったり、冒険者ライフを満喫したりと大忙し。冒険者として手に入れた希少素材からエアコンのような魔道具を作ったり、美食やスイーツ研究にも手を抜かない徹底ぶり。

好きなことに全力で取り組む彼女に、引きこもりハイエルフや冒険者たちもどんどん魅了されて(胃袋をつかまれ?)ていく。そして留学生活も3年目を迎え、セイラン・リゼルは念願の食事処をオープンさせるが——

contents

After breaking off the engagement,
I moved to.
Seiran Lisel's carefree and elegant life.

異母弟の異変

私の名はアナスタシア。

私にはそれぞれ母親の違う弟が3人おりました。

ハイエルフは長命なためか極端に子ができにくく、リシェルラルドの先代王である父には3人のハイエルフの正妃の他にエルフの公式愛妾が3人おりましたが、正妃・愛妾含めて子はそれぞれに1人ずつしかおらず、愛妾2人が産んだ子はエルフだったために王族としては登録されず、もう1人の愛妾が産んだ子はハイエルフだったために王族として登録され、私の異母弟となりました。

私も父も、父の3人の正妃たちも、異母弟2人も、新しくできた異母弟ジークヴァルトを可愛がりました。

もともとハイエルフの王族を増やすための愛妾ですから、愛憎の感情は特になかったのです。私たちはなかなか子の生まれないハイエルフですから、幼子というのはとても可愛いものです。

ジークヴァルトの洗礼式までは、私たち家族はとてもうまくいっていたのです。

ですがジークヴァルトが洗礼式で神々より6つ名を授かったことで、私たち家族の関係は壊れました。

次期王と見做されていた異母弟アルトゥールは、新たにジークヴァルトを次期王に推す勢力を危険視し、それまでとても人懐こく良く笑う子であったジークヴァルトは、洗礼式を機にまるで感情が抜け落ちたかのようになってしまったのです。

6つ名を授けられた者は何故か感情が乏しくなるというのは、これまでの歴史にもありましたが、実際にジークヴァルトのあの変わりようを目の当たりにすると、神々は6つ名を与える代わりにその者の感情を奪ってしまうのではないかとさえ思いました。

ただ、感情的にならないというのは、国を治める上ではとても重要なことです。

嫌悪、嫉妬、執着、動揺といった感情に心揺らせることなく、常に公正に物事を見ることができるというのは、為政者としてはとても大切なことです。

その代わり、情に訴える、という手段も使えませんけれど。

父はジークヴァルトに、王位が欲しいかと問いました。

ですがジークヴァルトは、王位に就けというのなら就くが興味はない、と実に淡々と答えました。

そしてその返答が、それまで次期王となるべく努力してきたアルトゥールの逆鱗に触れたのです。

何故何の努力もせずに神々に6つ名を与えられたというだけで王位が手に入るのか。しかも6つ名を与えられるまでは兄上と慕ってきたはずなのに、6つ名を与えられた途端にまるでそれまでのことなど全て忘れたかのような目をするようになった。

ならば6つ名など失えば良いのだ。

アルトゥールはとても努力家で真面目で優秀でした。

まだ幼いジークヴァルトの言葉を聞き流すことができないほどに。

そしてアルトゥールはあろうことか禁術に手を染めたのです。

後にアルトゥールが描いた魔法陣を研究者たちが調べたところ、神々に与えられた名を無理やり奪い取る術式だったようです。

ですがアルトゥールがその禁忌の魔術を発動させると同時に、魔法陣の中心にいたアルトゥールには神の裁きの雷が落ち、アルトゥールは髪一筋も残さず燃え尽きてしまいました。

そしてその術を受けたジークヴァルトは、それまで感情の消え失せていた瞳に怒りと哀しみを映し、「こんな国滅びてしまえばよい」と呟いたのです。

それからリシェルラルドには天変地異が相次ぎました。

アルトゥールが6つ名持ちであるジークヴァルトを害そうとしたことで、神の怒りを買ったのだ、と騒がれました。

ジークヴァルトは何も言わずに神殿に籠り、ひたすら神々へ祈りを捧げ続けました。

父と母たちと私ともう1人の異母弟であるフォルクハルトは、神殿に籠り続けるジークヴァルトを何度も訪ね、天変地異を治めるためにも王に即位するよう言いましたが、ジークヴァルトは首を横に振りました。

「父上、母上方、姉上、兄上、私はこの国の王にはなれません。優しかったアルトゥール兄上を追い詰めたこの国を、私は許すことができないのです。私は6つ名を授かった時に神々によって感情を制限されたということを、祈りを捧げるうちに神々によって教えられました。ですが、アルトゥール兄上の術で神々が私にかけた感情を制限する術が緩んでしまったのです。6つ名が感情を揺らせばその影響が周囲に出ます。この天変地異は私が起こしているのです。神々の怒りではありません。アルトゥール兄上をあんなふうにしてしまったこの国に対する私の感情が、天変地異になってしまっているのです」

ジークヴァルトが淡々と語った内容に私たちは呆然としました。

それはこれまで解明されていなかった、神々に6つ名を与えられた者という存在の真実の一端に触れるものでした。

そして祈り続けたジークヴァルトは、その身に女神リシェルラルドを降ろし、天変地異を鎮め、何も知らない周囲の懇願を振り切って国を出てセレスティスに永住を決めました。

洗礼式で6つ名を授かってジークヴァルトから感情が失われるまでは、アルトゥールはジークヴァルトを本当に可愛がっておりましたし、ジークヴァルトもアルトゥールを慕っていたのです。

だからこそ変わってしまったジークヴァルトをアルトゥールは認められず、あのようなことをしてしまったのでしょう。

6つ名でさえなくなれば、元のジークヴァルトに戻るに違いない、と信じて。

あれから400年以上経ちましたが、父や母たちの葬儀にも、フォルクハルトの即位にもジークヴァルトは1度も帰国しませんでした。

ジークヴァルトは、自分が帰国することで、またリシェルラルドを天変地異が襲うことを危惧しているのです。

６つ名が神々によって感情を制限されるということが知られていれば、あのような悲劇は起こらなかったのに。

ジークヴァルトが変わってしまったのはジークヴァルトのせいではなかったのに。


ずっとこちらからの便りにも儀礼的な返事しか寄越さなかったジークヴァルトですが、最近は人間族の友人のことを書いてくるようになりました。

５００年以上の寿命を持つ私たちハイエルフが他種族と友誼(ゆうぎ)を結ぶのは難しいですが、これまでアルトゥールを失ったことによる怒りと哀しみの感情しかなく、ただ寿命が尽きるのを待つばかりで虚無的に生きてきたジークヴァルトが、わざわざ手紙に書くほどにその友人と過ごす時間を楽しんでいると知り、私はその人間族に会ってみたくなりました。

私が季節の折々に送っているお茶をその友人の作製したお菓子と共に楽しみ、２人で新しい魔術具を作製している様子はとても楽しそうです。

わざわざ私のところにその友人が考案したというお菓子を送ってくれるくらいですし。そしてそのお菓子はこれまで食べたことがないほどに美味でしたし。

もしかすると、その人間族がジークヴァルトに何らかの変化を齎(もたら)してくれるかもしれません。

私やフォルクハルトといった、ジークヴァルトが天変地異を起こした当時を知っているハイエルフには他種族に対する差別意識はありません。だって、神々と神々によって６つ名を与えられた者の前には、どの種族も等しく無力だということを心底実感いたしましたもの。それまで持っていたはずのハイエルフとしての矜持や選民意識など脆くも崩れ去ってしまいましたわ。

前回ジークヴァルトに会いに行ったのは120年ほど前だったでしょうか。いけませんね、700歳を超えると本当に出不精になってしまって。ジークヴァルトに直接会うのもこれが最後になるかもしれませんし、セレスティスに行く準備を始めましょうか。

6つ名を与えられし者の運命(さだめ)とそれを覆(くつがえ)す者

ついに食事処が完成した。

いや、私は特に何もしていないけどね、頑張ったのはアストリット商会とドヴェルグ商会とパルメート商会であって、私は既存のレシピを提供しただけである。

かなりの高級店なので、今のところドレスコードありで完全予約制だ。ドレスコードといっても、綺麗目の服装で来てね、くらいのものだけれども。

3商会共自国の上流階級にお得意様がたくさんいるから、とりあえずはその伝手(つて)の予約を受け付けている。セレスティスには上流階級出身の研究者や留学生がたくさんいるし。

エリシエルとルナールも近いうちに1度招待する予定だから、2人と付き合いのある懐に余裕のある冒険者は食べに来るんじゃないかな、高位の冒険者はお金持ちだし。

カフェタイムのみ、席に空きがあれば予約なしの当日でも入店できることになっている。

「ジークヴァルト先生、先日お話しした食事処が開店しましたの。良ければ1度いらっしゃいませんか？　食事よりもお菓子の方がよろしいですよね？」

「ほう、完成したのか。喜んで伺おう」

ジークヴァルト先生を招待するとなると、個室をキープしておかなければならない。

なんせ見惚れてしまって、食べるどころではなくなってしまう人が大半であろうことが予測されるからだ。

普段から見慣れていればさほど気にならないのだが、初対面だと破壊力が強すぎる。

というのが、私の顔を見慣れている人たちの言い分である。

私がちょくちょくジークヴァルト先生を連れて家に帰っているせいで、我が家の人間族たちは神殿の神像と女神像がお茶をしている、と思いながら眺めているらしい。

顔面偏差値はどっこいでも、ジークヴァルト先生は神々しいが、私に神々しさはないと思うのだが。

オスカーに言わせるとジークヴァルト先生は、やたらと神々しい甘党のハイエルフの一言で片付けられる。

ルナールなんかは初対面の時から私の顔なんてまるで気にしていなかったと思うのだが、残念ながらそういう人は少数派だ。

私は前世の自分の平凡顔を憶えているので、今世の顔はすごい美形だなあ、と他人事のように鏡を見ているが、前世は平凡顔なりに割と化粧映えして結構楽しかったものだが、今世では下手に化粧なんてすると大変なことになってしまうので、化粧品の開発はしていても自分が使うのは基礎化粧品以外ではせいぜい白粉（おしろい）と口紅くらいである。

その白粉と口紅ですら、セレスティスに来てからは塗っていない。常にすっぴんだ、日焼け止めくらいしか塗っていない。学校に行くのに化粧はいらないよ、まだ10代だし。

さて、ジークヴァルト先生を招待するとなると、特別メニューの準備をしなければ。

カフェタイムに来店したことのある人しか存在を知らない、完全予約制のメニュー、それはアフタヌーンティーである。

前世ではいくつもの有名ホテルのアフタヌーンティーに友人とよく行ったものだ。

あの3段スタンドに心躍らせない女はいない！　と私は思っている。

まあ、実際にはあの3段スタンドはテーブルのスペースを有効に活用するためのものであって、十分な広さがあればテーブルに普通に並べてもいいのだが、あの視覚的なときめきは3段スタンドだからこそだろう。

ドヴェルグ商会に3段スタンドを発注した時は、とても不思議な顔をされたものだが、完成してアフタヌーンティーを披露した時のリュミエールとフリージアの笑顔はすごかった。

前世から女性が大好きなアフタヌーンティーだが、ジークヴァルト先生も大好きに決まっている。

そして女性の中で一緒にアフタヌーンティーをしていてもとても似合うだろう。

もうちょっと神々しさがなければ、個室ではなくフロアで一般客と一緒に食べてもらったら良い宣伝になりそうなのだが。

当日、時間通りに馬車でやってきたジークヴァルト先生を迎えに店の外に出ると、来店のお客様には綺麗目の格好でとお願いしています、と伝えていたせいか、普段の飾り気のない白衣のような長衣とはまるで趣の異なる、白地に優美な刺繍の入った詰襟の長衣を纏ったジークヴァルト先生が丁度馬車から降りてきたところだった。

おお！　神々しさが更に増していらっしゃる！

リシェルラルドの正装はインドやパキスタンの民族衣装っぽいから、長身の美形が着ると本当に美しい。

はあ、目の保養だわ、眼福、眼福。

「ようこそおいでくださいました。お待ちしておりましたわ、ジークヴァルト先生」

「お招きありがとう」

薄っすらと微笑んだジークヴァルト先生がエスコートの手を差し出してくれるので、遠慮なくその手を取る。

今日はわざわざアストリット商会から出向して来てくれたディアスが、一瞬気圧されたような顔をするがすぐに一礼して個室に案内してくれる。

ジークヴァルト先生を招待するのなら、私の顔を見慣れている店員を給仕に付けないとまずい、とオーロラ鑑賞の際にジークヴァルト先生を見たことのあるリュミエールとフリージアが悲愴な顔をして力説してきたので、それなら、とアストリット商会の商会長であるディアスが自ら手を挙げたのだが、どうやら正解だったようだ。

個室はホールの奥にあるので、向かうまでの間、それまで楽しくおしゃべりしていた女性客たちが呆気に取られたような顔をしてこちらをガン見しているのがわかる。

うーん、やっぱりジークヴァルト先生がホールで食べるのは無理だね。良い宣伝になるかもと思ったが、食べたお菓子の味を忘れられてしまいそうだ。

「本日はアフタヌーンティーというセットを準備したのですけれど、サンドイッチの種類はどうされますか？　フルーツサンドのみか、野菜のサンドイッチも混ぜたものも準備できますし、卵のサンドイッチも混ぜるかどうか選べます。動物性たんぱく質を普通に召し上がられる方はハム等のサンドイッチも選べるようにしてあります。あとお茶も何種類か選べるようになっておりまして、ポットでサービスされます。コーヒーやココアや果実水もありますが、ジークヴァルト先生はお茶ですよね？」

この店で提供するアフタヌーンティーは私の知る正統派である。

下の段にサンドイッチ、中段にスコーン、上段にケーキだ。

ケーキ類は季節によって変更、スコーンは通年、サンドイッチはジークヴァルト先生に説明したように選べるようになっている。

本当に甘いものばかり食べたい人はフルーツサンドでいいのだろうけれども、私は甘いものばかりというのはキツイので、おかず系の軽食も欲しいのだ。

「ではフルーツと野菜でお願いしよう。卵は不要だ。お茶はシーヨックを」

「ではそのように」

「畏まりました」

ディアスが一礼して退室するが、なんだかいつになく緊張しているように見える。大丈夫だろうか。

私は最初からおかず系のサンドイッチでと言ってある。

「ずいぶんと女性客の多い店なのだな」

「この時間はお菓子を提供する時間ですので、どうしてもそうなりますね。昼夜の食事の時間は完全予約制ですが、この時間は席に空きがあれば入れますし、店内がいっぱいでもお菓子を買って帰る方もいらっしゃいますから」

これまでアストリット商会でしか販売していなかったお菓子がこちらでも買える、食べられる、ということで開店してまだ10日ほどなのだが、女性の口コミであっという間に広まったらしい。

お菓子を買いに来てカフェの予約を入れていく女性も多いようだ。私の好みで店内は前世のハンガリーのカフェ・ジェルボーのような雰囲気にしてもらったので、優雅で上品な店内でお茶をするのに憧れるのだろう。

女性は味はもちろんだけど、雰囲気も大事にする人が多いからね。

「失礼いたします」

ディアスがワゴンを押して入ってきた。

ホールをこの3段のアフタヌーンティーセットをワゴンに乗せて運ぶだけで、こんな特別セットがあるんだ、という注目を浴びただろう。ケーキ類は見本があるが、アフタヌーンティーには見本はないし完全予約制だしね。

この世界にこれまでアフタヌーンティーはなかったし、メニューの1番下に説明書きと値段を書いてあるだけなので、まだ予約は入っていないらしい。結構なお値段だしね。

まあ、アフタヌーンティーは私のお遊びのようなものなので、別に予約が殺到する必要はないのだ。

目の前に置かれた3段のアフタヌーンティーにジークヴァルト先生が唖然としているのがわかる。最初に見るとびっくりするよね、ときめくけど。

「説明は私がいたしましょう。お茶を淹れたらあちらのテーブルに説明に言ってください」

なんだかとても緊張しているディアスを下がらせて、私がアフタヌーンティーの説明をすることにする。ディアスにはジークヴァルト先生に一緒に付いてきたシェンティスとローラントのところに行ってもらおう。

ジークヴァルト先生が頼んだシーヨックは、前世のダージリンのような香りのお茶で、研究室でもよく飲んでいるのを見ているから好きなのだろう。

私は前世のアッサムに似たカルファンというお茶だ。

ちなみに以前ジークヴァルト先生が譲ってくれた抹茶もどきは、私が抹茶もどきと呼んでいるだけで、正式にはルシアンというらしい。

「下の段から説明いたしますわね。ジークヴァルト先生のサンドイッチは、ストロベリーと生クリーム、アプリコットと生クリーム、ブルーベリーとクリームチーズ、あん塩バター、トマトとレタス、キュウリとバターのサンドイッチです。中段はスコーンです。プレーンとお茶、今回はシーヨックを混ぜたものです。お好みでクロテッドクリームとストロベリージャム、ブルーベリージャム、マーマレード、ハチミツをつけてお召し上がりくださいませ。上段は季節のケーキ盛り合わせになります。本日はストロベリータルト、ブルーベリーババロア、クリームスフレ、エルトベアー・ルーラーデ、ティラミスとなっております。上段のケーキは、本日店で出しているケーキを小型にしたものになります」

春だからストロベリー系が多くなったけど、季節で変わるものだしね、ジークヴァルト先生はベリー系好きだし問題ないだろう。

ちなみに私のサンドイッチは、照り焼きチキン、ハム・チーズ、卵サラダ、トマトとレタス、キュウリとバターである。フルーツサンドを食べるのならそれ単独で十分だ。

「……これはどういう順番で食べればよいのだ？」

少し離れたテーブルからも、シェンティスとローラントもどうしたものかとこちらを窺っているのがわかる。

「基本的には下の段から食べていきますが、絶対ではありませんので、お好きなものから召し上がってくださいませ」

「そうか」

ジークヴァルト先生は優雅な手つきでサンドイッチから食べ始める。

好きなものからと言われても、基本的に下段からと言われたのでそれを守るつもりらしい。

「君は甘いサンドイッチではないのだな」

「私は甘いものはそれなりに好きですが、甘いものばかり食べるというのは少しばかり苦手ですので」

遅めの昼食も兼ねているし、塩気のあるものもないと全部食べきれないと思う。

ハイエルフのジークヴァルト先生は甘いものだけで問題なくても、人間族の食事はバランスが大切なのだ。

スコーンを半分に割ってクロテッドクリームとマーマレードをつけて食べる。

ちなみにスコーンとお茶のセットは、クリームティーとして予約なしでも食べられる。

前世ではスコーンは自分で簡単に作れたのでよく休日のブランチにしていたが、日本ではクロテッドクリームがなかなか売っていなくて、マスカルポーネやサワークリームをつけて食べたものだ。

「君と一緒に食事をしていると、私にも嬉しいとか幸せだと感じる心があったことに気付かされる」

ジークヴァルト先生がとても神々しい笑みを浮かべてブルーベリーババロアを掬っているが、かなり過分な評価をいただいてしまった気がする。

「気心が知れた相手と美味しいものを食べるのは、誰でも幸せなものですわ」

「君は常にそう感じているのだろう？　それが私には不思議なのだ」

ハイエルフにはそういう感性がないのだろうか？

ジークヴァルト先生は私のことを、時々実に不思議なものを見るような眼で見てくる。

「まあ良い。お茶の種類がもう少し豊富にあれば言うことはないな」

「このセレスティスに輸入されているお茶は網羅しているのですけれどね」

ジークヴァルト先生の研究室には、他国には輸出されていないであろうリシェルラルドのお茶が種類豊富に並んでいるから、一般的なラインナップでは物足りないのだろう。

「……君が望むのなら、リシェルラルドの商会に仲介するが？」

別にそういうつもりでジークヴァルト先生を招待したわけではなかったのだが、リシェルラルドからセレスティスへのお茶の輸入枠を拡大するような話になってしまった。

「ありがとう存じます。この食事処は3つの商会が提携して運営しておりますので、それぞれの代表者とも相談させていただいてよろしいでしょうか？」

お茶は嗜好品だからどうしても高価だし、そこから更に珍しい茶葉が入るとなるとこの食事処のアドバンテージにもなるが、値段設定も難しくなるしね。

私の一存で決めるわけにはいかないだろう。

「もちろんだ。今日はとても楽しませてもらった。礼を言う」

美々しく微笑んだジークヴァルト先生にエスコートされて玄関までお見送りすると、ジークヴァルト先生を乗せた馬車が見えなくなったところで、一緒にお見送りに出てきたディアスが横で力尽きたかのように頽（くずお）れた。

「セイラン様のお顔でしたら幼少の頃から見慣れておりますので、それと張る美形といわれても所詮男の顔に臆することなどないと高を括っておりましたが、あれほど神々しい御方とは思っておりませんでした。お2人並ぶと一層破壊力が増して……」

店の奥でげっそりとして水を飲むディアスを、リュミエールとフリージアが気の毒そうに見つめている。

「ジークヴァルト先生は神々しいですけれど、私には神々しさはありませんよ？」

「いえ、お2人並ぶと相乗効果といいますか、なんといいますか……」

ディアスの歯切れが悪い。

美術品を鑑賞しているのだと思って、気楽に眺めれば良いのだ。ジークヴァルト先生も以前楽しんで鑑賞すれば良い、みたいなことを言ってくれていたし、私もただ眺められるだけなら特に害もないので気にしない。

「ご自分のお顔が隣に並んでも一切遜色のない美貌だと気にならないのでしょうか？」

リュミエールが困ったように首を傾げるが、ジークヴァルト先生は神々しい以外に何かあるのだろうか。

「セイラン様は、そのう、あのハイエルフの方を前にして、跪きたくなるような衝動に駆られることはありませんの？」

フリージアもなんだかとても歯切れが悪い。

跪きたくねえ、注連縄かけて拝んでおこうかという気分にはなるけれども、ある意味微笑ましく見ているからなあ、そんな衝動的にははーっ！　て気分にはならないね。どこかの隠居して諸国行脚しているご老公じゃあるまいし。

「ジークヴァルト先生は私の師ですし、研究室でいつも一緒にお茶を飲みながら魔術具や魔法陣の談義をしておりますしね。研究者としての能力は尊敬しておりますが、それで跪きたくなるかと言われると少し困りますわね」

私1人ではフリーズドライの製法を魔術具で再現するなんてどれだけ時間がかかったかわからないし、魔術具と魔法陣の権威としてその知識と技術と才能には敬意を抱いているよ。

ただ、彼自身はあまり周囲に興味のない、気紛れな血統書付きの猫のようなものだと思っている。自分に興味のあるものにしか目を向けない、あまり人に懐かない、基本的に触られるのも嫌がるので専ら観賞用、というような綺麗な猫さんだ。

3人が肺の中の空気がなくなるのではないかというくらい深い深いため息を吐いた。

「やはりセイラン様にはおわかりにならないのですね……」

「体質的なものなのでしょうか……？」

「何故あのような御方と同じテーブルで物怖じせずに食事ができるのか……」

なんだろうか、まるで私がどこかおかしいようではないか。

私はジークヴァルト先生と一緒にいるととても楽というか、多分波長が合うのだろう。許されるのなら隣で昼寝でもしたいくらいに落ち着くのだが。

だがとてもそんなことを申告できる雰囲気ではない。

「もし良ければリシェルラルドの商会を仲介すると仰ってくださいましたよ。お茶の種類が少ないのが不満だそうです」

3人が揃って呻き声を上げる。

「この店のためだけに、これまでリシェルラルドから他国へ輸出していないお茶を輸出させるということですよね!?」

「とんでもない付加価値が付くことは確かですが、どのような条件になるのでしょうか!?」

「エルフ族は排他的な種族ですから、新規の取引となるとかなり難しいと思うのですが、あの御方はセイラン様のためにそれを仲介してくださると!?」

確かに私が望むのなら、とは言われたが、お茶の種類が少ないのが不満なのだし、アフタヌーンティーはジークヴァルト先生の心をガッチリ摑んだようだから、来店時に自分が楽しみたい、というのが大きいんじゃないかな、ジークヴァルト先生はかなりのお茶道楽だし。

セレスティスにはエルフ族が結構多く住んでいるから、そのエルフ族のために多少は融通している、という程度なんだよね、この国に輸出されているリシェルラルドの嗜好品は。

エルフ族もダークエルフ族も、排他的なのは前世での知識とあまり変わらないなあ。どちらも鎖国しているわけではなく、多少なりとも他国と国交がある分マシなんだろうけど。

他国との国交の活発なアルトディシア、フォイスティカイト、ヴィンターヴェルト出身の私たちとは感覚が違うんだろうなあ、獣人族のヴァッハフォイアも多種族国家だけあって基本的に他種族の国とも友好的だし、やはりエルフ族は難しい。

「ええと、あまり乗り気でないようでしたらお断りいたしますけれど……」

「いいえ！　滅多に他種族と提携などしないリシェルラルドの商会と提携できるとなれば、それは私共の商会にとってこれ以上ない利益と宣伝を齎します！　セイラン様、本来商人ではない御方にお任せしてしまうのは心苦しいですが、よろしくお願いいたします！」

3人に深々と頭を下げられ、なんでお茶の取引枠を増やすだけでこんな大事になっているんだろう、と私は遠い目になった。

「3商会共に新しいお茶を店で提供することができるのなら、と非常に乗り気でしたので、ご面倒をおかけしますが、リシェルラルドの商会への仲介をお願いしてもよろしいでしょうか」

今日の手土産はストロベリーババロアだ。

もともと私はスポンジ系のケーキよりも、ゼリーやババロア、プリンといった系統のお菓子の方が好きである。生まれ変わっても嗜好というものはあまり変わらないものなのだな、と思う。

「わかった、本国へ連絡しておこう。もしかしたら、本国の使いの者が先日の食事処での食事を希望するかもしれないので、その時はまた頼む」

「もちろんですわ。他国へ輸出していないお茶を輸出するとなると、合わせるお菓子やお料理を確認したいと考えるのも当然ですもの」

「本来商談等の席には私は同席しない方が望ましいのだが、本国からの使いに誰が来るかによっては私も同席した方が良いだろう。そして私が同席するのなら君も。君も本来ならば出資しているだけで経営にはあまり携わってはいないのだろうが、エルフもハイエルフも他種族に対して差別的な意識を持つ者が多い。あの食事処を経営しているのは君と懇意にしている人間族とドワーフ族の商会なのだろう？　不愉快な思いをさせては申し訳ないからな。君以外の者が私と同席するというのは苦痛だろうが、我慢してくれと伝えておいてくれ」

どうやらジークヴァルト先生は、自分の存在が周囲になんらかの影響を与えてしまうのを自覚しているらしい。

わざわざ私の周囲が不愉快な思いをしないようにと同席してくれるつもりらしいのに、なんだか酷い話だ。

「どうもジークヴァルト先生の前に出ると強制的に跪きたくなる衝動に駆られる者が多いようなのですが、先生はその理由をご自分でご存知なのですか？」

ジークヴァルト先生は自嘲するように薄っすらと微笑んだ。

ツキリ、と何故か胸が痛くなる。

「君はこの国に来てから周囲には公表していないようだが、6つ名持ちであろう？　6つ名持ちは私の纏う気配に臆することはないからな。君も薄々気付いてはいただろうが、私も6つ名持ちだ。そして昔そのことでこの身に異変が起こったことがある。もう400年以上経っているのに、未だにその残滓が消えぬのだ」

「……それは、私の身にも起こりえることですか？」

6つ名持ちであることで何かがあるということだ。私は自分のことを公共インフラのようなものだと思っているが、それ以外にも何かあるということだろうか。

「6つ名である限りないとはいえぬが、滅多にあることではない。シェンティスとローラントは私に仕えるために、影響を受けないよう常に魔術具を身に付けている」

おや、そんなに周囲に影響のあるものなんだ。なかなか人前に出られないはずだね、これは。

でも我が家の人間族たちは割と平気そうなのだが。

「先生は我が家に何度も来られていますが、我が家の者たちは割と平気そうですよ？　特に我が家の料理人などは、失礼を承知で申し上げますけれど、先生のことをやたらと神々しい甘党のハイエルフと称しておりましたし」

くっ、と声を出してジークヴァルト先生が笑い出す。

いつも微かに微笑むだけなのに、なんか急に本気で笑い出してこっちがびっくりだ。

「君の家の人間族は皆君の庇護下にあるからだろう。おそらく君が無意識のうちに守護しているようなものだ。君自身、従来の6つ名持ちとはかけ離れた存在だしな。私はこれまで自分以外の6つ名に5人、君を入れると6人会ったことがあるが、君ほど感情豊かな6つ名に出会ったのは初めてだ」

うーん、私はかなり感情の薄い方だと思うのだが。

この世界に転生してから喜怒哀楽の感情が薄くなったなあ、と自覚しているし。

恋愛感情はもちろん、怒りや憎しみといった強い感情に心を揺さぶられることがない。いや、前世でもかなり淡白な人間だったから、こんなもんだろうと思っていたのだが、まだ18歳という年齢から考えるともっと感情的でもおかしくないとは思う。

ディオルト様が私という婚約者がいたにも拘わらず、侍女と浮気して真実の愛なんてものに目覚めたのも、婚約者の私があまりにも淡白で面白味のない人間だったからだと思うし。

「……そうだな、そのうち話そう。君ならば、神々が我ら6つ名を与えた者に対してしている仕打ちも、そんなことかと受け入れられるのかもしれぬし」

……仕打ち。

6つ名というのは、神々によってロクな扱いをされていないというのが、今のジークヴァルト先生の言葉でよくわかった。

ただでさえ、国の公共インフラ扱いされているというのに、これ以上何かあるのだろうか。

私は前世の日本で生まれ育った記憶があるから、神様というのはその辺にたくさんいて、つかず離れず適度に敬意を払いつつ生活するものだと思っているからなあ。

まあ、日本には祟り神もたくさんいたから、適度にお供えしつつも触らぬ神に祟りなし、というのが神様との正しい付き合い方だと思っている。

あれだよ、実話を元にしたホラー小説や映画は楽しめても、実際に心霊スポット巡りになんか行ってはいけないのだ。その辺ね、わざわざ祟り神に触りに行ってしまう人の気持ちが私には全く理解できない。

だが、この分だと私の望むと望まざるとに拘わらず、神々とは関わることになってしまうのかもしれないな、と私はできれば外れていてほしい予感にげっそりした。

「きゃー！　すっごーい！　何これ、素敵！」

エリシエルをアフタヌーンティーに招待すると、案の定ものすごく喜んでくれた。

ルナールはガッツリ食事の方がいいだろうけど、肉魚も普通に食べられるがやっぱり甘いものが大好きなエリシエルはこちらの方が良いだろうと思ったのだ。

なんせこのアフタヌーンティー、値段はディナーと変わらないのである。

1度招待したらあとは自分で予約して来店するだろうから、エリシエルはアフタヌーンティー、ルナールはディナーに招待することにした。一応2人にも確認したけど、2人共それでいい、と即答したしね。

さほど甘いものを好むわけでもないルナールに、この女性客ばかりの時間帯に一緒にアフタヌーンティーを食べさせるのは申し訳ないし、本人も居心地が悪いだろう。

先日のジークヴァルト先生と同じようにフルーツサンドと野菜サンドを注文して幸せそうにパクついているエリシエルを見ていると、もういっそサンドイッチはエルフ族用とそれ以外の種族用に分けてもいいいんじゃないかという気分になる。

来店は綺麗目の服装で、と伝えておいたので、今日のエリシエルは緑色に華やかな刺繍の入ったパンジャビのようなワンピースだ。美形のエルフ族にはよく似合うわ。いつもは冒険者として動きやすいラフな服装だから見違える。

「ん？　なあに？　セイランさんのサンドイッチも美味しそうだよね、1種類ずつ好きなの選べたらもっと嬉しいかな。冒険者は女でもよく食べるから、全種類選ぶ子も出てくると思うよ？」

「それなら、サンドイッチは何種類選ぶかによって値段が変わるようにしても良いかもしれませんね。基本は5種類で、小銀貨1枚追加で1種類ずつ追加可能とかにしてみましょうか」

サンドイッチの内容は季節によっても変わるが、基本的に常時10種類前後準備してある。

最初に好きなものを5つ選んで、そこから追加できたら嬉しいかもしれない。

「あ、いいね、それ！　内容も季節によって変わるんでしょ？　エルフ族の冒険者なら通いつめちゃうんじゃないかな」

「このアフタヌーンティーは3日前までに予約していただかないとなりませんし、お値段もそれなりに張りますよ」

なんせこのアフタヌーンティー、中銀貨5枚もするのだ。

日本円の感覚だと5万円だよ!?　この店のディナー設定は3種類で中銀貨1枚、3枚、5枚だから、1番高いディナーと同じ金額なのだ。この世界でのお菓子の値段が知れるというものである。

この辺の酒場で冒険者が夕食を食べようと思えば、それなりに飲んでも小銀貨2～3枚だというから、酒代抜きでのこの店の値段設定がいかに高級かがよくわかる。

それでも1度来店した人は皆挙って予約を入れるらしいので、美味しいは正義なのだ。

「セイランさんは私とルナールと専属契約してるんだから、金カードの冒険者がどれだけ稼ぐかよくわかってるでしょ。銀カード以上になれば結構贅沢できるんだよ。まあ、冒険者の中には金遣い荒くて後先考えてないようなのがたくさんいるのも事実なんだけどね」

宵越しの金は持たねえ的な冒険者というのもテンプレな気はするが、確かにエリシエルもルナールもお金には全然困っていないだろう。私の依頼は銀カードくらいの値段で快く引き受けてくれているが、それは食事や魔術具を提供しているからだし。

「この1番上のケーキも季節で変わるんだよね？　もう、本当に通いつめちゃうよ、私！」

「季節でも変わりますが、その日の仕入れによっても変わりますよ。店頭に出しているケーキを小型にしていますしね。基本は5種類ですが、日によって数も4～6種類に変動します。下段のサンドイッチも時にはミートパイやキッシュを混ぜるかもしれませんし、中段のスコーンもプレーンのみ固定で、お茶以外にナッツ類やドライフルーツ類、チョコチップを混ぜたり、マフィンやワッフルやデニッシュにしても良いかもしれませんね。いつも同じだと飽きますしバリエーションを考えないと」

　エリシエルがプルプル震えている。

「ああもう、この店がある限りセレスティスから離れられないエルフ族が続出しちゃうよ！　各国の首都に支店出してくれない!?　世界中を自由に動き回るのに憧れて冒険者になったのに、どこにも行けなくなっちゃうよ！」

　食べ物のためだけに1か所に留まるのか。でもまあ、この世界では大半の人は生まれた土地から動かないからね。自由に憧れて冒険者になったというのなら、自分の意思で1か所に留まるというのも、それもまた自由だろう。

「サンドイッチもスコーンもケーキ類もどれもセイランさんの家で食べさせてもらったことあるのが多いけど、それがこんな風に1度にやってくると幸せが3倍どころか10倍になった気分だよ！　お茶もセレスティスに入ってきてるのは全種類置いてるんだね。スムージーや果実水も好きだけど、やっぱり私は甘いお菓子にはリシェルラルドのお茶が1番好きだな」

飲み物はお茶類、コーヒー類、ココアの他にスムージー類、フレッシュジュース類、軽めの果実酒や発泡酒をカフェタイムには提供している。

昼夜の食事時間にはもっと酒の種類が増える。

ジューサーミキサーも私は魔術具で作製したので、この店のスムージーやフレッシュジュースは大人気なのだ。

材料となる素材と魔石さえあれば、魔術具は大概のものを作れると思う。

「お茶の種類は今後もう少し増えるかもしれませんよ。先日ジークヴァルト先生を招待したのですが、お茶の種類が少ないのが物足りないと言われまして、リシェルラルドの商会を仲介してくださることになりましたから」

カラーン……と音をたてて、エリシエルの手からフォークが落ちる。

大きな緑の目が零れ落ちそうに見開かれていて、瞳孔開いてるんでないかとちょっと心配になる。

「……え？　ジークヴァルト様がわざわざ仲介するの？　そりゃあ、どの商会でもひれ伏して駆け付けてくるだろうけど、わざわざ交渉に出るの!?」

自分の気に入ったもののために動くのは別におかしなことではないだろう。私たち権力者の側はその規模が大きくなるというだけで、一般庶民の口コミや紹介とやることはさほど変わらないと思う。

「そんなに驚くことですか？　リシェルラルド本国から誰が交渉のために来るかはわからないとの

ことでしたが、もうほぼ決定事項ですよ？」

「……前から思ってたけど、セイランさんてジークヴァルト様に物凄く気に入られてるよね……私みたいに冒険者しているようなエルフ族はそうでもないけど、本国にいるエルフ族は他種族を見下してるようなのが多いから、できれば気を悪くしないでね？」

エルフ族が排他的なのは今に始まったことではない。

寿命が他種族より長いからなのか、容姿が優れている者が多いからなのかは知らないが、エルフ族に差別意識の強い者が多いというのは有名な話だ。

エリシエルの言うように、冒険者としてリシェルラルドから飛び出してくるようなのは割とそういう感覚が薄いのだろうが、私もアルトディシアで次期王妃としてディオルト王子の婚約者をやっていた時にリシェルラルドの外交官に、これだけ美しければ将来的に我が国の王の愛妾にでも推挙できる、というようなことを言われ、筆頭公爵である父親がリシェルラルドからアルトディシアへの宣戦布告と見做してもよろしいか？　と実に冷ややかに対応して、周囲の心胆を寒からしめていたのを思い出す。

他国の次期王妃予定の女性に、自国の王の愛妾に推挙できる、とは失礼にも程がある、とあの後しばらくアルトディシアとリシェルラルド間の関係は冷え込んで、そのリシェルラルドの外交官は更迭され、正式にリシェルラルドの王からの謝罪文が届けられた。

まあ、あの一件で大半のエルフ族が人間族のことをどう思っているかがよくわかったものだ。

あの外交官としては、純粋に私の美貌を褒めたつもりだったんだろうなあ。

「この食事処を運営しているのは人間族とドワーフ族の3商会ですので、リシェルラルドからの使者によって不愉快な思いをさせないように、ジークヴァルト先生も商談の席に同席してくださるそうですから大丈夫だと思いますが」

エリシエルが呻き声を上げてテーブルに突っ伏した。

「……ありえない。ジークヴァルト様が人間族やドワーフ族の側に立って、リシェルラルドとの商談を纏めるなんて。そんな姿見たら世を儚んで首吊っちゃうエルフ族が続出しそう……」

「大袈裟ですわね」

「大袈裟じゃないよ！　ジークヴァルト様はハイエルフの中でも特別なの！　伝説なんだよ!?　いつかジークヴァルト様が全てを許してリシェルラルドに帰還されるのを、エルフ族は皆心待ちにしてるんだから！」

はっとしたようにエリシエルが口元を押さえる。

全てを許して国に帰還、ね、４００年くらい前に神々絡みで何かあったと言っていたから、それに関したことなんだろうな。

それにしても、１００年以上生きているのに、感情制御が下手だね。おかげで面白いことが聞けたけど。

エリシエルに政治や外交は無理だろうな、友人としてはとても付き合いやすいけどね。

「……ごめん、今のなし。聞かなかったことにして、忘れて?」

「構いませんよ。まだ食べられそうでしたら、季節のパンケーキとスムージーも付けますが?」

「わあ！　食べる、食べる！　メニュー見るとどれも美味しそうで、全種類制覇するまで遠出する依頼は受けずに毎日通おうかと思ってたんだ！」

うーん、アフタヌーンティーを完食した後に更にパンケーキを食べられる、エルフ族の甘いもの専用胃袋恐るべし。


食事処が開店して軌道に乗ったので、私はこれから夏に向けての新メニューのために魔術具を作製することにした。

それはソーダサイフォンである。

天然の炭酸水（この世界では発泡水と呼ばれている）はあっても、前世のように密封して運ぶというのが難しいのだから、当然気が抜ける。結局、炭酸水というのはそれが湧いている場所でしか飲むことができないのだ。ソーダサイフォンが作製できれば、果実酒を割ることもできるし、前世のレトロな喫茶店の定番メニュー、クリームソーダが作れるではないか。あの鮮やかな緑色は流石に難しいが、何色かのパステルカラーのソーダ水にアイスクリームを浮かべたら綺麗で、きっと人気も出るだろう。

「ジークヴァルト先生、発泡水を作製するための魔術具を作製したいのですが」

「発泡水？　わざわざ作ってどうするのだ？　発泡酒の類なら私も嗜むが、ただの水なら発泡していようがいまいがどちらでも良いだろう？　時間が経てば泡など消えるのだし」

ジークヴァルト先生が首を傾げる。

それが一般的な考えだよね。私も水として飲むなら断然ノンガス派だし。でも、暑くなると冷たい炭酸を飲みたくなる時もあるんだよ。

「度数の高い果実酒を割るのに使ったり、あとは香りと甘味と色を付けてアイスクリームを浮かべたいのです」

「またぞろ私の理解の範疇を超える飲み物の話になってきたな、果実酒を割るというのはまだわかるのだが……」

ジークヴァルト先生が白銀の髪をかき上げて考え込んでしまった。まあ、クリームソーダはジークヴァルト先生も好きだと思いますよ？

「空気中から二酸化炭素……発泡成分を分離させて水に注入したいのですけど、その発泡成分をどのように保管すれば良いかと思いまして」

二酸化炭素自体は空気より重いから下方置換で集められると思うんだけど、それを密封して保管する方法に悩んでいるんだよ。

「空気の保管か……風船魚はどうだ？　確か以前行った湖に生息しているはずだ。捕獲するのもさほど難しくないだろう」

「なるほど。ありがとう存じます。早速冒険者に依頼を出してみますわね」

風船魚はたしか見た目はフグのように丸くて、トビウオのように湖の上を飛ぶ魚だったはずだ。何匹か獲ってきてもらって検証してみよう。魚だから、生臭くならなければ良いのだが。

「私は君の頭の中がどうなっているのか1度覗いてみたい」

ジークヴァルト先生がため息を吐いて今日のお供え物であるサヴァランを口に運び、目元を微かに綻ばせる。お酒の風味が強いから気に入ったのかな。

私の頭の中を覗いたところで、美味しい料理と本と音楽のことくらいしか考えていないと思うけどね。

風船魚は特別珍しかったり強かったりする魔物でもないので、ルナールに頼むとすぐに納品してくれた。見た目はやはりフグである。

「風船魚なんて何に使うんだ？」

これまでほとんど依頼に上がったことのないらしい素材にルナールが訝し気な顔をしている。昔は風船魚を革袋の水筒のように使用していた時代もあるそうだが、今はもうもっと良いものが開発されているので廃れたらしい。

「発泡水を自分で作りたいと思いまして。上手くいけば今日のお菓子に合うようなお酒を提供できると思いますよ」

今日のお菓子はフィアドーネだ。前世のコルシカ島のチーズケーキである。かなりチーズの風味の強い濃厚なお菓子なので、ハイボールとか合うと思うんだよね。

「なら楽しみにしておこう。お嬢さんは本当に色々な物を思いつくよな」

私が思いつくというよりも、前世の知識にあるものを頑張って再現しようとしているだけなんだけどね。言わぬが花だ。

風船魚は乾燥させると本当に風船のように伸縮性のある袋になってくれた。生臭さもなく無臭である。しかも下方置換で二酸化炭素を貯めると一杯になったところで勝手に口を閉じて密封状態になってくれた。なんて出来た魚だろうか。あとは蒸留水に注入すれば炭酸水の完成である。弱か強くらいの濃度調整ができれば言うことなしだ。

「とりあえずお茶を割ってみますか」

「発泡水でお茶を淹れるのか？」

「いえ、濃く煮出したお茶を割るんですよ。発泡水を加熱したらせっかくの泡が消えてしまいますし。暖かくなってきましたし、お茶も冷たいものが飲みたいと思いまして」

この世界、お茶を冷たくして飲む習慣がないんだよね。大概の飲み物は常温だし。でもセレスティスの夏はアルトディシアより暑いから、私は冷たいものが飲みたい。

シェンティスに頼んでアールグレイのように香りの強いお茶を濃く煮出してもらう。コップに氷を入れて炭酸水を注げばティソーダの完成だ。まずは味見にお茶を淹れてくれたシェンティスに渡す。

「あら、美味しいですね」

一口飲んだシェンティスが紫の眼を見開く。

「この氷の上にアイスクリームを乗せます」

持参した冷凍箱からアイスクリームを取り出しティソーダに浮かべる。レモンの蜂蜜漬けも持参したので、輪切りのレモンも1枚添えてみる。

「あら！　あらあらまあまあ、なんて美味しいのでしょう！」

いつもは落ち着いた雰囲気のシェンティスが満面の笑みでクリームティソーダを飲む姿に、普段は無言でジークヴァルト先生の後ろに立っていることの多い護衛騎士のローラントが堪らず声を上げる。

「セイラン・リゼル殿、私にも1杯頂けるだろうか？」

「ええ、もちろんですわ。レモンの蜂蜜漬けを割っても美味しいと思うのですが、いかがですか？」

「なら私はそちらでお願いする」

クリームソーダ用のグラスも欲しいところだね、フリージアのところの職人たちに相談してみるか。細長いスプーンはパフェ用に作ってもらったものがあるから大丈夫だな。蜂蜜レモンのソーダ割りにアイスクリームを浮かべてローラントに渡してやる。

「ジークヴァルト先生はどちらになさいます？」

「私はお茶でもらおうか」

初めてのクリームソーダを嬉しそうに飲んでいる側近2人を呆れたように眺めていたジークヴァルト先生にクリームティソーダを渡し、私は蜂蜜レモンクリームソーダにする。うん、久々の味、やっぱり夏は炭酸だ。

「ほお、美味だな」

「強めのお酒を割っても美味しいと思いますよ」

あとはジンジャーエールとかね。冷凍したベリー類に注いでも美味しいと思う。うん、クリームソーダ以外にも炭酸のメニューがいくつかできるね。食事処の飲み物メニューが一気に増えるわ。

あ、どうせ浮かべるなら、アイスクリームだけでなくソフトクリームでもいいな。ソフトクリームは前世で姪っ子の夏休みに一緒に作った記憶がある。ただ、アイスクリームと違って保管ができないから、食事処のメニューには向かないだろう。注文の度に作るのは手間がかかりすぎる。まあ、私が個人的に楽しむ分には問題ない。久々に作ってみるか。


リュミエールとフリージア、ディアス夫妻を招いて、炭酸メニューの試飲会を開いた。何種類ものクリームソーダにジンジャーエール、冷凍フルーツのソーダ割り、どれも好評で新メニューとして追加が決まった。アルコール類の炭酸割りもだ。

「セイラン様の発想にはいつもながら脱帽です」

「この冷凍したフルーツに発泡水を注いだものは本当に美味しいです。発泡水を作製する魔術具というのは私が個人的に購入できますか？　自宅でも飲みたいです」

「炭酸ガス……発泡成分を抽出するための魔術具が別にありますので、魔術具は2つ必要ですよ。蒸留水に発泡成分を注入するための魔術具とは別物ですから。2つセットで商業ギルドに登録いたしましょうか」

前世でも自宅用のソーダサイフォン売ってたもんね。そんなに爆発的に売れることはないだろうけど、最初は近隣の飲食店を中心に需要があるだろう。これでまた不労所得が増える。

「あとこれは商品化は考えていませんので、この場で楽しんでいただくだけのメニューなのですけれど、ソフトクリームといいます」

ガラスの器に綺麗に絞り出されたソフトクリームが運ばれてきた。ソフトクリーム美味しいよ？私の好みは、ミルクの味が濃厚に感じられるタイプだ。大好きなんだけど、塩と氷を入れたボウルの上で氷を入れ替えながらひたすらかき混ぜるのはかなりの手間だ。作り置きもできないし。

「「「「！」」」」

ソフトクリームを一口食べた4人が目を見開いて固まった。

「セイラン様！　このお菓子の商品化を考えていないのは何故でしょうか!?」

「アイスクリームのようですのにもっと柔らかくて滑らかで……なんて美味しいのでしょう！」

「アイスクリームでしたら溶けたら水のようになりますのに、何故これは滑らかなままなのでしょうか？」

「私はこのお菓子を毎日食べたいです！」

お、おおう。4人の剣幕にタジタジとなる。美味しいんだけど、美味しいんだけどね、料理人のオスカーでも毎日作るのは勘弁してほしい、と泣き言を言っていたんだよ。なんせ作りながら他のことをするというのもできないし。

「作るのに時間がかかる上に作り置きもできないのですよ。凍らせてしまうとアイスクリームのように固まってしまいますから」

注文が入ってから提供するまで1時間くらいかかるというのは、食事処のメニューには向かないだろう。地味に氷と塩も大量に消費するし。この世界、冷蔵庫と冷凍庫は別物で、冷蔵庫よりも冷凍庫の方が遥かに高額になるため、基本的に冷凍庫は業務用かかなり裕福な家にしかない。勿論、大商会の会頭一族であるこの4人の家には冷凍庫くらいあるだろうけど、そもそもただの氷を作る習慣というのがないんだよね。だからセレスティスの我が家には、食品保存用の冷凍庫とは別に私が作った製氷機があるのだ。アルコールはそのまま水で割るものであって、氷を入れて飲むというのは初めてだ、と我が家の酒飲み代表クラリスが言っていた。私は前世から強い酒はロックで飲むのが割と好きだったのだが。

あ、ということは、かき氷も物珍しいか。

私は夏場はかき氷よりもソフトクリーム派だったが、一夏に1回くらいはかき氷も食べたくなっていた。夏限定で桃のかき氷を出す食事処があって、思い出したように行ってたなあ。有名寺社の近くにある食事処で、にゅうめんとかのメニューと並んでフルーツ系のかき氷があったのだ。他には、氷屋さんが作る器も氷でできたかき氷とか。

「なるほど、作り置きができない……」

「セイラン様！　私はこのソフトクリームを自宅でも食べたいです！　レシピを譲ってくださ い！」

私が前世のかき氷に思いを馳せている間も、4人は必死にソフトクリームをもっと食べたいと言い募っていた。前世のソフトクリームメーカーは偉大だった。こんなに美味しいソフトクリームが簡単に手軽に作れたのだから。ソフトクリームメーカー、作れるか？

　その前にフリージアのドヴェルグ商会にかき氷メーカーを作ってもらおうか。ふわっと粉雪のように氷を削れる刃を作ってもらわないとね。ドワーフ職人の腕の見せ所だ。前世で子供の頃にご家庭用であったかき氷器は氷が荒くてみぞれのようだったし。魔術具じゃなくても大丈夫だろう。リュミエールのパルメート商会はかき氷シロップの開発だ。

「ソフトクリームについては、学院の師と一緒に少し考えてみますので、夏に向けてもうひとつ冷菓の開発をいたしましょう」


　ドヴェルグ商会のドワーフたちは、氷を粉雪のように軽くふわりと削れるような刃を、という注文に俄然張り切った。回すだけで何の力も入れずに氷を削れるような道具を、というかなりふわっとした私の説明に文句も言わずに請け負ってくれた。いつもすまないね、て感じである。ちなみにドワーフ族の皆さんはせっかくの酒をわざわざ割ったりしないとのことで、ソーダサイフォンはノンアルコール飲料にしか使用しないそうだ。

　かき氷シロップは何種類か開発してもらおう。リュミエールのパルメート商会はフルーツを何種類も扱っているし。削った氷にかけるのだというとリュミエールは変な顔をしていたが。

「氷というと水ですよね？　つまり味はほとんどないですよね？」

前世日本では、『枕草子』にもあてなるものとして載っていた伝統あるお菓子である。

「そうですね。雪のようにふわりと削られた氷に甘いソースをかけて食べるのです。夏限定のメニューとしてどうかと思いまして」

「水と混ざることを考えると味は濃いめの方が良いでしょうか。フルーツをすり下ろして、ハチミツやお砂糖を加えてみるということでしょうか」

「ものによっては練乳を加えても美味しいと思いますよ。泡立てた生クリームや卵白と混ぜてふわっとするようにしても」

私は定番の苺練乳のかき氷が好きだ。

エスプーマもちょっと考えたが、あれって確か亜酸化窒素ガスだよね、笑気ガスじゃないか。魔術具で作製できないことはないだろうが、扱いの面倒さはソーダサイフォンの比ではないだろうしやめておこう。普通のかき氷で十分だ。

ドヴェルグ商会のかき氷器ができるまでは、とりあえずナイフで氷を削ってソースをかけて相性をみて、と試作を進めるようお願いして、私はソフトクリームメーカーだ。

「ジークヴァルト先生、作り置きのできない冷菓があるのですが、味見にいらっしゃいませんか？可能なら簡単に作れるような魔術具を作製してみたいと思っているのですが」

「君は最近食べ物関係の魔術具ばかり作製していないか？　いや、個人の自由だし構わないのだが」

ジークヴァルト先生に呆れたような眼を向けられるが、今更である。美味しいものを食べたいという以上のモチベーションが他にあるだろうか。

「まあ良い。伺おう」

最近はジークヴァルト先生と一緒に馬車で帰るのにも慣れたなあ、と思う。家ではオスカーがソフトクリームを作るためにスタンバイしてくれているはずだ。

「どうぞ。ソフトクリームというお菓子です」

冷やしたガラスの器に絞り出したソフトクリームが運ばれてくる。色々な味のものを作れるが、まずは基本のミルク味だ。

「！」

一口掬って食べたジークヴァルト先生が、その薄い金色の眼を見開く。

「このお菓子は作り置きができないとのことだったが、作るのにも手間がかかるのか？」

「そうですね、氷と塩を入れた金属の器に氷を継ぎ足しながらひたすらかき混ぜなければなりません。温度が上がれば当然溶けてしまいますし、下がれば今度は硬くなってただのアイスクリームになってしまいます。出来立てを食べなければならないのです」

「なるほど、攪拌と温度調整が重要ということか。作っているところを見せてもらうことは可能だろうか？」

最近の私は食べ物関係の魔術具ばかり作製している、とか言っていたくせに、ジークヴァルト先生だってソフトクリームメーカーを作製する気満々ではないか。ひどい掌返しだ、別にいいけれども。そんなジークヴァルト先生を見つめるシェンティスとローラントも眼が輝いている。そんなにソフトクリームが気に入りましたか、エルフ族の皆様は。

厨房に現れたジークヴァルト先生にオスカーは一瞬ぎょっとしていたが、長年私の相手をしてきているせいか卒なく対応してくれた。いつも苦労をかけて申し訳ない。でもこれできっとソフトクリームメーカーはジークヴァルト先生が作ってくれるよ。

「ソフトクリームがお気に召されましたか」

「君がこれまで差し入れてくれたお菓子はどれも美味であったが、あれは別格であった」

お、おおう。別格ときましたか。真顔で宣うジークヴァルト先生に内心慄く。

だが、シェンティスとローラントも真顔で頷いている。

「急ぎ作製しよう。完成したら魔術具とソフトクリームのレシピを購入させてほしい」

「いえ、作製に協力してくださるのですから、完成したらどちらも差し上げますよ」

私1人でも作製することはできるとは思うけどね、ジークヴァルト先生が一緒に考えてくれればすぐに完成するだろう。

「良いのか？」

「ええ、勿論です。召し上がっていただいたのはミルク味ですが、各種フルーツ味やチョコレート味も美味しいですし、2種類を半分ずつの層になるように絞り出しても美味しいですしね」

私は定番のチョコレートとミルクのダブルソフトが好きである。この際だから三角のワッフルコーンも作るか。ワッフルコーンを作るのに魔術具は必要ないだろうし。

「とりあえずは温度調整に水の魔石と、攪拌に風の魔石か……常時一定の温度で冷やすことを考えると氷輝石とフレンスヴェルグの風切り羽根と……」

ジークヴァルト先生がブツブツと呟きながら材料の選定に入った。私がルナールとエリシエルに素材を依頼しなくても自分の素材庫から見繕ってくれるらしい。先生の素材庫は白金クラスの素材が山と積み重なっていて、よくこれだけ集めたね、というものばかりである。ただ、素材は稀少で価値も計り知れないが、扱うのにも相応の技術と魔力が必要である。技術というのは本人の努力次第だろうが、魔力に関しては6つ名持ちの私とジークヴァルト先生は苦労しないが、それ以外の人にとっては色々と制限があるんだろうね。

ソフトクリームメーカーの完成よりも先にかき氷器が完成した。こちらはドワーフ族の技術の粋である。いかに氷を薄く細かく削れるかと何度も試作してくれたらしい。グルグルとレバーを回すと真っ白な雪のような氷が器に降り落ちてくる。

「まあ、本当に粉雪のようにふわふわですね。これにフルーツのソースをかけるのですね」

かき氷器はドヴェルグ商会にお任せしたが、かき氷シロップについては何度かパルメート商会にお邪魔して味見をさせてもらった。普通の果実水ではダメなのか？　と料理人たちが首を傾げていたからだ。エスプーマっぽいふわふわしたシロップも卵白を泡立てたものと混ぜて作ってみた。

「あら！」

一口スプーンで掬って食べてみたリュミエールが青い眼を見開く。

「口に入れてもふわふわですわ！　ただの氷にフルーツソースをかけたところで商品として売れるのかと半信半疑でしたが、このすっと溶ける口溶けはとても素敵です！」

「本当に。うちの職人たちが何度も刃を作り直していましたが、その甲斐がありましたね」

「選んだフルーツソースのフルーツをトッピングして、お好みで練乳もかけられるようにして、暑い夏には売れると思いますよ」

かき氷にストロベリーソースと練乳をかけて食べているフリージアはとても幸せそうだ。ドワーフ族の女の子は小さくてなんだか妖精っぽくてとても可愛い。


そしてソフトクリームメーカーも完成した。いやはや、とても早かった。よっぽど食べたかったらしい。私も急ぎでワッフルコーンを作れるようになっておいて良かった。せっかくなのでラングドシャバージョンもある。

「なんだ？　その薄焼きクッキーを丸めたようなものは」

「これを器としてソフトクリームを絞り出して食べようと思いまして」

想像がつかないのだろう、首を傾げているジークヴァルト先生たちを尻目に、ソフトクリームの原液を準備する。基本はミルクと生クリームと砂糖とゼラチンだけだ。

ジークヴァルト先生の作製したソフトクリームメーカーはミキサーのような形をしている。蓋を開けて原液を入れてボタンを押すと適温で攪拌してくれる仕組みだ。

攪拌が終了したら下から出てくるので、それをワッフルコーンの中から上に巻いていく。うん、綺麗にできたんじゃない？

「どうぞ」

ジークヴァルト先生が横でそわそわしているので手渡してやる。

「これはこの器ごと食べるということか？」

「そうです。先に上のソフトクリームを食べたら、次に残ったワッフルコーンを中に入っているソフトクリームと一緒に食べてください。ラングドシャのコーンもありますから、そちらは少し甘めになりますね」

ラングドシャのソフトクリームはシェンティスに渡してやる。

「なんて、なんて……！」

シェンティスは至福の表情で食べている。ローラントにはワッフルコーンだ。

「セイラン・リゼル殿、貴女はこの魔術具とソフトクリームのレシピでリシェルラルドで巨万の富と名声を築けますよ」

ローラントがしみじみと言うが、ポーション類の味の改良でヴァッハフォイアの獣人族全てが好意的になったことといい、国と種族によって色々だねえ。

「もっとも、この魔術具は氷輝石とフレンスヴェルグの風切り羽根を材料にしているからな。素材の採集も魔術具の作製も簡単ではないはずだ。だが、冷凍箱ほどは冷やさずに常時一定の温度で攪拌することを考えると、あまり低位の素材では難しいだろう」

あー、それね。フリーズドライの魔術具もなかなか作製が難しくて、結局私のところに冒険者ギルドから作製依頼が来たのだ。素材は手に入っても、作製に要する魔力が並の魔術具師だと魔力枯渇するレベルらしい。私は魔力枯渇なんてしたことないからな。

「商業ギルドに登録はしますが、当分は食事処と私の家とこの研究室に置く3台だけですね。他に食事処の夏のメニューとして、かき氷という冷菓もありますので、そちらもよろしければご賞味くださいませ」

「カキゴオリ?」

「氷を粉雪のように薄く軽く削ったものにフルーツソースをかけるのです。暑い日には美味しいですよ」

「氷?　ただの水か?　それにフルーツソースをかけたところで、薄い果実水ができるだけではないのか?」

リユミエールたちと同じ感想を抱くなあ。まあ、かき氷の醍醐味は氷をいかにふわっと仕上げるかにかかっているしね。

「今日はもうソフトクリームを召し上がっていますしね。よろしければ明日我が家にいらしてくださいませ」

なんならかき氷にソフトクリームをトッピングしたっていいんだよ。

よく冷やしたガラスの器に粉雪のように降り積もるかき氷は実に美しい。ソースは、ストロベリー、マンゴー、ピーチ、そして抹茶もどきだ。抹茶もどきは食事処では出せないが、ジークヴァルト先生に出す分には問題ない。フルーツソースにはそれぞれの果肉を添え、お好みで練乳をかけてもらう。抹茶には白玉とあんこだ。

「お好きなものをどうぞ」

「「「…………」」」

ジークヴァルト先生が逡巡した後に抹茶もどきを選び、シェンティスはストロベリー、ローラントはマンゴーを選んだ。残ったピーチは私だ。

「もっと暑くなればソフトクリームをトッピングしても良いのですけどね」

トッピングを色々選べると楽しいかもね。あとで相談してみよう。

「氷をこれほどまでに細かく削るのは大変なのではないか？」

「そのための薄い刃をセットした道具をドワーフ族の商会に依頼して作製してもらったのです。氷もこのために時間をかけて凍らせる製氷機を私が作製いたしました」

かき氷用の氷は、たしか時間をかけて凍らせることで不純物の少ない氷を作るのだと前世でテレビで見た記憶があったからね。夏が近づいてきたことで食事処では少しずつ売れ始めているらしい。他のメニューよりも少し安いこともあって、試しに食べてみて気に入る客が多いようだ。

「まさに雪のようだな」

ジークヴァルト先生がスプーンで氷を掬って呟く。

そうですよ、ここまで薄く細かく軽く氷を削るというのは大変なんです。

「あら、セイラン・リゼル様、私このカキゴオリという冷菓、とても気に入りましたわ」

イチゴ練乳を食べたシェンティスが目を細める。イチゴ練乳はかき氷の鉄板だよね。

「想像していたものとはまるで違ったが、夏に食すには良いな」

「マンゴーのソースもとても美味だ。セイラン・リゼル殿、このカキゴオリは食事処でも出しているのか？　妻に教えたいのだが」

おや、ローラントは妻帯者だったようだ。プライヴェートの話をしたことがないから初めて知ったわ。

「かき氷はもうメニューに載っていますよ。セレスティスの夏は暑いですから、人気が出ると思うのです。トッピングを選べるようにもしてみようと思いまして」

「ソフトクリームも食事処で食べられるようになるのだろう？　先日あまりにも美味だったので妻に話したら、自分は食べられないのに！　と怒られてしまってな」

ローラント……それはやっちゃいけないやつです。美味しかったから今度一緒に食べに行こう、は喜ばれるけど、美味しかったよ、他では食べられないけど、はただの自慢と嫌がらせではないか。

「ローラント、貴方それは気遣いがなさすぎです」

シェンティスが頭痛を堪えるようにこめかみを揉んでいる。

「セイラン・リゼル、人間族にエルフ族の年齢はわかりにくいだろうが、この2人は本国に孫もいる年だぞ」

私がシェンティスとローラントのやり取りを眺めていると、ジークヴァルト先生がこそっと教えてくれる。2人ともエリシエルと比べるとかなり落ち着いてるなとは思ってたけど、既婚者どころか孫もいたらしい。他種族の年齢てわからないわあ。

「ローラント殿、よろしければ食事処の優待券を差し上げますよ。今度奥様と一緒に行ってくださいませ。予約が優先的に取れるのと、お会計が1割引きになります」

「それはありがたい。値段はともかく、予約がなかなか取れないのでな。感謝する、セイラン・リゼル殿」

食事処では前世のポイントカードのようなものを導入しているのだ。カードがいっぱいになったら次回来店時10％ｏｆｆの特典とお好きなお持ち帰り用のお菓子の小袋をひとつプレゼントだ。そういうサービスは初めてらしく、リュミエール、フリージア、ディアス夫妻はとても驚いていた。


ジークヴァルト先生の研究棟に行くと、いつもとは違ってなんだか騒がしかった。

いつもはジークヴァルト先生以外にはシェンティスとローラントしかいないから、とても静謐な雰囲気なのだが。

「あ、セイラン・リゼル様、申し訳ございませんが本日は来客がありまして……」

シェンティスが珍しく慌てた様子で部屋から出てくる。

私はこの研究棟にはフリーパスなので、普段は予約も何もなしで勝手に来ているのだが、今日は都合が悪かったらしい。だって普段は元々いる3人以外ではたまにエアハルト先生がいるくらいだしね。

「わかりました。また日を改めますわね」

最近はジークヴァルト先生の蔵書を読み耽るばかりだったから、久しぶりに学院の図書館にでも行こうか。

授業も受けずに図書館に籠れる学生生活は最高だよね。

踵を返そうとしたところで、室内からジークヴァルト先生の声が聞こえた。

「いや、セイラン・リゼルこちらへ。せっかくだから紹介しておこう」

あまり紹介されたくない相手のような気はするが、仕方がない。

部屋に入ると、ジークヴァルト先生と向かい合う形で2人のハイエルフが座っていた。

さらりとした癖のない銀髪に紫の瞳の美女と、緩く巻かれた金髪に緑の瞳の美少女だ。

2人共ジークヴァルト先生のような神々しさはないが、やはりエルフ族とは違う雰囲気を漂わせているので、ハイエルフなのだろう、多分。

室内には2人と一緒に来たと思われるエルフ族が何人か立っている。

ジークヴァルト先生に手招きされるままに先生の隣に座ると、金髪美少女の気配がピリッと厳しくなった。

「セイラン・リゼル、私の異母姉のアナスタシアとその孫のルクレツィアだ。姉上、私の教え子で友人のセイラン・リゼルです」

おや、私はジークヴァルト先生の教え子というだけではなく、友人枠に入っていたらしい。

私は久々に社交用の笑みを浮かべて礼をする。

「ご紹介にあずかりましたセイラン・リゼルと申します。ジークヴァルト先生にはいつもお世話になっております。以後お見知りおきくださいませ」

「ジークヴァルトから人間族の友人ができたと手紙で読んで、１度お会いしてみたいと思っておりましたのよ。弟と仲良くしてくださってありがとう存じます」

アナスタシア様という美女はそれはもう美しい笑顔だ。流石は最も美しい種族といわれるハイエルフだけはある。ジークヴァルト先生の異母姉ということは、もう５００歳オーバーなんだろうけど。

「ジークヴァルト先生のおかげでたくさんの魔術具が完成しましたし、先生と一緒にいるのはとても楽しいので、日々時間が経つのを忘れてしまいますわ」

いいよね、この研究棟。

日々本を読んで、作りたいものを作って、食べたいものを食べる、私もそんな悠々自適な余生を送りたいものだ。

「君の突飛な発想で魔術具を作製するのは面白いし、私も君と一緒に過ごすのはとても楽しい」

ジークヴァルト先生が薄っすらと微笑む。

「あらまあ、本当に仲が良いのですね。おかしな魔術具ばかり作りたがる、料理上手な人間族の女性の友人がいる、と手紙にありましたけど、半信半疑でしたのよ」

アナスタシア様は、ほほほと上品に笑うが、おかしな魔術具ばかり作りたがる、というのは風評被害ではなかろうか、エリシエルやルナールに頼まれて作ったものもいくつもあるのだし。

思わず横目でジークヴァルト先生を見てしまう。

「君が想像もつかないような魔術具を次々作っているのは事実だろう？」

「世のため人のため、生活に役立つ魔術具ばかりではありませんか」

正確には自分のために作っているのだが、世のため人のためになり、私に特許料も入ってくるのだから完璧である。

ジークヴァルト先生は肩を竦めるが、私が作っているのは基本的に前世知識のものがメインであり、別に私が一から創造したわけではない。

そこにシェンティスが手土産に渡したチェリーパイを持ってくる。

昨日エリシエルが籠いっぱいに手土産に持ってきてくれたので、チェリーパイとチェリークラフティを焼いたのだ。

エリシエルは、初めて食べるチェリークラフティの美味しさに感動して泣いていた。

チェリーパイは今朝ここに来る前に焼いたものだ。

「このお菓子は初めて見るな」

「チェリーをたくさん頂きましたのでパイにしましたの。申し訳ございません、お客様だとわかっていれば料理人が作ったものを持ってきたのですが、今日のチェリーパイは私が焼いたものなのです」

お菓子作りは楽しいから、ついついオスカー任せにせずに自分で作ることが多いのだが、慣れているジークヴァルト先生はともかく、初対面のお客様がいるならちゃんと本職の作ったものを持って来れば良かった。

「君のお菓子作りの腕は料理人と遜色ないだろう？」

ジークヴァルト先生が笑って私が毒見をするのも待たずに、さっさとフォークを刺してしまう。その行為に周囲のエルフ族が何やらはらはらしているのがわかるが、私が自分で作ったのだからおかしなものは一切入っていないのは私が1番よく知っている。

クラフティはもらったチェリーをそのまま使って作ったから焼きあがってすぐエリシエルに出せたけど、パイは昨日チェリーを酒で煮てからだったから、作るのが今日になったんだよね、今度エリシエルにも作ってあげよう。

「チェリーをそのまま食べる以外の食べ方をしたのは初めてだが、甘酸っぱくてとても美味しいな」

「他にはジャムにするかゼリーにするかくらいですわね。あとはこの煮たチェリーはパウンドケーキに入れたり、クッキーの飾りにしても美味しいですけど」

あとはパンナコッタのソースにするとかかな。

前世では美味しい日本のさくらんぼは超高級品だったから、お菓子に加工するよりもそのまま食べていたが、この世界で流通しているチェリーは、どちらかというと酸味の強い見た目はダークチェリーのような感じである。まあ、チェリーに限らず、前世で流通していたような品種改良しまくった甘い果物はこの世界にはないのだが。

「本当にとても美味しいですわ。貴女がルシアンでクッキーとマドレーヌというお菓子を作ってくれたのですよね？　ジークヴァルトが何か送ってくることなどとても珍しくて、本国の異母弟ともとても驚いたのですよ。あのクッキーとマドレーヌもとても美味しかったですわ、ねえルクレツィア？」

「はい、おばあ様。とても美味しかったです」

美少女が笑顔で頷くが、なんだかさっきから敵意を感じるんだよね。私はこれまでの立場上、社交の場で向けられる負の感情には敏感だから間違ってはいないと思うのだが。

私自身は感情が薄いから、誰に何を言われたところでどうでもいいのだが、相手によってはきっちりやり込めておかないとならなかったり、公式の場ではお互いの発言が国の方針を左右したりするから気を抜けなかったのだ。

はあ、ジークヴァルト先生と2人きりならこんな余計な気を使わなくても良かったのだが、多分このアナスタシア様はリシェルラルドの現王陛下の異母姉なんだよねえ、アナスタシアというハイエルフの名前と外見上の特徴に聞き覚えがあるから間違いないと思う。

『はあ、ずいぶんと腕の良い料理人がいるようだから、たとえそれが人間族でも召し抱えてリシェルラルドに連れ帰ろうと思っていたのに、こんな馴れ馴れしい己の立場もわきまえていない無礼な人間族だったなんて』

……おや、ずいぶんと教育のなっていないお子様だこと。

ぼそっと呟かれた言葉に思わず笑いたくなってしまう。ある意味テンプレかな？

「ルクレツィア！」

アナスタシア様が厳しい目で隣のルクレツィア嬢を咎める。

「あら、おばあ様、このチェリーパイもとっても美味しいですわ」

「すまない、セイラン・リゼル。躾けのなっていない子供の戯言と流してくれないだろうか」

ジークヴァルト先生が頭を下げてきて、私よりも周囲のエルフ族たちと2人のハイエルフの方が狼狽する。

「大叔父様!?　大叔父様が人間族ごときに頭を下げるなんて！」

うーん、実にテンプレな選民思考のハイエルフだ、ある意味貴重だね。

でもね、王族に連なるからには自分の発言に国の命運がかかっているということをきちんと自覚しておかないとダメだよ。内心で何を考えていようと笑顔で社交を熟すのが仕事なんだから。ていうか、獣人族なんかはこちらの感情を匂いで察知してきたりもするんだから、社交の場で感情を動かしてはいけないよ。

「お黙りなさい、ルクレツィア！　其方が失礼なことを言うからでしょう！　セイラン・リゼル様、私からも謝罪いたしますわ、孫が大変失礼をいたしました」

「おばあ様!?　だって、人間族に意味なんて……」

古リシェルラルド語で言ったからわかるはずない、て？

本当にテンプレだね、このハイエルフのお姫様は。

「ルクレツィア、少なくともセイラン・リゼルは其方が話せる程度の言語は全て理解できるぞ？

私の蔵書を最初から全て辞書もなくすらすらと読んでいるのだからな」

ジークヴァルト先生がこめかみに手をあてて深々とため息を吐く。

『構いませんわ、ジークヴァルト先生、アナスタシア様も。非公式の場での子供の戯言に目くじら立てるような教育は受けてきておりません。ただ、これが公式の場でしたら、リシェルラルドが人間族に宣戦布告したと取られてもおかしくない発言だということは、きちんと教育した方がよろしいかと存じますけれど』

気にしないよ、私はね。

ただし、これが公式の場であればアルトディシアは激怒するだろう、ということだ。おそらくフォイスティカイトも。その辺はきっちりと言っておかないとね、お望み通り古リシェルラルド語で。

古リシェルラルド語と古フィンスターニス語は特に習得が難しいとされているから、人間族や獣人族で習得しているのは王族を始めとして外交に携わる者と研究者くらいだろうけども。

「な、な、な……！」

おや、本当に堪え性のないお姫様だね、これくらいで怒っていたら社交や外交なんてとてもじゃないけど熟せないだろうに。

「ルクレツィアを連れて行きなさい！」

アナスタシア様がため息を吐いて、周囲のエルフ族たちに命令して孫娘を退室させる。

「本当にごめんなさいね、あの子は貴女の作ってくれたルシアンのお菓子がとても気に入って、もっと他のお菓子も食べてみたいと我儘を言ってついてきたのです。まさか他種族の方にあんな失礼なことを言うなんて……リシェルラルドに帰ったら教育を見直させなくては……」

「ジークヴァルト先生に頼まれて作ったクッキーとマドレーヌは我が家の料理人が作りましたので、厳密には私が作ったわけではありませんけれど。わざわざ他国へついてくるほどに気に入られたのでしたら良かったですわ」

エルフ族はあまりリシェルラルドから出ないのだ、理由は他種族を見下しているから。

エリシエルのような冒険者や、各国に派遣されている外交官や、このセレスティスにいる留学生や研究者はそういう意識の薄いエルフ族だ。

そんなテンプレ選民思考のハイエルフが、わざわざ祖母にくっついて他国にやってくるなんて、よほど気に入ったのだろう。

人間族だけど料理人として召し抱えて連れて帰ろうと思ってた、と言っていたしね。

「非公式の場と言ってくださってありがとう存じます。祖母として孫娘の無礼を謝罪いたしますわ」

あくまでリシェルラルドの王族ではなく、非公式に異母弟を訪ねている体か。まあ、私もアルトディシアの公爵令嬢ではなく、一介の留学生としてここにいるのだからお互いそれで問題ない。

「気にしておりませんわ、あまりきつく叱らないであげてくださいませ」

きっと帰国したら彼女だけでなく周囲の側近も大変なんじゃないかな、王族が他国へ行って選民思考バリバリの発言をしたなんて、恥以外の何物でもないからね。教育係が一掃されてもおかしくない案件だよ。ハイエルフが他国に嫁ぐことはありえないのがまだ救いかな。

食事処に特別に他国へは輸出していないお茶を何種類か融通してもらう商談をする予定だったが、商談というようなこともなく、ほぼ原価に輸送費を加えただけの金額で何種類か卸してくれることになった。

これまでお願い事などしてこなかったジークヴァルト先生がわざわざ兄姉を頼ってきたために、採算度外視で王家御用達の商会に命令して同行させたらしい。

……私情入りまくりだ、それでいいのかリシェルラルド王家？

まあ、国家間の取引のような大袈裟なものではなく、中立国のひとつの食事処に限定して卸すだけだから、外交が絡んでくるわけでもないし問題ないのだろうけれども。

ついでに孫娘の無礼な発言もこれでなかったことにしてほしい、ということだろう。

そういう意味では、感情の起伏の乏しい私は子供に暴言を吐かれたくらいなんとも思わないから、それでほぼ原価でたくさんの美味しいお茶が仕入れられるのならむしろありがとうだ。

ただ、何種類のお茶をどれだけ卸すかという商談は必要になるので、カフェタイムに食事処を貸し切りにしてほしいと頼まれた。

どんなお菓子に合わせるかの確認は必要だしね、それを楽しみにしてあのちょっと迂闊なお子様もわざわざ他国までついてきたのだろうし。

商談は商会の者たちに任せて、私はハイエルフの３人の相手をしていればいいだろう。さすがに平民のディアス夫妻、リュミエール、フリージアにハイエルフの王族の相手をさせるのは気の毒だ。

まあね、あのルクレツィアちゃんが私のことを無礼だの馴れ馴れしいだの呟くのもわからないでもない。多分彼女は私のことを平民の料理人か商人だとでも思ったのだろう。

人間族の平民の料理人や商人なら古リシェルラルド語なんて解さないし、王族の隣に座って普通に会話するなんて、ありえないからなあ。

ただセレスティスは中立の都市国家だし、ジークヴァルト先生も私も本国での身分を吹聴しているわけではなく、一介の研究者と留学生として生活している。

セレスティスは中立の学術都市だから、本人が何も言わないだけで、どう見ても高位貴族だろう、というような者がそれなりにいるのだが、国から出たことのないハイエルフのお姫様にはわからなかったんだろうなあ、可哀想に。

多少なりとも外交経験があれば、相手の身分とか立場とか隠していてもなんとなくわかるようになるんだけどね。

前世でもよく物語にあったではないか、本物の王子は身分を隠して従者の振りをしていたとか。

でもあれってよっぽど上手く擬態しないと、生まれ育った立ち居振る舞いや雰囲気というのはわかる者にはわかっちゃうんだよねえ、ちょっと痛々しい。オスカーが以前、ルナールの食事の食べ方が冒険者とは思えないくらい綺麗だと驚いていたけれど、食べ方ひとつで平民の料理人でも育ちの良さを感じ取ることができるのだ。ルナールは最初からシュトースツァーンと名乗っていたから、別に育ちの良さを隠していたわけではないけどね。シュトースツァーン家というのは、ヴァッハフォイアとはほとんど国交のないアルトディシア貴族の私でも知っている名家だし。

「5日後のカフェタイムに貸し切りにいたしますので、先にアフタヌーンティーを希望される方の人数を伺っておいてもよろしいでしょうか？」

「アフタヌーンティー、ですか？」

「姉上、あれは1度食べてみるべきですよ。セイラン・リゼルの作製するお菓子の素晴らしさが十二分に実感できますから」

貸し切りにするのは問題ないが、仕入れや準備の都合もあるので、アフタヌーンティーの人数だけではなく、おおまかな注文もわかる限りで良いので聞いておいてほしい、と商人たちに頼まれている。

「あの食事処のメニューのレシピは確かにほとんど私のものですが、作製しているのは私でも我が家の料理人でもなく、3商会で雇った料理人たちですよ」

アフタヌーンティーの素晴らしさを淡々と語るジークヴァルト先生に訂正する。

ただねえ、昔から料理人たちは私のことをまるで女神のように崇めてくるので、どうにかしてほしいものである。引き抜きの心配とかはあまりなくて良いのだが。

「今日のこのピーチムースというお菓子もとても美味しいですけれど、人間族のお菓子作りの技術というのはとても進んでいるのですね」

アナスタシア様は私が手土産に持参したピーチムースをそれは幸せそうに食べているが、作れるのは残念ながら私がレシピを提供した料理人だけで、世間一般のお菓子は甘すぎる砂糖の塊のようなものがメインだ。

「姉上、私はこのセレスティスに長年住んでいますが、お菓子も料理も技術が進んでいるのはセイラン・リゼルの家だけですよ。アルトディシアやフォイスティカイトが特に美食に拘るという話も聞きませんし」

「幼い頃から趣味で色々追及してきた結果、どうも他家とは一線を画す料理とお菓子ばかりになってしまいまして」

ほほほ、と笑ってごまかしておく。

「まあ、そうなのですか。ではそのアフタヌーンティーというのを私とルクレツィアと、同行する者5名分にしておきましょうか。他のメニューもあるのでしょう？」

「はい、もちろんですわ。アフタヌーンティーは準備が大変ですので、3日以上前からの予約のみ受け付けているのです。ジークヴァルト先生はどうなさいますか？　前回招待させていただいた時は春のメニューでしたけれど、もう初夏ですのでケーキ類は一新しております」

「……前回から一新されたケーキ類にも心惹かれるが、私はメニューで見たパフェとパンケーキにも惹かれたのだ」

「パフェには季節のフルーツパフェとチョコレートパフェの2種類がございますよ。パンケーキもトッピングはいくつか選ぶことができます」

今後のお茶の納品次第では、お茶のパフェも作ってもいいかと考えている。

抹茶ならぬルシアンは超高級品だし食事処で扱うのは難しいだろうが、ほうじ茶パフェとか紅茶パフェとかも美味しいよね。

「君の家で食べたルシアンのパフェは非常に美味だった」

ジークヴァルト先生は甘党の酒飲みなので、本当にこれで太らないのは種族特性としか言いようがないよなあ、といつも思っている。

「本当に仲が良いのですね。ハイエルフは他種族に敬遠されることが多いですから、貴女のような方がいて嬉しいですわ」

他種族を見下している者が多いエルフ族の更に王族のハイエルフで、寿命も長いし見た目も近寄りがたいしで、なかなか他種族との間に壁があるのは仕方がないと思う。

ハイエルフからしたら、仲良くなってもあっという間に年取って死んじゃうわけだしね、壁を作るのは一種の防衛反応なのかもしれないね。

ジークヴァルト先生は、私が皺くちゃのおばあさんになってもまるで気にしなさそうだけど。

当日の給仕は特別にうちからクラリスとイリスを貸し出すことにした。

一般フロアはエルフ族の随行員たちが食べるので、普段通りで問題ないのだが、なんせ個室にはハイエルフが3人である。私とジークヴァルト先生の給仕をするのに慣れている2人を貸してほしい、とディアスが泣きついてきたのだ。この3時間ほどの給仕のために、私が普段2人に払っている1か月分の給料を払うらしい。なんて割の良い臨時バイトだろうか。

ディアス、リュミエール、フリージアは、一般フロアで随行してきたエルフ族の商会の者と会食することになる。

当日、馬車から降りたハイエルフ3人に通行人たちの目が釘付けだ。

ただでさえ美形揃いのエルフ族の随行員に囲まれて超絶美形のハイエルフが3人だもんねえ、目立つねえ。

貸し切りなのだからドレスコードは気にしなくても良いのだし、ドレスコードといってもせいぜい普段より綺麗目な服装で、くらいなのだから、王族のこの方たちは普段から綺麗な衣裳を着ているると思うのだが、しっかりと正装してきてくれたから一層キラキラしい。

アナスタシア様の衣裳は赤に金糸で刺繍をした布をサリーのように巻き左肩から垂らしている。トップモデルのようなスレンダーな絶世の美女は目の保養だ。ルクレッツィア嬢は水色にピンクや白で華やかに刺繍の入ったパンジャビのようなワンピースでとても可愛らしい。

今日のジークヴァルト先生の衣裳は青だ。

前回の白も綺麗だったが、青もとてもよく似合う。

私はダンスはあまり好きではないが、ジークヴァルト先生となら踊ってみたいと思うね、なんか夢見心地で踊れそう。

3人が入った後、店の入り口にエルフ族の騎士が並んで立つ。

こうしてみると、本当にエルフ族というのは姿の良い種族なんだなあ、と改めて思う。

まあ、人間族も高位貴族は大概皆美形だけど、やっぱり種族特有の雰囲気というのがあるからね。

「おや、其方らは……」

個室に入ると、給仕のために控えていたクラリスとイリスに気付いたジークヴァルト先生が2人に目を留める。

「本日のみこちらで給仕をさせていただくことになりました」

「なるほど、賢明だな。私に臆することのない其方らならば間違いないだろう」

「恐れ入ります」

アナスタシア様とルクレツィア嬢のお茶の注文を聞き、ジークヴァルト先生がフルーツパフェとアイスクリームとベリー類をトッピングしたパンケーキとお茶を選び、私はアイスクリームをトッピングしたワッフルとプリンアラモードにグリーンスムージーを注文する。

「あの2人は、この店ではなく、貴女の家の者ということですか？」

2人が注文を受けて退室したところで、アナスタシア様に確認される。

「はい。普段は私の侍女をしているのですが、本日はどうしてもと店の方から頼まれましたの」

「セイラン・リゼルの家の者は、皆私に対して何の感慨もないようだからな。私のことをやたらと神々しい甘党のハイエルフ、等と言っていたのだろう？」

「それを言ったのはあの2人ではなく、我が家の料理人です。あの2人は私がジークヴァルト先生を連れ帰ると、神殿の神像と女神像が一緒に食事をしているのを眺めるようなものだと言っていましたね。料理人の方も本日は一時的にこちらに来ておりますので、後で参りますよ」

くつくつとジークヴァルト先生が笑う。

「君の傍にいるのは、本当に居心地が良い」

「それはよろしゅうございました、私もジークヴァルト先生と一緒にいるのは楽です」

「先日は失礼なことを言ってごめんなさい……」

ジークヴァルト先生と笑い合っていると、ルクレツィア嬢がしょんぼりと謝罪してくる。

きっとこっぴどく叱られたのだろう。

きちんとごめんなさいできるのはいいことだね、大人になってからだと身分も邪魔してなかなか素直に謝るということができなくなるからね。

「気にしておりませんわ、今日は楽しんでいってくださいませ。アフタヌーンティーを食べてまだ食べられるようでしたら追加で他のデザートも注文してくださって構いませんし。暑くなってきましたから、アイスクリームも美味しいですよ」

なんせエリシエルの食べっぷりを見ているからね、エルフの甘いものに対する胃袋は半端ないのだ。

「ありがとう存じます」

にっこりと笑うルクレツィア嬢はハイエルフだけあって本当に美少女だ。性格矯正はなるべく幼いうちにしておかないとね、私のように7歳の時に還暦間際の前世の記憶なんて思い出してしまった人間はもうどうしようもないけど。

そこに運ばれてきたアフタヌーンティーセットにアナスタシア様は唖然とし、ルクレツィア嬢は緑の目がキラッキラだ。

下段のフルーツサンドと野菜サンドは前回ジークヴァルト先生に出したものと変更なし、中段のスコーンはプレーンとお茶以外にオレンジピール入りを混ぜてみた。

そして上段の初夏のケーキは、レモンメレンゲパイ、ヨーグルトババロア、ベリータルト、サントノーレ、シャルロット・フロマージュだ。

初夏だしね、爽やかな風味のケーキが多くなっている。

「……すごいですね、これはどれから食べたら良いのかしら？」

感嘆の溜息を吐きながらアナスタシア様が確認してくる。

「基本的に下段からですけど、食べたい順番で構いませんわ」

そこに私とジークヴァルト先生の注文の品も運ばれてくる。

「フルーツパフェとプリンアラモードは後の方が良いかと思いましたので、先にパンケーキとワッフルをお持ちいたしました」

ジークヴァルト先生は、ふわっふわのパンケーキ3つにたくさんのベリー類とアイスクリームがトッピングされた自分の皿を眺め、サクサクのブリュッセル風のワッフルに粉砂糖とアイスクリームをトッピングされた私の皿を眺める。

「君のワッフルというお菓子も美味しそうだな。君の家でも食べたことがない。パンケーキも食べたことがなかったから注文したのだが」

基本的にお菓子は手土産で持って行って、うちにはご飯を食べにくるからね。

「イリス、皿をもう1枚準備してちょうだい」

持ってきてもらった皿にワッフルを1枚載せてジークヴァルト先生に差し出す。

「このワッフルはメニューにブリュッセルと書かれてある方で、あまり生地に甘味はありませんので、私はよく朝食にしております。トッピングにフルーツや生クリームをたくさん選べばもっと華やかに甘くなりますけど。生地自体が甘いのはリエージュと書かれてある方です。もしよろしければ、今度注文してみてくださいませ」

私自身はあまり盛り盛りにトッピングするつもりはないが、前世でベルギーに行った時はこれでもかというくらいにクリームやらなんやら盛り盛りのワッフルがいっぱいあった。

「私にも皿を」

そう言ってジークヴァルト先生も自分のパンケーキをひとつ私に分けてくれた。

パンケーキもワッフルもどちらも生地はさほど甘くないからトッピング次第で軽食として食べられる。

「……貴方たちはいつもそのようにして食べているのですか？」

なんだかアナスタシア様にガン見されている。

別に手を付ける前だったのだし、親しい友人同士ならシェアするのも問題ないと思うのだが。

「セイラン・リゼルは人間族なので普通に肉や魚も食べますので、時々少し味見に分けてもらったりしますよ」

豚の生姜焼きをちょっとだけ食べてみたい、とかね、小籠包を1個だけ食べてみたい、とかね、食べないだろうからとあえて別メニューを提供していたら時々興味を示すのだ。種族的に肉魚を好まないというだけで別にヴィーガンというわけではないから、私が美味しそうに食べていると興味をそそられるらしい。美味しいとは感じるけど、本当にちょっとだけで満足するみたいだ。

ルナールなんか、豚の生姜焼きなんて出した日にはとんでもない量を食べるから、エルフ族と獣人族というのは本当に何もかも違うなあ、と感じる。

「そうですか……」

アナスタシア様は何かもの言いたげだが、結局何も言わずににっこりと微笑んで目の前のアフタヌーンティーを食べ始めた。

既に食べ始めているルクレツィア嬢はとても幸せそうだ。

「これは確かにもっとお茶の種類を選べたら、と思いますね」

「おばあ様、私は花茶も何種類かあれば良いと思います」

花茶か、透明なガラスポットで提供できるようにすれば綺麗だろうね。

食器類は優れた技術者を多数抱えているドヴェルグ商会に一任しているから、お茶の種類が正式に決まったら茶器についても相談してみよう。

「君が飲んでいるスムージーというものは、野菜や果物を潰して混ぜたものなのか？」

「そうですよ、以前作製したジューサーミキサーで作っているのです。美味しいし健康にも良いので、女性に特に人気です」

「またおかしな魔術具の設計図を引いていると思って見ていたが、そのような用途だったのだな」

もともと私が魔術具の講義を集中して受講したのは、家電や調理器具の類似品を作りたかったからなのだ。

日常生活をいかに便利で快適にするかが、この世界での私の命題である。

ハンドミキサーを作った時は、オスカーは涙を流して感動してくれたよ？

ジークヴァルト先生と私がパンケーキとワッフルを食べ終わったところで、フルーツパフェとプリンアラモードが運ばれてくる。

美しく盛り付けられたフルーツパフェとプリンアラモードに、アナスタシア様とルクレツィア嬢も目が釘付けだ。

「プリンは何度か食べたが、そのように飾り付けられていると別のお菓子のようだな。それに以前食べたルシアンのパフェも非常に美味だったが、このフルーツパフェはまた趣が違う」

「ルシアンのパフェは仕入れや原価的に難しいでしょうけれど、扱うお茶の種類が増えればお茶のパフェもいくつか考案しようかと考えておりますのよ」

お茶の種類が増えれば、それに合わせて和菓子的なものをメニューに追加してもいいだろうしね、あんみつとか、ぜんざいとか、羊羹とか、わらび餅とか。

「それは楽しみだ、完成したら是非食べさせてくれ」

「もちろんですわ」

「他国へこの店の支店を出す予定はないのですか？　リシェルラルドへ支店を出すのでしたら、全面的に支援させていただきますけれど」

おや、アナスタシア様の顔が王族の顔になったね。

これまでは、私的に弟を訪ねているという態度を崩さなかったのだけれど。

「残念ながら、料理人を育てるのに時間がかかるのです。この食事処で提供しているお料理とお菓子はほとんど私のレシピなのですが、他にはない調理器具や技術を多用しておりますので。特にお菓子作りは専門的ですのでなかなか大変だったようですよ」

きっと一般フロアの商人たちの間でも同じような会話が繰り広げられているんじゃないかな。お茶の取引の代償として、日持ちのするお菓子の輸出とかね。それくらいは許容範囲だけど、ただでさえ高価なお菓子がリシェルラルドに着く頃にはとんでもない値段に跳ね上がっていそうだ。

「それは残念ですね、気が変わったらいつでも申し出てくださいませ」

あっさりと引き下がったけど、エルフ族は長命だからか気が長いから、のんびり時間をかけて交渉してくるつもりなんだろうな。簡単なクッキーやパウンドケーキくらいのレシピなら譲ってもいいけどね。

「さっき言っていたアイスクリームというお菓子を注文してもいいですか？」

アフタヌーンティーを食べ終わったらしいルクレツィア嬢がおずおずと口をはさんでくる。

アフタヌーンティーにはアイスクリームは付いていないからね、せっかく初夏にやってきたのだからお薦めだ。

「ええ、もちろんですわ。まだたくさん食べられそうなら、いくつか盛り合わせてもらいましょうか？」

ルクレツィア嬢がぱあっと顔を輝かせる。

「アイスクリームをミルクとチョコレートとピスタチオを盛り合わせで。それにレモンのシャーベットも。アナスタシア様はどうなさいますか？」

「私はレモンのシャーベットというのをいただけるかしら」

イリスが一礼して出て行く。

開いた扉から一瞬聞こえてきた声では、一般フロアでも追加オーダーが次々入っているようだ。

「アイスクリームが来る前に、1品お出ししますわ。クレープシュゼットです」

今日はどうせならとことん魅せるお菓子のオンパレードにしてやろうと、私は目の前でフランベしてもらうためにオスカーを呼んだのだ。

私とジークヴァルト先生に慣れているオスカーなら、ハイエルフが2人増えたくらいで何の問題もないだろう。

一礼して入室してきたオスカーが、押してきたワゴンの上で最後の仕上げにリキュールをかけて火をつけると、青い炎が一瞬燃え上がり、ハイエルフ3人が息を呑んで見つめていた。

「どうぞ。クレープシュゼットですわ。今回は他にも既にたくさん召し上がられていますので、クレープひとつずつですが、単品で注文された時には一皿に3つです。酒精はたった今火をつけて飛ばしておりますので、少し残っている程度ですからルクレツィア様も大丈夫ですわね？」

基本的にエルフ族は酒好きなはずだから、アルコール分が飛んだクレープシュゼットひとつくらい問題ないだろう。それにこの世界では飲酒年齢が定められているわけでもないし。

「はい！　大丈夫です！」

ルクレツィア嬢は緑の目をキラキラさせて、カラメルソースとオレンジが飾られたクレープシュゼットを見つめる。

小さなクレープ1枚くらいほんのお口直しだ。

「リシェルラルドで一般に流通しているお茶は全てこの店に卸すことを許可しましょう。これほどのお菓子が食べられるのに、お茶の種類が少なければ興醒めですものね。ジークヴァルトもよく利用するようですし」

クレープシュゼットを一瞬で食べ終え、アナスタシア様が満足そうな吐息を漏らす。

「ありがとう存じます。この食事処を経営している商会の者たちも喜びますわ」

あと細かい内容を詰めていくのはディアスたちの仕事だ。エリシエルが心配していたような事態にならなくて良かったよ。

アナスタシア様とルクレツィア嬢は、アイスクリームとシャーベットを食べ終わった後、宿で食べるのだとテイクアウト用の焼き菓子類を全て買い占めていた。

これだけ食べてもまだ甘いものが食べられるのがエルフ族だよね……。


無事にお茶の商談も纏まり、アナスタシア様とルクレツィア嬢が帰国することになった。

あの2人はセレスティスに滞在中、1度貸し切りにした翌日から食事処のカフェタイムに日参したらしい。滞在中毎日個室の予約を入れられたとディアスたちが笑っていた。

ディアスたちは、ジークヴァルト先生を先に見ていたせいか、アナスタシア様のことはものすごい美女だとは思ったけれど、それ以上の感慨はなかったらしく、ハイエルフは皆ジークヴァルト先生のように神々しいのかと思って慄いていたがそんなことはなかった、と拍子抜けしていた。

「いえ、セイラン様と張る絶世の美女などそうそうお目にかかれませんから、大層目の保養はさせていただきましたが、先にジークヴァルト様にお会いしておりましたので、特に緊張することもありませんでした」

まあ、顔面偏差値はね、私も相当高いのは自覚しているんだよ。ただ感情が薄いせいで人形みたいと揶揄されることが多いけど。

「滞在中にカフェメニューを制覇されましたからね、エルフ族というのは本当に甘党ですね」

砂糖が高級品なせいで、カフェメニューも前世とは比べ物にならないくらい高級なのだが、なんせ相手は大国リシェルラルドの王族だ、しっかり散財してくれたらしい。

「帰国される際にお土産を準備いたしましょう。焼き菓子類は日持ちいたしますし、本国のご家族にも召し上がっていただけるよう大目に」

どのくらい持たせてあげれば、本国に着くまでに全て消費されずにちゃんと残るんだろうね……？

本国のジークヴァルト先生のお兄様用に、別途準備しておいた方が無難かもしれない。

「店の方で焼き菓子類を準備するのでしたら、私は携帯用の冷凍箱に冷たいお菓子を準備いたしましょう」

それでもって、ジークヴァルト先生にお兄様にしか開けられないように封印してもらおう、そうしよう。

「というわけで、この携帯用冷凍箱にお兄様にしか解けないように封印をお願いいたします」

帰国前日に中身を入れた携帯用冷凍箱をジークヴァルト先生の研究室に持ち込む。

「何が、というわけでなのだ？」

ジークヴァルト先生に胡乱な目で見られる。そういえば説明していなかったね、すっかり通じ合っている気分でいたよ。

「いいえ、アナスタシア様とルクレツィア様へお土産にお菓子を準備しているのですが、帰国までの道中で全て召し上がられてしまって、帰国した際には何も残っていないという事態を危惧いたしまして、ジークヴァルト先生のお兄様用のお土産を別途準備させていただいたのですが」

「……なるほど。君は我々の甘いものに対する執着を実に的確に理解していると思う」

ジークヴァルト先生は片手で額を覆い、大きなため息を吐いた。

「あ、一応、危険物は入っていないという確認をどうぞ。よければひとつずつ味見なさいますか？そのつもりで準備してきておりますので」

箱を開けて中身を見せる。

中身はシューアイスとブルーベリーチーズケーキとレモンタルトだ。ケーキとタルトはホールではなくプリンのように小さく作ってあるので、ひとつずつ味見できる。

冷凍状態で渡すので、ケーキとタルトは開けてから冷蔵庫で自然解凍してもらうよう伝えておかなくては。

「ありがとう、頂こう」

「ブルーベリーチーズケーキとレモンタルトは凍っていますので、解凍してから召し上がってくださいね」

既にシューアイスを食べ始めているジークヴァルト先生に一応説明しておく。ブルーベリーチーズケーキなら凍ったままでもアイスチーズケーキとして食べられるかもしれないけどね。

シューアイスを食べ終わったジークヴァルト先生が、冷凍箱に魔法陣を刻み始める。

開けてほしい相手の名前が全てわかっていれば、別に難しい術ではない。

「確かにこれはリシェルラルドに着くまでに姉上とルクレツィアに食べられてしまいそうだからな。他にも何か渡すのか?」

「日持ちのする焼き菓子類を店の方で準備しておりますよ。これは私からです。小型の冷凍箱はまだ量産の目途がたっていませんから、商品化しておりませんしね」

これひとつで普通の一般家庭用の冷蔵庫が5個くらい買えるコストがかかってしまうのだ、量産には向かない。私は個人的にいくつか作製しているけれども。

「兄上にしか開けられないお菓子の箱があるとなると、あの2人が絶望しそうだな」

くつくつとジークヴァルト先生が笑う。

分け合って食べてくれればよいのだけれど、独り占めされそうな気もする。まあ、お土産は渡してからは渡した相手の好きにすればいいだろう。

翌日は宿の前でお見送りだ。

リシェルラルド地区の最高級宿を貸し切っていたようだから、周囲には随行のエルフ族しかいない。

「こちらは店の方からお土産ですわ、お気を付けてお帰り下さいませ」

ディアスたちから預かっていた大きな菓子箱をルクレツィア嬢に渡す。

中身はクッキー、ロシアケーキ、パウンドケーキ、マドレーヌ、フィナンシェ、ガレット、リーフパイ、フロランタンと日持ちのするラインナップだが、果たして帰国するまで残っているのだろうか。

「ありがとう存じます！」

ルクレツィア嬢の緑の目がキラキラだ。

側近に渡すこともせず、嬉しそうに抱えている。

「姉上、これは兄上に。セイラン・リゼルからですが」

ジークヴァルト先生がアナスタシア様に小型冷凍箱を渡す。

「なんでしょうか？　あら、フォルクハルトにしか開けられないようになっているのですね」

「姉上とルクレツィアが帰国途中に土産にと渡した全てのお菓子を食べてしまうのを危惧して、兄上用に別途用意してくれたのですよ」

「まあ、ほほほ……」

アナスタシア様が一瞬虚を突かれたような顔をして、気まずげに笑う。やはり別途準備して正解だったようだ。

「中身はシューアイスとブルーベリーチーズケーキとレモンタルトでした。毒見として昨日私が味見いたしましたが、どれも非常に美味でしたので、是非フォルクハルト兄上にお渡しください」

「まあ、私たち、そのシューアイスというお菓子とレモンタルトというお菓子はまだ食べたことがありませんわ！」

アナスタシア様とルクレツィア嬢が衝撃に打ち震えている。

「兄上に分けてもらえるよう、そちらの焼き菓子もちゃんと残しておくとよいですよ」

ジークヴァルト先生は素っ気ない。

まあ、たくさんもらったお土産を道中食べつくして、帰国したら個人用に渡されたお菓子も寄越せとは言いにくいよね。

「セイラン・リゼル様、滞在中は大変お世話になりました、ありがとう存じます。ジークヴァルトのことをよろしく頼みますわね」

気を取り直して小型冷凍箱を側近に渡したアナスタシア様が、何故か少し悲しげな顔をして私の手を取る。

「私はジークヴァルト先生にいつもお世話になっておりますので、何かできることがあれば良いのですが」

「きっと貴女にしかできないのです。何か困ったことがあれば、いつでも頼ってくださいませ、私も本国の弟も力になりましょう」

いやいやいや、本国の弟ってリシェルラルドの現王陛下でしょ!?

そんな簡単に、力になる、なんて言っちゃまずいでしょうよ！

「姉上、セイラン・リゼルを困らせるようなことを言わないでください」

「ジークヴァルト、セイラン・リゼル様と一緒なら、貴方もリシェルラルドへ帰ってくることができるのではなくて？　私もフォルクハルトも待っておりますよ」

ジークヴァルト先生が驚きにその薄い金色の目を見開く。

「それは……」

アナスタシア様がジークヴァルト先生を見上げて、少し泣きそうな顔で笑う。

「私とフォルクハルトが生きているうちに、貴方がリシェルラルドへ帰国できる日を心待ちにしています」

そう言うと、アナスタシア様はルクレツィア嬢と一緒に馬車に乗り込んだ。

どうやらジークヴァルト先生はリシェルラルドへ帰国できない何かがあるらしい。

隣でやや呆然とした顔で馬車を見送るジークヴァルト先生の横顔を見ながら、アナスタシア様の言うように私に何かできることがあるのだろうか、とぼんやりと考えた。

アルトディシアから帰還命令が届いた。

もうこの際相手は誰でもいいから帰国して結婚して国にいてくれ、ということらしい。

王からは王子2人のどちらかと結婚して予定通り次期王妃になってほしい、どちらの王子もその婚約者も私が第1妃になることで納得済みだそうだが、私は本来地位や権力に興味はないから、せっかく婚約破棄できたのだからもう次期王妃になんてなりたくないのだが。

実家にも国中の高位貴族からいくつも縁談が届いているらしく、王子2人のどちらかとの結婚に気が進まないのなら、他家に嫁ぐなり、婿養子を迎えて公爵家の領地のいくつかを治めるなりしてもいいと言ってきた。

どうせうちの領地は広大だから、当主は王都に常駐して領地は一族の者が管理しているのだ。

とりあえず、誰でもいいから国に紐付けしておきたいということだろう。

ああ、面倒くさい。

私は前世から恋愛や結婚に対する優先順位が限りなく低かったのだ。

大体、一緒にいて苦痛のない相手というのは非常に限られている。

一旦自由を知ってしまうと、政治とか社交とか非常に面倒くさい。

私は本来あまりコミュ力の高い方ではないのだ。

「お嬢様、何か良くない知らせでございますか？」

「帰国して誰とでもいいから結婚しなさい、ですってよ」

私がぱさっと手紙をテーブルに放り投げると、普段なら行儀が悪いと言いそうなクラリスが頭痛を堪えるように額に手をやった。

「誰とでもいいから、でございますか」

「私がアルトディシアを離れてから各地で自然災害が多発しているようですね。なんでもいいから国にいてほしいのでしょうよ」

所詮6つ名というのは公共インフラだ。3年自由にさせてもらっただけでも国としてはかなりの譲歩だろう。

「冬になる前には帰国しなければなりませんね、学院も更新試験前ですし丁度良いでしょう」

更新試験を受けて1年の授業料を支払っていたら勿体ない、と思っていただろうが、幸い今は夏の終わりで試験は秋の始めだ。まあ、ここで授業料が勿体ないと考えてしまうのが、前世での一般庶民の感覚なのだろうが。

「誰でも、とのことですが、お嬢様は誰と結婚なさるのですか?」

「さあ? 帰国してから縁談が来ている相手の名前を1枚ずつ紙に書いて、目隠しして選びましょうか?」

誰でもいいというのだから、この際くじ引きで十分だろう。

お世話になった友人たちや先生たちに挨拶しておかなければならないね。

この際だからドヴェルグ商会にアルトディシアに支店を出してくれないかフリージアに頼んでみよう。シルヴァーク公爵家が全面的に支援するとなれば多分応じてくれるんじゃないかな。パルメ

ート商会の支店は既にあるから、取り扱いの商品を増やしてもらえないかリュミエールに頼んでおこう。

食事処をアルトディシアにも作ったらルナールとエリシエルも喜びそうだしね、自由な冒険者のルナールとエリシエルは気が向いたらアルトディシアにも来てくれるだろう。

でもジークヴァルト先生とはもう会えなくなるんだろうな、彼がこのセレスティスを離れることはなさそうだし。

アナスタシア様によろしくと頼まれたけど、結局私がジークヴァルト先生に何かをしてあげることはできなかったな、せいぜい美味しいお菓子と料理を食べさせたくらいで。

「ジークヴァルト先生、私、近いうちにアルトディシアへ帰国しなければならなくなりましたの」

「……それは一時的なものか？　恒久的なものか？」

「恒久的なものですわ。帰国して誰とでもいいから結婚して国にいてくれ、と王から嘆願されましたので」

ジークヴァルト先生が大きなため息を吐く。

「そうか……６つ名を与えられし者が現れるということは、その周辺の土地が安定していないということだからな。本来死ぬまでその場に留まっているはずの６つ名が国を離れたことで自然災害が多発したか」

「……そうなのですか？」

私は自分自身が公共インフラだと理解していたが、そもそも安定していない場所に6つ名が現れるということだったのか。

「この世界は神々が造った箱庭だ。自らが作製した場所を安定させ、思うように発展させるための駒として、我ら6つ名が置かれる。本来そこに置かれる重石が動いたことで自然災害が多発するのだ」

どうやら私は文鎮だったらしい。

そういえばこの世界はリアル天動説だったね、文鎮がないとベロっと紙が捲れるように大陸が捲れるということか。

「なるほど、そういうことでしたか。ならば早く帰国しなければなりませんね、なんの関係もない民が私が不在なせいで迷惑を被っているということですから」

天災大国日本で生まれ育った記憶のある私としては、自然災害はもうどうしようもないから、できるだけ普段から備えておくしかないと思っていたが、それを抑えるためにわざわざ神々が6つ名を与えた者を置いているというのなら、私は私の義務を果たさなければならないだろう。神々によって公共インフラとしての役目を与えられていたのなら、もう仕方がないね。

「……6つ名は神々によって感情を制限されている。見目は良いが、感情の乏しい我らを愛してくれる者は非常に少ない。だが、我らが感情を揺らすとそれが天変地異に繋がるのだ。そして非常事態に神々が降りるための器が我々6つ名だ」

なるほど、神の寄坐というわけか。

なんかこの世界の謎が一気に解き明かされた気分だよ。

「いろいろと納得できましたわ、ありがとう存じます。私、この際結婚相手はくじで選ぼうかと思っていたのですけれど、選ばれた相手にとっては罰ゲームのようで申し訳ないですわね」

政略結婚に愛なんて必要ないだろうと思っていたが、どうやら私は相手がどんなに良い人であっても愛することはできないということだろう。それはそれでなんだか申し訳ない、いっそ既に何人も愛人を囲っているようなのを選んだ方が良いだろうか。

「……くじ?」

「ええ。いくつも縁談がきているらしいのですけれど、誰でもいいと言われましたので、それならいっそくじ引きでと考えていたのですが、相手が誰であっても私が恋愛感情を抱くことは恐らくないということですよね?　当たった人が良い人だと申し訳ないなあと思いまして……」

「君は本当に突飛なことを考える……」

ジークヴァルト先生が呆れてしまった。

でもねえ、政略結婚に心なんぞ必要ないと割り切っている人ならともかく、元婚約者のディオルト様のように愛を求めている人もそれなりにいると思うんだよね。最初は大切にしよう、愛そうと頑張ってくれるのに、私がその想いを全く返せなかったら申し訳ないではないか、だんだん相手の心も離れていくだろうし。

６つ名が愛されないというのはそういうことなのだろう。

私がジークヴァルト先生に帰国の挨拶をしに行った翌日から、セレスティスでは雨が降り始め、何日経っても止む気配がみられなかった。

「なかなか止みませんね」

毎日毎日降り続ける雨を眺めながら、私はこの雨をおしてでも帰国するべきか、そのうち止むのを待つべきか悩んでいた。

セレスティスには梅雨も台風シーズンもないはずなのだが。

いつでも帰国できる準備は既にできているのだが、いかんせん、何日もの旅程の中で時折降られるのならともかく、最初から雨降りの中を馬車やら馬やらで出発したくはないではないか、しかも結構強い雨足だし。

「秋の試験に向けてセレスティスに入国する予定の者たちも、この雨で足止めをくらっているようですよ」

どうやらこの長雨はセレスティス周辺全域に及んでいるらしく、もうすぐ年に1度の試験なのになかなか旅路を進められない者が多いらしい。今年受験する予定で大雨の中を強行突破してきたアルトディシアの貴族から、ジュリアスが聞きこんできた。

裕福で魔力の豊富な貴族なら、大雨の中でも魔術具なりなんなり使って強行突破してこれるだろうけど、一般庶民には厳しい土砂降りだ。

この家のあるアルトディシア地区は割と高台にあるので今のところ安全だが、居住地区によってはすでに高台に避難しているらしい。

「このセレスティスは常に天候が安定していて、自然災害など一切起こらない印象だったのに、珍しいですね」

ジュリアスが何気なく呟いた言葉に、それは多分ジークヴァルト先生が何百年もこの国にいるからなんだろうな、と先日ジークヴァルト先生から聞いた話を思い出す。

6つ名は神々がこの箱庭を安定させるために置く重石だそうだから、ジークヴァルト先生はほとんど自分の研究棟から出ることもないだろうし、このセレスティスにとってはかなり安定感のあるずしんとした重石になっていそうだ。

……あれ?

ジークヴァルト先生がいて、私がいるこのセレスティスに、なんでこんな大雨洪水警報が鳴りっぱなしになりそうな大雨が降り続けるの?

ジークヴァルト先生は、6つ名が感情を揺らすと天変地異に繋がる、と言っていたけど、私は特に感情を揺らしたりしていない。帰国するのも結婚させられるのも面倒くさいな、とは思っているが、それが義務なんだから仕方ないと割り切っている。そもそもその程度のことで感情を揺らさないように神々が感情を制限しているということなんだろうし。

ということは、ジークヴァルト先生が感情を揺らすようなことがあった?

500年近く生きていて、私なんかは最初から生きたご神木様だわ、と思っていたジークヴァルト先生だが、あれでも6つ名としてはかなり感情的な方なのだろう。6つ名について色々知っていたのも、神々と話すような機会があったということなのだろうし。

天変地異が起こっている場所に6つ名が2人いたら、どちらの感情が優先されるのだろうか。

今のところまだ天変地異というほどではないが、止まない土砂降りで川の水位も上がっているし、このままではリアルノアの箱舟とか、リアルモーセとかになりかねない、それは勘弁してほしい。

とりあえずジークヴァルト先生のところに行ってみるか、いや、その前に神殿に寄ってからにするか。もしこの大雨が私たち6つ名のせいだというのなら、神殿に行けば何か手立てがあるのかもしれないし。

「姉上、どちらへ行かれるのです？」

「神殿へ。この雨が神々によるものなら、6つ名の私が祈れば何か効果があるかもしれませんし」

「この視界も危ういほどの雨の中を外に出るのは危険ですが……しかしそういう理由でしたら止めるわけにもいきませんね、ご一緒します」

ジュリアスが一緒なら、ジュリアスの護衛騎士たちも一緒に行くことになるしね。安全性を考慮してくれたのだろう。

私は雨の日に通学するために以前作製した魔術具を準備する。

「私の魔力で出力を上げれば大丈夫でしょう」

「……姉上、これは反則ではありませんか？」

馬車とその周囲を馬で護衛する騎士たちを全て球状の空気の膜で包み込むようにして、雨風が一切当たらないようにしたのだが、何か問題だろうか。

もうすでに石畳の道が川のようになっているのだから、外に出るにはなんらかの魔術具が必須だろう。

「優秀な冒険者2人が稀少素材をたくさん納品してくれましたからね、色々な魔術具を作製することができました。ただ魔力は結構消費しますので、使用者は限られるでしょうけど」

「姉上が結構消費すると言う時点で、この魔術具を普段使える者はほとんど存在しないでしょうね」

ジュリアスに深々とため息を吐かれてしまった。

そんなことないよ？　普段はもっと雨は小降りだし、出力も自分の周囲だけならもっと省魔力で済むし。

神殿に着くと、高台にあるため避難してきている者がたくさんいる。普段は閉めている部屋も避難民のために開放しているようだ。

神殿の中に入ると、そこかしこで神々に祈っている姿が見える。

何かあれば神頼みするのはどこの世界でも変わらないが、この世界の神様はちゃんと応えてくれるから祈り甲斐があるよね。

「6大神の間を開けてください」

いつもは開いている最奥の6大神の間の扉が閉まっており、神殿騎士が扉の前に立っている。

6大神の神像が円を描いて立っており、洗礼式や結婚式ではその中心で魔力を捧げる部屋だ。どこの国でも貴族も平民も関係なく洗礼式と結婚式はそこで行われる。

「申し訳ございません。ただいま中で6大神に祈りを捧げておられる方がいらっしゃいまして、他の方は通すことができないのです」

きっとジークヴァルト先生だ。

神殿騎士に6大神の間に他の者を通さないように命令することができる者など、他には考えられない。神に最も近い者とされている6つ名にしかそんな命令は許されない。

「セイラン・リゼル様！」

シェンティスの声がして振り向くと、青い顔をしたシェンティスとローラントが立っていた。

「ジークヴァルト様を止めてください！　この大雨はご自分のせいだ、とおっしゃって神々にこの身を滅ぼすよう願い出る、と中に籠られてしまわれたのです！」

「6つ名に自死は許されないから、神々の手で直接滅ぼしてもらう、とおっしゃられて……！」

横の方に引っ張られていき、人気のないところにくると、涙ながらにシェンティスとローラントにとんでもないことを言われた。

一体、何をやっているんだ、ジークヴァルト先生は!?

叶うはずのない望み

セイラン・リゼルがアルトディシアに帰国すると言う。

アルトディシア本国から帰国命令があったらしい。

本来国から離れるはずのない6つ名が3年他国へ出たのだから、アルトディシアでは気候が安定せず自然災害が多発し統治に苦労したのだろう。

それはわかる。6つ名とは本来神々によってその土地の安定のために置かれ、国に利用されるだけの存在だからだ。

そしてそのことに対して何の憤りも感じることのないように、我らは感情を制限されている。

実際セイラン・リゼルもそのことに特に何の感慨もない様子だった。誰でもいいのでくじで結婚相手を決めようと思っている、と言うくらいだったのだし。

そう、別段おかしなことではない。

我らは本来誰を愛することもなく、誰に愛されることもないのだから。

そのことを寂しく思ったり、悲しんだりする感情は制限されているのだから。

私とて、アルトゥール兄上の禁術によって感情制限を緩められていなければ、このように心を揺らすことなどなかっただろう。

セイラン・リゼル。

私のように感情制限を緩められているわけでもないのに、何故か私と同じように、いや、時に私以上に感情のある６つ名の人間族。

気心の知れた相手と美味しいものを食べるのは、幸せなことだと言って笑っていた。

幸せ、などと感じる心が残っているはずがないのに、彼女と過ごす時間はとても暖かくて楽しかった。

わかっていたはずだ。

彼女は６つ名で、いつ国から帰還命令がきてもおかしくないのだと。

私のように自国を憎んでしまっているわけではない彼女は、自分の不在で民に負担がかかっているというのなら、一刻も早く帰国しなければならないと言っていた。

６つ名として、為政者として教育されてきた者らしい言葉だ。

彼女は６つ名としてはおかしいほどに感情豊かだから、彼女のことを心から愛する男が現れるかもしれない。そんな男の下に行くというのなら、私は寂しさを覚えながらも羨望と共に心から祝福しただろう。

だが彼女は、どうでもいい相手をくじで選んで結婚し、６つ名としての役割を果たすためだけに国に帰るのだ。

私は本来の６つ名のその役目から外れてしまったが、私以外の従来の６つ名は皆通る道だ、何もおかしくはない。

そう、何もおかしくはないのだ、おかしいのは私の感情だけで。

私はセイラン・リゼルに傍にいてほしかった。

人間族の寿命は短いから、数十年ほどで彼女は年老いて死んでしまうだろうが、外見などどうなっても彼女の傍はきっと心地よいだろうから、ただ静かに傍にいたかった。

彼女が欲しがるおかしな魔術具を作り、一緒に本を読み、彼女の作るお菓子を一緒に食べて、ただ穏やかに時を過ごしたかったのだ。

セイラン・リゼルが私に帰国を告げた翌日からセレスティスでは雨が降り出した。

この雨は、私がセイラン・リゼルを帰国させたくないがために降らせているのだ、と私は気付いてしまった。

なんという浅ましい我が心。

手を伸ばすこともできぬのに、ただ欲しいと泣き喚く我儘な幼子のような心だ。

どうせ感情制限が緩むのなら、私もセイラン・リゼルのように楽しいとか幸せだと感じる感情が緩めば良かったのに、私の感情は怒りや憎しみや哀しみでしか振れ動かない。

この雨は降り止むことがないだろう。

どれほど私がこんな雨は望んでいないと思ったところで、1度6つ名の、神の器の感情によって動き出してしまった天変地異は本物の神の降臨でしか治めることが叶わぬのだ。

神殿に行かねばならぬ。

今1度この身に神を降ろして、この雨が天変地異となって生きとし生けるものの生命を奪う前に治めなくては。

そして今度こそこの身を滅ぼしてくれるよう、神々に願い出よう。

どうせ私はリシェルラルドの地を離れた時点で神々にとっての存在意義などなくなっているのだ。

本来安定している場所に天変地異を引き起こす6つ名など、神々にとっても害悪でしかなかろう。

私はセレスティスに移住して400年余り、各国に現れる6つ名の様々な噂を聞いてきた。

6つ名は権力者に近しいから、容易に噂話が広がるのだ。

美しいが冷酷で心無い王妃、有能だが冷酷無比な宰相、美しいが決して心から笑うことのない誰からも愛されない人形姫……。

6つ名の噂話など、どれも似たようなものばかりだ。美しく、冷たく、誰からも愛されることのない人形。

だがこの噂話にセイラン・リゼルのものが加わるのかと思うと、堪らなく腹立たしい。

何故、私の心に残った。

傍にいることが叶わぬのなら、これまでに何人も替わってきた側仕えや護衛騎士、何人か受け入れてきた弟子たちのように、ただ静かに私の心から去っていってくれれば良かったのに。

これほどまでに心かき乱されるのならば、心になど残ってほしくなかったのに。

2年など、一瞬でしかなかったのに、何故こうも鮮明に、心に残る。

「ジークヴァルト先生、いったい何をなさっているのです？」

誰も通すなと神殿騎士に厳命していたはずの扉が開き、普通の者なら足を踏み入れることもできない神気の中を、セイラン・リゼルがすたすたと私の目の前にやってきて呆れたような顔をして見上げてきた。

さて、これからどうしようか。

私は目の前で泣き崩れるシェンティスと、悲痛な顔をしているローラントを眺め、私の隣で不機嫌な気配をガンガン醸し出しているジュリアスを横目で見る。

止めてくださいと言われても、私はなんでまたジークヴァルト先生が自殺願望なんて抱いたのかがさっぱりだ。

そもそも、こんな大雨を降らせるほど心を揺らした原因が不明なのだから、まずは根本的な原因を明らかにしなければならないだろう。

大体皆ジークヴァルト先生のことを、腫れものを扱うように遠巻きにしすぎなのだ。過去に何があったのか知らないが、心の傷というものはもっと寄り添ってあげないと。

６つ名だろうが、ハイエルフだろうが、神様じゃないんだから痛みもするし、悩みもするよ。

「とりあえず、ジークヴァルト先生とお話しさせていただかないと始まりませんわね」

「姉上がそこまで親身になる必要があるのですか？」

帰国して誰とも知らぬ相手との結婚が待ち受けている身だ。不用意に他国の他種族の男と関わるんじゃない、というジュリアスからの副音声が聞こえる。

まあ、そうなんだけどね、わかっちゃいるが、できることがあるのならしたいと思う程度には、私はジークヴァルト先生のことが好きなのだ。

「ありますよ。ジークヴァルト先生は私の恩師ですし、赤の他人の中では1番好きな方ですから」

ジュリアスが息を呑む。

私は極端に情が薄いから、赤の他人にはほとんど感情を向けることがない。

そのことを私の家族はよく理解している。

なんせ私にとっては、家族と古くから家に仕えてくれている者たち以外は、ほとんどがただの情報でしかないのだ。元婚約者のディオルト様も将来政略結婚させられる相手としてしか認識していなかったのだし。

私の身体は地頭が非常に良いから、1度会った人や各国上層部の情報は全て頭に入っているが、そこに好悪の感情は一切ない。

まあそれも神々によって感情を制限されていたからだということが、ジークヴァルト先生からの情報によって判明したわけだけどね。

私が家の者以外で情報として以上の感情を持って接している相手というのは、非常に限られているのだ。

そしてその非常に数少ない相手の大半が、このセレスティスに来てから知り合った相手である。

そりゃあね、アルトディシアにいた頃は、家同士の関係や国同士の関係を考慮して友好関係を結ばなければならない相手とばかり接してきたのだから、ただでさえ感情の薄い私がそこに情報以上の感情を抱けというのがそもそも無理ゲーだったのだ。

「あのハイエルフを好き、ですか？　姉上が？」

「好きですよ？　一緒にいてあれほど落ち着く相手は他にいませんし」

「ジークヴァルト様と一緒にいて落ち着くなどと言われるのは、後にも先にもきっとセイラン・リゼル様だけですわ」

シェンティスが泣き笑いのような顔で呟く。

「とりあえず、ちょっと話を聞いてきますね。あまり権力を振りかざすのは好きではないのですが、神殿騎士たちも私の命令なら聞いてくれるでしょうし」

６大神の間の扉を守っている神殿騎士たちの前に行くと、３人並んで立っている騎士たちがまた来たのかという顔をする。

「扉を開けてください」

「先ほども言いましたが、中で祈りを捧げておられる方がいらっしゃいますので、この扉を開けることはできないのです」

私は神殿騎士たちを真っ直ぐに見据える。

「私の名はシレンディア・フォスティナ・アウリス・サフィーリア・セイラン・リゼル・アストリット・シルヴァーク。６つ名として命じます。扉を開けなさい」

「はっ！」

私のフルネームを聞いた瞬間に背筋を伸ばした神殿騎士たちが、蒼褪めて扉を開くと、中から白い光が溢れ出てきて周囲の者たちが皆ひれ伏す。

「こ、これは……！」

「神の御力だ……！」

なんか感極まって祈りを捧げ始める者が続出しているが、私はそんなものに構っている暇はない。

私が６大神の間に足を踏み入れると、音もなく扉が閉じていく。

円を描く神像の中心に7体目の神像、ではなくジークヴァルト先生が立っていた。

確かに神々しいが、シェンティスやローラントにあんなに心配をかけて一体何をやっているのだ、ジークヴァルト先生は。

私の存在にまるで気付いていない様子のジークヴァルト先生の前に立つ。

「ジークヴァルト先生、いったい何をなさっているのです?」

ジークヴァルト先生が物凄く驚いた顔で私を見下ろす。

私が入ってきたことにまるで気付いていなかったんだね。

「セイラン・リゼル、何故、君がここにいる……?」

「この大雨の原因を探るために神殿に来たら、シェンティスとローラントがジークヴァルト先生がこの大雨を鎮めるために神々に祈っていると聞いたものですから」

流石に本人を前にして自殺企図しているのを止めてくれと頼まれた、とは言いにくい。

そもそも6つ名が天変地異を起こすのだとして、その6つ名が死んだからといって一旦始まってしまった天変地異が治まるものなのかね？

「原因か、原因は私だ。私の浅ましい心がこの大雨を招いた。1度始まってしまった天変地異は神が降臨しなければ治まることはない。だからこの身に神を降ろそうと思ったのだ。そして2度に渡って天変地異を引き起こした私自身を滅ぼしてもらおうと思っている」

ジークヴァルト先生が自嘲するように微笑む。

うーん、前世なら知り合いの心療内科医でも紹介したいところなんだが、今世ではそうもいかない。

そもそも神々が天変地異を起こしかねない6つ名なんてものを、神ならぬ身に与えるのが悪いと思うのだが。

勝手に感情まで制限して。

なんかそう考えると腹が立ってきた。もしかすると私も起こすかもしれないということだよね？

天変地異。なんて迷惑な。

「なら早いとこ神降ろしをしてこの大雨を鎮めていただきましょう。わざわざジークヴァルト先生が死ぬ必要なんてありませんよ、幸いまだ大きな被害は出ていませんし」

もうね、ちゃっちゃと降りてきてもらって、とっとと鎮めていただきましょう。

なんならあんたらが6つ名なんて与えたせいで、天変地異は起こるし、思い悩んで自殺企図までしようとするし、と文句のひとつも言わせていただきたい。

ちょっと感情的になっただけで天変地異が起こるなんて、だから最初から感情制限しているなんて、私たちをなんだと思っているんだ。可哀想に、こんなに思い悩んで。

思わず手を伸ばしてジークヴァルト先生の白銀の頭を撫でる。

「君は、一体何をしている……？」

「あ、申し訳ございません、思わず……」

ジークヴァルト先生は頭を撫でていた私の手を取り、そっと口付けてきた。

「私が君を国に返したくないと思ってしまったのがこの大雨の原因だ。私は君の傍にいたかった、君に傍にいてほしかった。6つ名に与えられた役割を知っていながら、そんなことを願ってしまった私の心が原因だ。君には、君にだけはこんな浅ましい私を見てほしくなかった……」

…………。

え…………？

私!?

「君は私より寿命が遥かに短いから、あっという間に死んでしまうのに、その短い時間すらも傍にいることが許されないのかと思うと耐えられなかった。私は、私たちは感情を制限されているから、これが恋愛感情というものなのかどうかはわからないが、私は君のことが誰よりも好きなのだ……」

あ、良かった、ジークヴァルト先生自身も恋愛感情かどうかはわかっていないんだ。私もジークヴァルト先生のことが誰よりも好きだけど、これが世間一般的にいうところの恋愛感情なのかどうかはわかっていないんだよね、感情を制限されているから仕方ないんだろうけど。

だってこの世界で一緒にいて楽な相手ってものすごく少ないんだよ。

大貴族だから同じ家に住んでいる家族でも、正式な用事がある時には面会依頼とか必要だし。

いや、前世の親兄弟が一緒にいて疲れなかったのかと言われたら、そうとも言い切れないのだけども。

「あの、つかぬことをお聞きしますが、ジークヴァルト先生はこのセレスティスに永住するために契約魔術など結ばれていますか？」

「いや？　リシェルラルドの王位継承権は正式に放棄しているが、セレスティスに住むのには特に何もしていない」

いきなり何を言い出すんだ、こいつ、というような胡乱な目で見られる。

「なら、私の一生分のジークヴァルト先生の時間をいただけませんか？　一緒にアルトディシアに来てください」

「……は？」

ジークヴァルト先生が、切れ長の薄い金色の目を大きく見開く。

「私の存在はアルトディシアの地を安定させるために必要なのですよね？　ならば私はアルトディ

シアに帰らなくてはなりません。でも今の私に婚約者はまだ決まっていないのです。しかも王も父も相手は誰でもいい、と言ってくれていますので、私と結婚して一緒にアルトディシアに住んでください。私は人間族なので、多分50年もすれば皺くちゃのおばあさんになって死んでしまいますけど、それでもよろしければ私の一生分の時間をジークヴァルト先生に差し上げます」

嫁に行こうが婿を取ろうがどちらでも構わない、と言われているしね。なんならうちの領地の中で1番開けていない土地を選んでそこに住んでもいい。6つ名が2人もいれば周囲の気候も土地も安定するだろう。

それにジークヴァルト先生が相手なら、恋愛感情が理解できない、どうしよう、相手に悪い、なんて考えなくても済むではないか。お互いのことが好きだけどこれが恋愛感情なのかどうかはさっぱり、という恋愛ぽんこつの2人なのだから。

恋愛感情というものは、多分に性欲に直結しているものだと思うが、私は今の自分に性欲があるのかどうかもよくわからないし、ジークヴァルト先生も同様だろうから、お互いにその気になることがあればやればいいくらいじゃないかな。

家の領地を管理するだけなら、特に後継ぎも必要ないし、2人で静かに暮らせるんでなかろうか。

ハイエルフはどうか知らないが、人間は普通18歳といえば種の保存的な意味でも、恋に愛に現を抜かしたいお年頃真っ盛りのはずだというのに、私のこの枯れ果てた体たらくはどうだろうか。感情制限云々がなくても、前世の記憶を鑑みるに私の恋愛や結婚に対する優先順位は限りなく低かった。前世で18歳の頃何やってたんだったかな?

うん、これはもうジークヴァルト先生に婿入りしてもらおう、そうしよう、それが1番周囲に被害が及ばなくて済むし、私たちも気楽で幸せだ。

「君は、それでいいのか……？」

ジークヴァルト先生が信じられない、というような眼で私を見下ろして、絞り出すように呟く。

「ジークヴァルト先生こそ、長年暮らしたセレスティスを離れなければなりませんよ？　研究設備も何もありませんから、一から整えなければなりませんし、この大陸一と言われる大図書館ともしばしのお別れです」

私がセレスティスを離れるにあたって1番辛いのは、図書館にもう来ることができないということだったりする。私と離れたくなくて天変地異を起こしてしまったらしいジークヴァルト先生にはちょっと言い難いが。

「研究設備はともかく、大図書館の蔵書は全て読了済だから何の問題もない」

ジークヴァルト先生が小さく笑う。

いいなあ、500年近く生きているご神木様は。

400年くらいセレスティスに住んでる、て言ってたもんね、400年あれば大図書館の蔵書も読み尽くせるか。

「そうと決まれば、とっととこの大雨を鎮めてもらいましょう。神様に降りてきてもらえばいいんですよね？」

別に神降ろしをするのはジークヴァルト先生でなくてもいいはずだ。ジークヴァルト先生は色々思い悩み過ぎるから神様も降りにくそうだしね。

神様おいでませ、と祈った瞬間、私は真っ白な空間にいた。

〝感情制限を緩めているわけでもないのに、ずいぶんとおかしな6つ名だことと思っていましたが、別の世界の記憶持ちでしたか〟

「アルトディシア？」

アルトディシアに生まれた私の器に降りるのは風の女神アルトディシアだろう。

軽やかに笑う女性の声がする。

〝稀に別の世界の記憶持ちが生まれることがありますが、6つ名を与えた者では初めてです。このように面白いことになるのなら、次の6つ名を与える者も記憶持ちを探してみましょうか〟

「いやいやいや、止めてあげてください！　ただでさえ6つ名なんてロクなもんじゃないんですから、わざわざ選ばないであげて！」

過去に面白かったから、なんて理由で異世界の記憶持ちをわざわざ選んで6つ名にしたなんてことになったら、私が恨まれそうではないか。

〝あのリシェルラルドの器を連れていくのですね？〟

「あ、はい。何か問題あるでしょうか？」

〝いいえ、ありませんよ。其方らが暮らす地は少なくともその先300年は安定することになるでしょう〟

おお、50年くらい暮らしただけでその後300年も安定するんだ、素晴らしい。

〝あのリシェルラルドの器が起こした気象変動は正しておきましたから安心なさい〟

気象変動か。まあ、まだ天変地異と言われるほどではなかったしね、良かった、良かった。

「あ、そういえば、私もこの先ずっと神気を身に纏うことになるのでしょうか？」

私にはいまいちよくわからなかったが、ジークヴァルト先生は跪きたくなるほど神々しいらしいからね、今後の生活のためにも聞いておかなくては。

〝其方は私を受け入れることになんの感慨も覚えていませんから、季節ひとつ分も経たずに消えるでしょう。あのリシェルラルドの器は、ずっと思い悩んでいるのでいつまでも残滓が残っているだけです〟

あちゃー。

４００年もずっと思い悩むようなことがあったんだ、そりゃあ自殺企図もしたくなるよね。

まあ、今後気が向いたら話してもらおう。話したくないのなら無理に話す必要はないけれど、４００年も経っているんだ。アナスタシア様が心配していたのもそのことなんだろうな、もう過去のこととして昇華しても良いだろうしね、ジークヴァルト先生次第だけど。

〝では私はもう行きます。リシェルラルドの器が其方を心配して騒いでいますしね〟

「はい、ありがとう存じます」

「セイラン・リゼル！」

目を開けると、目の前にジークヴァルト先生の憔悴した顔があって吃驚した。

「どうしました、ジークヴァルト先生。アルトディシアが大雨は鎮めたと言ってくださいましたけど」

どうやら私は6大神の間の中心に座り込んだジークヴァルト先生に抱きかかえられているらしい。

「君は、何故そうあっさりと……」

はーっと大きなため息を吐いてジークヴァルト先生が私を抱き締めてくる。

「私は400年前にリシェルラルドを降ろすのに3年かかった。今回はもっと早く降ろせるだろうと思ってはいたが、何故君はあんなにあっさりとアルトディシアを降ろせたんだ？」

何故と言われても、神様おいでませ、と祈っただけなのだが。

やっぱりジークヴァルト先生は色々思い悩みすぎなんだよ、だから残滓が消えないんだ、てアルトディシアも言っていたし。

つうか、前はリシェルラルドで3年間大雨が降り続けたのか。それは確かに天変地異だわ、リアルノアの箱舟だ、えらいこっちゃ。

「人間族の時間は短いのですよ、3年も時間をかけている余裕はないのです。今すぐ降りてきてくださいい、と祈っただけですよ。実際この後忙しくなりますしね、あ、一緒にアルトディシアに来ていただけるということでいいのですよね？」

相手は誰でもいいとは言われてはいるが、まさか元リシェルラルド王族の6つ名のハイエルフを婿に連れて帰るとは王も両親も夢にも思っていないだろう。

選民意識の強いエルフ族が、ジークヴァルト先生がまさか他種族と結婚して、しかも相手の国に婿入りするなんて事態を黙ってみているか？　という懸念もあるし。

　政治的、外交的な根回しが大変だ。

「君が私を望んでくれるというのなら、私はどこへでも喜んで一緒に行くし、私は君が傍にいてくれればそれだけで満ち足りるだろうが、私は君を幸せにできる自信がない……」

　欲がない。

　私みたいなおかしな女１人いればそれだけで満ち足りるなんて、なんて無欲なんだ、ジークヴァルト先生。

　うーん、世俗にまみれてないなあ、流石は４００年象牙の塔の住人だっただけのことはある。しかも生活にも研究費にも一切困っていなかっただろうし。

　それにまあ、こういうことを言うから私は前世から可愛げのない女という評価を下されてきたのだろうけれども、私は誰かに幸せにしてもらおうと思ったことはない。

　欲しいものは自分で手に入れるし、何が幸せかは私が決める。

　それが私のアイデンティティだ。

「別にわざわざ私のことを幸せにしなければならない、なんて考えなくても大丈夫ですよ。私は欲しいものは自分で手に入れますし、何が私の幸せかは私が決めることですから。でも少なくとも、アルトディシアに帰国してからくじで決める予定だった結婚相手や、元婚約者と結婚するよりも、ジークヴァルト先生と結婚する方が私にとっては遥かに幸せだと思います」

　ジークヴァルト先生がまじまじと私を見つめる。

うーん、やっぱり可愛げのない女だと思われただろうか、でも今更だよね。

「感情を制限されているはずなのに、何故君はいつもそんなに意志が強いのだろうな？　だからこそ私はどうしようもなく君に魅せられるのだが。アルトディシアは何か言っていなかったか？」

そりゃあ、中身は還暦前までバリキャリとして生きてきた記憶があるからです。感情制限はちゃんと働いてるよ？　ものすごい怒りに駆られたりとかしないもんね、そんなことになったらそれこそ天変地異が起こるからなんだろうけど。

ただまあ、自分の感情と上手く折り合いを付けられるだけの人生経験がちゃんと記憶としてあるというのが大きいんだろうな。大人として、社会人として、常にそれなりに穏やかで機嫌良く過ごすのもマナーのうちだと考えていたしね。

「アルトディシアには先ほど身体を貸したことでばれましたけれど、私にはまだ誰にも話したことのない秘密があるのです。大層面白がられましたけどね。結婚したらそのうち寝物語にでもお話しいたしますよ」

ジークヴァルト先生が小さく笑った。

「そうか、ならば楽しみにしていよう。君の話のように面白くはないだろうが、いつか私の昔の話も聞いてくれると嬉しい」

「あ、そういえばアルトディシアが言っていましたよ。ジークヴァルト先生がいつまでもリシェルラルドの神気の残滓を纏っているのは、先生がその時のことをずっと気に病んでいるからだそうです。私は今回アルトディシアを受け入れましたが、そのことに対して何の感慨も抱いていないので神気は季節ひとつ分も経てば消えるそうです」

ジークヴァルト先生が何とも言えない、棒を呑み込んだような顔になった。

「……私が思い悩んでいるから、神気が消えない……？」

「先生のようにずっと神気を纏うことになると、今後の生活に支障が出るかもしれませんので確認したらそう言われましたよ？」

田舎でひっそりと2人で暮らすのは構わないが、いくらあまり他人と関わるのは好きではないとはいえ、会う相手全てに跪かれるからという理由で全く誰とも会えないのではちょっと困るしね。

「そうか、全ては私の心の問題だったのだな……そうか……」

なんだかどんよりと落ち込んでしまったので、よしよしと目の前の白銀の頭を撫でる。

感情が育っていないから仕方ないよね。

「君は先ほども私の頭を撫でてきたな」

「ご不快ですか？」

「……いや、君ならば構わない」

うん、サラサラだ、そのうちブラッシングとかもさせてもらおう。

私は元々手触りの良いものが大好きなのだ。

「兄上と姉上に連絡して、リシェルラルドがアルトディシアに文句を言わないようにしなければならないな」

ジークヴァルト先生も私の髪を手慰み始める。そもそも今の私の体勢は、6大神の間の中心に座り込んだジークヴァルト先生に横抱きにされているんだよね。本来お互いに好意を持っている男女がこんな体勢でいたらもっと色っぽいことになるのだろうが、ここは６つ名同士の残念クオリティ、ただお互いの髪を撫でているだけだ。

ん？　６大神の間？

「ジークヴァルト先生、この際ですから、今結婚誓約してしまいますか？」

「は？」

お互いに国から何を言われるのかわからない相手だ。いや、アルトディシアは６つ名がもう１人手に入るとなれば喜ぶかもしれないが、それでもお互いの身分やら立場やらですんなり結婚するのは難しそうな相手だ。

「周囲に何かしら言われる前に、６大神に結婚誓約してしまえば最終的にどちらの国も文句は言えないのではないかと思いまして」

前世みたいに役所に紙を提出するのが結婚ではないのだ。本物の神に誓約して、離婚は神からのペナルティを受ける世界なんだから、秘密結婚もどきをしてしまうメリットは十分にある。別に秘密結婚がばれてロンドン塔に入れられるわけじゃないし。

６つ名同士を無理やり離婚させて神からのペナルティを受けるなんて、どちらの国も恐ろしすぎて試したくもないだろう。

誰にも反論の余地がないだけの下準備をしておきたい。

「……君を政治や外交の場に出すことが出来ずに、隠遁生活を送らせることになるアルトディシアは私を恨みそうだな」

「私は政治や外交の教育は一通り受けていますが、地位や権力には全く興味がありませんので、有象無象に関わらずに静かに隠遁生活ができるというだけでかなり幸せですね」

ジークヴァルト先生が笑って私を膝から降ろすと立ち上がり、私もその手を取って立ち上がる。

「セイラン・リゼル、君の全ての名を教えてくれるか？」

「はい。シレンディア・フォスティナ・アウリス・サフィーリア・セイラン・リゼル・アストリット・シルヴァークです」

「何故この国でシレンディアや他の4つの名ではなく、セイラン・リゼルと名乗ったのだ？」

「ただ単に、短い名前の方が呼びやすくて覚えやすいと思ったからですけど？」

家名を隠すのは決定事項だったので、あとは周囲からの呼びやすさを優先しただけで特に深い意味はないのだが、ジークヴァルト先生は額に手を当ててくつくつと笑い出してしまった。

「そうだな、きわめて合理的だ。実に君らしい理由だ」

特にどの名前が良いとかの思い入れもないのだから、どれも本名なのだし呼びやすいのでいいではないか。実際このセレスティスに来てからできた友人はほとんどがセイランと呼んでいるのだし。

笑い止んだジークヴァルト先生が跪いて私を見上げる。

「ジークヴァルト・エヴェラルド・ライソン・フィランゼア・カルス・ナリステーア・ハルヴォイエル・リーベルシュテインは、シレンディア・フォスティナ・アウリス・サフィーリア・セイラン・リゼル・アストリット・シルヴァークに全てを捧げる。我が心、我が命、全ては貴女のためだけに。我が命、貴女と共に尽きんことを6大神に希う」

いつの間にか足元に描かれていた魔法陣が金色の光を放ち、私が止める間もなく私とジークヴァルト先生が何か見えない鎖のようなもので繋がったのを感じた。

「何をしたのですか、ジークヴァルト先生！」

「ハイエルフの寿命は他種族には５００年以上と伝わっているだろうが、実際は約１０００年だ。私は今４９７歳だから半分だな。君が自分で言ったではないか、自分は人間族だからあと50年ほどで年老いて死ぬ、と。君を失った後、君との想い出を胸に君の墓守りをして過ごすことも考えたが、私はそれよりも君と一緒に逝きたいと希う」

これまで生きてきた時間ほどの自分の寿命の残りを捨てたというのに、ジークヴァルト先生はこれまで見たことのないような実に晴れ晴れとした清々しい笑顔だった。


どうやら過去に神が降りた6つ名の持ち主は、そのまま廃人というか、目覚めない事例があったらしく、ジークヴァルト先生は私が女神アルトディシアを降ろしてしまったので、慌てふためいて私の意識が戻らなかった時は自分自身を媒体に私の意識を呼び戻すための禁術を展開していたらしい。

その禁術をぱぱっと弄って、私の寿命に自分の寿命を紐付けしてしまったようだ。

短いものを長くするのは難しくても、長いものを短くするのはそんなに難しくないらしい。

種族としての寿命の違いというのは、生きることに飽きるまでの長さなんでないかと私は思っているので、私があと500年寿命あげますよ、と言われたところで正直迷惑だろう。絶対飽きる、私は前世から不老不死とかに興味はないし。

「私や君のように自我がはっきりしている者はともかく、普通の6つ名は感情を制限されて育つことで、成長と共に感情だけではなく自我も希薄になるからな、おそらく神が降りることで自我が消えてしまうのだろう。本来6つ名とは、私や君のように神に降りてくるよう祈るのではなく、神が勝手に降りてくるための器なのだ」

ジークヴァルト先生が起こした天変地異は本来起こるはずのないものだが、予定調和的に起こる天災をきりの良いところで鎮めるために神々が降臨するための器、というのが6つ名の本来の役割らしい。まあ、そんなに頻繁に大地震やら津波やら火山噴火やら起こってもらっては困るので、その本来の役割を果たす6つ名というのは滅多にいないそうだけれども。

「なるほど、それはどうもご心配をおかけしました。私は寿命以外でジークヴァルト先生を置いていくつもりはなかったのですが」

こんな危なっかしい人、いやハイエルフ置いて早死になんてできないだろう。寿命による老衰なら諦めもつくだろうと思ったのだが、それすらも諦めがつかないという結論に達してしまったらしいが。

「私も置いていかれるつもりはない。君は望みさえすれば地位、権力、富、名声といった、大概の者が求めるものを全て手に入れることが可能だろう。だが私以上に君を愛し求める男はいない。君の髪も、眼差しも、吐息も、鼓動も、全て私のものだ。私は永遠に君を離しはしない」

お、おおう。

ジークヴァルト先生は意外にヤンデレ気質だったのだろうか。

ジークヴァルト先生の胸に抱きすくめられながら、私はちょっとばかり現実逃避に走りたくなった。

いや、いいんだけどね、物凄く嬉しそうだし。

感情制限されてて、恋愛感情がよくわからない割に熱いなあとは思うけど。

色々ありすぎて、1周回って何か吹っ切れたのかもしれない。いや、ネジが1本外れたのか？

「ジークヴァルト先生は私と同じで恋愛感情を理解できないのですよね？」

「君のことを特別に思うこの心が世間一般的にいう恋愛感情というものなのかどうかはよくわからないが、君が私のものになって、私が君のものになるというのは嬉しくて幸せでどうにかなってしまいそうだ。私は今6つ名を与えられてから初めて幸せという感情を実感している」

なんか吹っ切ってしまったジークヴァルト先生は、これまで身に纏っていたどこか退廃的で鬱屈とした雰囲気が綺麗さっぱり霧散してしまい、実に晴れ晴れとしているが、なんだかすっかりキャラが変わってしまったようだ。

なかなか私を離そうとしないジークヴァルト先生をどうにかべりっと引きはがし、今更のようだが結婚誓約書にサインをすることにする。

さっきのはジークヴァルト先生が自分の寿命を私の寿命に合わせるという力技の禁術であって、結婚誓約ではない。

まあ、そんなとんでもない禁術の後では、結婚誓約はただ誓約書にお互いサインをするだけだ。普段からどの種族も結婚を執り行う6大神の間なのだから、結婚誓約書もちゃんと置いてある。

「とりあえず神殿から出なければなりませんね。正直外がどうなっているのか考えたくないのですが」

なんせ6つ名2人が6大神の間に入って祈った結果、女神アルトディシアが降臨して大雨を鎮めたのだ。そして今の私は女神アルトディシアの神力を纏っているのだから、それこそ生神のように崇められるに違いない。

ああ、面倒くさい。

ジークヴァルト先生が引きこもりになるのがよくわかる。

季節ひとつ分ほどで消えるとは言われたが、季節ひとつ分待っていたら冬になってしまうからそこまで帰国を遅らせるわけにはいかないし。

「神力を纏った女性を妻にしたいというような奇特な男はいないだろうから、君の家に来ているという数々の縁談を断る口実になるのではないか？」

「なるほど、そういうものですか。私はジークヴァルト先生の纏う神力というものがわかりませんから実感が湧きませんが、そんなに萎えるものですか」

「私も君の纏う神力はわからないが、傍に寄ると無条件で跪きたくなる相手を妻にしたいという男は滅多にいないのではないか？　それと先生はもうやめなさい、秘密裡にとはいえ、私たちはもう結婚したのだから」

「ジークヴァルト様？」

私がそう呼びかけると、ジークヴァルト様はそれはもう美しく微笑んだ。

後光が差していそうな美しさだ。

「愛している、セイラン・リゼル。私の最愛の妻。さあ行こうか」

差し出されたエスコートの手を取り、６大神の間から出ると、その場にいた者たちが種族を問わずに一斉にひれ伏して、私は引き攣りそうになった。

でもまあ、ここは為政者として教育を受けてきた身だ、どうにかしなければならないだろう。

「セレスティスの民よ、大雨は風の女神アルトディシアの御力によって鎮まりました。水に浸かってしまった地区もあるでしょう、怪我をした者もいるでしょう、これから皆で力を合わせてこのセレスティスを復興してくださることを願います」

感極まって泣き出す者や、祈りを捧げ始める者、予想通りといえば予想通りだが、いつまでこうしていなければならないのだろうか。

「ジークヴァルト様、シレンディア様、女神アルトディシアを降ろし、天変地異を鎮めてくださったことにこのセレスティス神殿一同感謝を捧げます。どうぞこちらへ」

そこへ神殿長の衣裳を着たエルフ族が現れ、私とジークヴァルト様を別室に案内してくれた。部屋に入るとジュリアスとうちの護衛騎士たち、シェンティスとローラントがいたから、手を回してくれたのだろう。

「姉上、一体何をしたのですか、何ですか、そのやたらとキラキラした気配は？」

ジュリアスが不機嫌まっしぐら、という表情で詰め寄ってくる。

ジークヴァルト様が私を庇うように肩を抱き寄せてくるのを制する。

「大丈夫です、以前は従弟と紹介させていただきましたが、ジュリアスは私の実の弟です。私に危害を加えることはありません」

「ジークヴァルト様、ご無事で……！」

「良かった、セイラン・リゼル様、ありがとうございます！」

シェンティスとローラントはジュリアスとは対照的に泣き笑いだ。

「すまない、其方らにも心配をかけたようだな。神殿長、各国の神殿に至急で伝達を送りたいので準備を」

ジークヴァルト様に呼びかけられた神殿長は恭しく礼をして退室する。

「各国の神殿へ伝達ですか？」

「ああ。各国首都の神殿と冒険者ギルドにはどれだけ離れていても情報を伝達できる魔術具があるのは知っているであろう？　使用するのにも、作製するのに要する素材と魔力も桁違いなので、設置しているのは各国首都だけだが、緊急時には非常に役に立つ」

神殿と冒険者ギルドはいわゆる治外法権だからね、各地で何か緊急事態が起こった時のための魔術具だ。

もっと省魔力化できれば、神殿と冒険者ギルド以外にも設置できるのだろうけど、作製に要する素材も難しいらしくて、なかなか増やすことができないらしい。

「各国の神殿に何を通達するつもりなのです？　姉上がこのように神々しい気配を纏ったことと何か関係があるのですか？」

ジュリアスの機嫌が悪い。初対面の時からあんまりジークヴァルト様のことが好きじゃないみたいだしなあ、これから義理の兄になるというのに。

「私とセイラン・リゼルが婚姻したことを。天変地異を鎮め、この大陸を安定させるために神々によって命じられた６つ名同士の婚姻だ。これまでに先例がないからな、各国の神殿に通達が必要であろう？」

ひくりとジュリアスの頬が引き攣った。

いつの間に私たちの結婚が神々に命じられたことになったのだろうか、まあ、ジークヴァルト様も本来為政者として教育されてきた側だしね、各国に有無を言わさず黙らせる手段として神々の名と神殿を使うことにしたわけか。

「婚姻？　姉上と貴方が？　いつの間にそんなことに……！」

「つい先ほどですね、非常事態でしたので６大神の間で２人で誓約してきました。陛下もお父様も私の結婚相手は誰でもいいと言っていましたから問題ありませんでしょう？　ジークヴァルト様は私と一緒にアルトディシアに来てくださるそうですし。私がアルトディシアに帰国しなければアルトディシアが荒れるそうですし」

実際には、６つ名が本来置かれた場所から移動して帰ってこなければ、別の６つ名が選ばれるだけだろうけどね。ジークヴァルト様がはぐれ６つ名になったことでリシェルラルドには他の６つ名が現れただろうし。

「ジークヴァルト様が人間族と婚姻して、しかも婿入りですか!? 今日この場でセイラン・リゼル様を見た者たちには異論はないでしょうが、本国の者たちが何を言うか……」

ローラントとシェンティスは困惑顔だ。

「誰が何を言おうと関係ない。私はセイラン・リゼルと一緒に行くことにした。其方らはなんならリシェルラルドへ帰国しても構わぬぞ」

ジークヴァルト様は素っ気ない。

国から付けられている側仕えと護衛騎士だもんね、2人共それなりに忠誠心を持って仕えているように思うのだが。

「いいえ、どちらであってもお供させていただきます。ジークヴァルト様と同じく6つ名で神気を纏うセイラン・リゼル様でしたら、ジークヴァルト様の奥方様としてお仕えするのに異論はございません」

6つ名というのは種族問わずに特別な存在だしね、実際にはそんな良いものではないのだが。

「姉上、本気ですか!?」

「本気も何も、もうすでに結婚誓約書にサインしてきましたよ。このセレスティスが水没したり、アルトディシアに天災が頻発しては困るでしょう?」

「しかし、これまで他種族と婚姻を結んだことのないハイエルフが相手となると、アルトディシアとリシェルラルド間の外交問題に発展するのではありませんか？ そちらの側近の者たちも、本国の者たちが何を言うか、と発言したではありませんか」

ジュリアスは非常に難しい顔をしている。

まあ実際、リシェルラルドは面白くないだろうね。ジークヴァルト様は特別だ、てエリシエルも言っていたし。

「リシェルラルドは兄と姉に抑えてもらう。他の者が神々の決定に文句を言うようならば、400年前のように天変地異がリシェルラルドを襲うことになるだけだ」

淡々と神々のせいにしてるけど、あんまり反対するようなら天変地異起こすぞ？ てことだよね!? シェンティスとローラントの血の気が引いているではないか。

400年前になんでジークヴァルト様が天変地異を起こしてしまったのかは知らないけれど、もしかしてジークヴァルト様はリシェルラルドという国が嫌いなのだろうか。

「貴方の兄と姉がリシェルラルドの民意を抑えられると？」

「むしろ抑えられなければ問題だろう、現王とその姉なのだから。400年も前に王位継承権を放棄して国を離れた男が1人他国へ婿入りしたところで、リシェルラルドが文句を言う筋合いではない」

ジュリアスがげっそりしている。

ハイエルフというだけで、リシェルラルドの王家に連なる者だというのはわかるけれど、ジークヴァルト様の名前は知られていないからね。私もアナスタシア様を異母姉と紹介されるまでは、王位継承権の低い傍系王族なのかなと思っていたし。

「ジークヴァルト様、通信の準備が整いました」

そこに神殿長がやってきたため、ジークヴァルト様が席を立ち、私の頬に口付けた。

「すぐに戻るから、待っていてくれ」

「はい、いってらっしゃいませ」

ジークヴァルト様ってこういうことする方だったんだね、と思いながら見送ると、扉が閉まったとたんにジュリアスがぶち切れた。

「姉上！　なんですかあの男は！　いくら神々に命じられたからとはいえ、あんな男でいいのですか!?」

この弟は割とシスコン気味だからなあ、誰が相手だろうと文句は言いそうな気がするが。

ジークヴァルト様も愛想がないというかコミュ障気味な方だし。

「いいですよ、少なくともアルスター殿下やレスターク殿下と結婚してアルトディシアの次期王妃になるよりもずっといいです。うちの領地の端の方で2人で静かに暮らしますから誰にも迷惑をかけませんし、周辺の気候も向こう300年は安定しますし言うことなしです」

私的には、良い有料老人ホームみつけたので、夫婦で入ってのんびり余生を送ります、という気分だ。

「なんですか、その300年というのは」

ジュリアスが訝しげな顔をする。

「女神アルトディシアに言われたのですよ、私とジークヴァルト様が一緒に暮らせば、その周辺は

その後300年は安定するそうです。平和で大変結構ですよね」

「女神と直接話されたのですか!?」

「話しましたよ、大雨を鎮めてもらうためにこの身体に降りていただきましたからね。私とジークヴァルト様は6つ名なのでわからないのですが、傍目には神気を纏ってとても神々しく見えるのですよね?」

ジュリアスががばっと抱き着いてきたので、よしよしと頭を撫でてやる。

「姉上ー！　どうするのですか、こんなに神々しい気配を纏ってしまって！　寿命も何もかも違うハイエルフなんかと結婚する羽目になって！　姉上が年を取って今の絶世の美貌が見る影もなくなっても、あの男はあのキラキラした外見のままなんですよ!?」

「私はセイラン・リゼルの外見がどうなろうと気にしないし、セイラン・リゼルが死ぬ時には私も共に逝けるよう神々の御力をもって誓約したから、なんの問題もない」

通信を終えて戻ったらしいジークヴァルト様が、呆れたような視線を私たちに向けてくる。

「実の弟でなければ私の最愛の妻に抱き着いている時点で切り捨てるところだが、姉弟仲が良くて結構なことだ」

うーん、やっぱりジークヴァルト様はヤンデレ気質というか、独占欲が結構強いようだ。

そして割と物騒な思考をしている。

色々開き直って本来の性格が出てきたのかもしれない。

私はジークヴァルト様を本国の家族に紹介するのが少しばかり心配になってきた。

私から片時も離れたくないというジークヴァルト様を、アルトディシアに一緒に行くのならその準備が必要だろう、と無理やり研究棟に帰し、私も帰宅する。

げっそりしているジュリアスと、何が何やらと呆然自失としている護衛騎士たちと一緒に帰るが、私の護衛騎士のエリドとカイルだけでなくジュリアスの護衛騎士たちも昔から家に仕えてくれている者たちなので、どうやら私の庇護下にあるようで、いきなり跪いて祈り出したくなる衝動には駆られないらしい、良かった。

シェンティスとローラントには、そういう衝動にかられない魔術具を渡しているようなことをジークヴァルト様は以前言っていたけれど、それってつまり、ずっと仕えてくれている相手に対してもまるで心を開いていなかったということだよね。私の家の者たちは私が無意識のうちに庇護下に置いているからそういう衝動に駆られないんだろう、て言ってたし。

ジークヴァルト様は想像以上に孤独に生きてきたらしい。

なんかジークヴァルト様の他者への認識が、私かその他で区切られてしまったような気がする。

どうしよう、責任重大だ。

「姉上、アルトディシアとリシェルラルドは大騒ぎになっていると思いますよ。神々の命で6つ名同士が婚姻するなんて、これまでの歴史を紐解いてもなかったのではありませんか?」

「そうでしょうね。でも私とジークヴァルト様が結婚しなければ、この大陸中に天変地異が多発したのは確実なのですよ」

主にジークヴァルト様のせいで。

なかなかに感情の振り幅の大きい方だと思う。

おかしい、私はダメンズ好きではなかったと思うのだが。

まあいい、前向きに考えよう。理想の悠々自適な隠遁生活が送れるのは確実だろうし。

私は本来、政治や外交なんぞに関わらず、好きなように本を読んで楽器を弾いて、美味しいものを食べて、欲しいものを作って日々自堕落に過ごしたいのだ。

この欲しいものを作るというのは、案だけ出せばこの先ジークヴァルト様が担ってくれることだろう。

「各国の神殿はそれで納得するかもしれませんが、リシェルラルドはどうですかね？　6つ名のハイエルフなんて絶対にあの国では特別でしょう。何故セレスティスで研究者なんてやっていることが許されていたんだか。あの男は姉上と一緒にアルトディシアに行くと言っていましたが、それならあの男をアルトディシアへやるのではなく姉上をリシェルラルドへ寄越せ、と言い出しそうではありませんか？」

普通に考えたらそうなんだけどね、なんかジークヴァルト様はリシェルラルドにいたくない理由があってセレスティスに長年住み着いていたらしいし、それをアナスタシア様も憂いていたようだから、無理やりジークヴァルト様をリシェルラルドに帰国させるような真似はできないと思うんだよな。

「その辺はそれこそジークヴァルト様が仰ったように、リシェルラルドの現王とその姉であるアナスタシア様がどうにかされるでしょう。女神アルトディシアにもジークヴァルト様を連れていくようにと言われましたしね」

正確には連れていくんだな、という確認だったけど、ものは言いようだ。

「女神がそのようなことを言っていたのですか……ですがアルトディシア内でも姉上とあの男の扱いには困ると思いますよ。なんせリシェルラルドの王弟が筆頭公爵家の令嬢に婿入りするというのですから、シルヴァーク公爵家の家督問題にもなりますし」

「いりませんよ、シルヴァーク公爵家の家督なんて。私はジークヴァルト様と2人でなるべく長閑な場所で静かに暮らすのです。大体、ジークヴァルト様と私が2人一緒にいて、まともに社交ができる者がどれだけいるでしょうね？」

せっかく政治や外交をせずに田舎に引っ込んで暮らせると思っていたのに、うちの当主なんてやってられるか、面倒くさい。

ここで利用せずにどうする、邪魔な神気、溢れる神々しさ！

2人並んで後光を差して、面倒事はうやむやにしてしまうのだ。

「それはまあ……周囲の者が皆次々と跪いて祈り出したら、社交どころではありませんしね」

ジュリアスがやたらとキラキラしているらしい私を見て苦笑する。

私は季節ひとつ分くらいで消えると言われたから、消えるまでにこんなのに近づけるか！　という認識を周囲に刷り込んでとっとと田舎に引き籠ろう。

ジークヴァルト様には、私がまだ読んでいない本は一緒にアルトディシアに持ってきてください、とお願いしたから今頃は学院の図書館に寄贈する分と、持って行く分とを分類中だろう。私の悠々自適な読書生活のために、張り切って引っ越し準備をしていただきたい。

「6つ名というのは、本来神の器だそうですから、世俗に関わらずに静かに暮らしますよ。私もジークヴァルト様も地位や権力には興味ありませんからね」

「本人の興味のあるとなしとに拘わらず繰り広げられ、巻き込まれるのが権力闘争というものだと思いますが、姉上もあの男も世俗のドロドロした争いに引っ張り出すには神々しすぎますからね。リシェルラルドさえどうにか抑えられるなら、アルトディシア国内は父上と兄上が抑えるのではありませんか?」

そうそう、しっかり両国とも抑えてもらわないと、よろしい、ならば戦争だ、どころか、よろしい、ならば天変地異だ、てことになりかねないからね、規模が桁違いだ。

おかしい、私は確かにジークヴァルト様のことが好きなはずなのに、ときめきよりも彼の行動が心配で頭痛に動悸息切れを感じる。

これから一緒に暮らしていく中で、しっかり性格矯正していかなければ。

……できるのか？

遅すぎる初恋

私の名はシェンティス。

ここ30年ほどジークヴァルト様の侍女として勤めてまいりました。

ジークヴァルト様はかつてその身に光の女神リシェルラルドを降臨させた尊き御方ですが、その御身から滲み出る神気が神々しすぎるために、ジークヴァルト様御自ら神気の影響を受けにくい魔術具を作製してくださっているというのにも拘わらず、年若い者では胆力が足りず畏怖してしまうことが多いために、リシェルラルド本国の城で１００年以上勤め上げた者が交代でやってきます。

私はジークヴァルト様にお仕えする前はアナスタシア様の筆頭侍女をしておりましたし、護衛騎士のローラントは前騎士団長です。

私もローラントも本国には既に孫もおります。

セレスティスでのジークヴァルト様は、静かに、無為に日々を過ごしておられました。

ハイエルフの方々は私たちよりも遥かに長命ですから、ジークヴァルト様は私よりも遥かに年上ですけれど、その身に纏う神気のためにほとんど他者と関わることもなく長い時を過ごされてきたせいか、まるで感情を動かすこともなく影像のようでした。

私とローラントはジークヴァルト様にお仕えするにあたって、本国では一般にあまり知られていない情報も知らされてきております。

本国では一般には、ジークヴァルト様は異母兄であるアルトゥール様に殺されそうになり、逆に神の雷にアルトゥール様は焼かれ、そのことで神の怒りを買った本国を天変地異が襲い、ジークヴァルト様がその身に神を降ろすことで天変地異を鎮めたと言われておりますが、本当のところはアルトゥール様に禁術により6つ名を奪われそうになったことでジークヴァルト様が天変地異を引き起こしてしまい、それを鎮めるために神を降ろした、というのが正確なところだそうです。

6つ名持ちというのは天変地異をも引き起こせる存在なのです。

そのため、ジークヴァルト様には誰もが腫れ物に触るかのようにしか接することができず、そのせいでジークヴァルト様はさらにご自分の中に籠ってしまわれていたのでしょう、今になってやっとわかりました。

「シェンティス、セイラン・リゼルに何か贈り物をしたいのだが、女性は何を贈られると喜ぶものなのだ?」

傍目にもわかるほどにうきうきと蔵書の整理をしながら、ジークヴァルト様は問われます。

人間族であるセイラン・リゼル様がジークヴァルト様に師事されるようになってから、ジークヴァルト様は格段に表情が豊かになられました。

ずいぶんとこの人間族を気に入られたようだとは思っていましたが、まさか恋情を抱かれていたとは思いもしませんでした。だっていくら美しくても所詮相手は人間族、ハイエルフであるジークヴァルト様からすれば一瞬で年老いて死んでしまう存在ですから。

「想いを寄せる女性への贈り物として種族を問わずに一般的なのは、花やお菓子や装飾品ではないでしょうか」

お菓子はセイラン・リゼル様が作製される品が他のどんなに有名な菓子職人の作った品よりも美味しいですので論外ですし、花はともかく、装飾品は好みやセンスを問われますけれど。

「装飾品か……魔術具でも作製するか。セイラン・リゼルに近づこうとする不埒な輩を全て排除するような効果を……」

「ジークヴァルト様、あまり独占欲の強すぎる殿方は鬱陶し……こほん、少しばかり重いと感じられることが多いかと思われます。是非、普通の護符となるような魔術具を作製なさいませ。仲のよろしい弟君もいらっしゃいましたし、アルトディシアのシルヴァーク公爵家の姫君とのことでしたので、アルトディシア本国には御両親や兄君もいらっしゃるはずですから、ご家族がお2人の仲を心から祝福してくださるような品を贈ることをお勧めいたします」

実のご家族すら弾くような魔術具など作製されたら、まとまるものもまとまらないでしょう。ただでさえお相手は人間族の大国アルトディシアの筆頭公爵家ですのに。

セイラン・リゼル様が高位貴族の生まれであることは、最初から立ち居振る舞いや教養の高さから一目瞭然でしたが、アルトディシアの筆頭公爵家の6つ名持ちの姫君とは流石に予想もしておりませんでした。

ジークヴァルト様のような特殊な例を除いて、6つ名持ちが自国から何年も離れるなど普通はあり得ませんから。

６つ名持ち同士であるジークヴァルト様とセイラン・リゼル様の婚姻が神々の命により成されたと各国の神殿に通達が送られましたが、神殿関係者はともかく、リシェルラルドとアルトディシアは今頃大騒ぎになっているはずです。

神々に祝福された６つ名持ち同士とはいえ、国も種族も違います。

「なるほど、確かにセイラン・リゼルの家族に疎まれるのは得策ではないな。ではなるべく防御効果の高い魔術具を作製するか。常に身に付けることを考えると指輪か腕輪か……」

「セイラン・リゼル様はご自身がどんな花や宝石よりもお美しいせいか、あまり装飾品を好まれていないように見受けられますので、デザインはなるべくシンプルなものが良いかと思われます」

初めてセイラン・リゼル様がこの研究棟に来られた時、なんと美しい人間族だろうかと感嘆いたしましたが、彼女はいつも質は良いですがシンプルな衣裳でしたし、目立つ装飾品も身に付けてきたことはありませんでした。華やかに着飾ることができるだけの身分と財力があるにもかかわらず、必要時しかそれをしないということは、あまり好きではないということなのでしょう。実際、夜会などの場で身に付ける装飾品は、豪奢で美しいものほど重いものですし。

「そうだな、ならば見た目は簡素な指輪にするか。常に身に付けておける邪魔にならないような、時に重ね付けできるような……」

ジークヴァルト様はぶつぶつと言いながら研究室に籠られました。

蔵書の整理は、セイラン・リゼル様が読まれていない本は全て持って行く、ととりあえず大雑把には命令されていますので、そちらをまず梱包していきますか。運び出すのに下働きの者を入れるにもジークヴァルト様がいない方が作業がスムーズに進みますしね。

それにしても、まさかセイラン・リゼル様が６つ名持ちであったとは。

ジークヴァルト様相手に物怖じしない胆力のある人間族だとは思っていましたが、６つ名持ちだというのなら納得です。

しかし、私とローラントは、ジークヴァルト様がいかにセイラン・リゼル様と出会ってから変わられたかを目の当たりにしてきましたので、たとえ相手が人間族であろうと神々に祝福されご本人同士が良いのならご結婚されるのも良いかと思いますが、ジークヴァルト様を神聖視している本国の者たちは黙っているでしょうか。

しかもジークヴァルト様は、人間族であるセイラン・リゼル様の寿命が尽きたら共に逝く覚悟を決められているようですし。

そしてジークヴァルト様にそれほどの執着をされたセイラン・リゼル様ご自身は本当に納得されているのでしょうか。女性として、自分が年老いていくのに夫はいつまでも若く美しいまま、というのは、かなり精神的苦痛を伴うように思うのですが。

ただでさえセイラン・リゼル様は、ジークヴァルト様と並んでも遜色ないほどの圧倒的な美貌をお持ちですし。

「なあシェンティス、本国の者たちは認めると思うか？」

「アナスタシア様とフォルクハルト様は、ジークヴァルト様が心から望まれたことなら祝福されると思いますが、他の者は難しいでしょうね」

なんせジークヴァルト様は神の化身とされているのです。

ジークヴァルト様がリシェルラルドを去られた後にエルフの6つ名持ちも現れましたが、その者は1度女神リシェルラルドを降ろした後目覚めることなく朽ち果てました。

神が6つ名を与えた者の身体に降臨することは滅多にあることではありませんが、大陸中の長い歴史を紐解けば事例はいくつか存在しており、そのどれもが1度神を降ろした6つ名持ちは2度と意識を取り戻すことはなかったのです。

「女神アルトディシアを降ろしたというのに、けろっとしていたセイラン・リゼル殿を見れば、本国の石頭どもも皆納得せざるを得ないのだろうが……」

「あまり騒ぎ立てると、本当にジークヴァルト様の怒りが本国に向きかねませんからね、その方が大事です。何かあればセイラン・リゼル様に取りなして頂けるようお願いしておかなければ。セイラン・リゼル様がジークヴァルト様に愛想を尽かさないでくださると良いのですが……」

今のジークヴァルト様は初恋を知ったばかりの少年のようではありませんか。いえ実際に初恋なのでしょうけれど、下手に知力も財力も魔力も有り余っているのが困りものです。おかしな効果の魔術具を作製してセイラン・リゼル様に呆れられないと良いのですが。

「ジークヴァルト様が愛想を尽かされる側なのか……？」

何を愕然とした顔をしているのでしょう、ローラントは。

「どう見ても、セイラン・リゼル様の方が精神的に大人ではありませんか。子供っぽい男が可愛く見えるのは恋愛の最初のうちだけですよ。ただでさえ圧倒的な年の差があるのですから、ジークヴァルト様には早急に年上の余裕と包容力を身に付けていただきたいものです」

「なるほど、年上の余裕と包容力か。言われてみれば、私は6大神の間でセイラン・リゼルに頭を撫でられたのだ。セイラン・リゼルにならば構わないと思ったのだが、それで愛想を尽かされると困るからな。其方らは本国には孫までいるのだから、それなりに経験豊富であろう？　是非教えてもらいたい」

……片付けの音でジークヴァルト様がいらしているのに気付きませんでした。

ローラントが頭を抱えていますが、気付いていたのならもっと早くに教えてくれればよいのに、気の利かない男です。ローラントの妻は私の友でもありますが、騎士というのは家庭生活では本当に気が利かないのだ、と愚痴っていたのを思い出します。

そしてセイラン・リゼル様、まさか幼子にするようにジークヴァルト様の頭を撫でていたとは、やはり彼女の方がジークヴァルト様よりも精神的に老成しているのは確実でしょう。

もうこの際、彼女の好みにジークヴァルト様を変えていただいた方が早いかもしれませんね、ジークヴァルト様もセイラン・リゼル様の望みでしたらなんでも叶えようとなさるでしょうし。

「ジークヴァルト様、まずはセイラン・リゼル様の殿方の好みを確認された方が早いのでは？　恋愛対象の好みなど千差万別、セイラン・リゼル様にもそれなりに好みも理想もおありでしょう。ついでに装飾品の好みも確認されるのがよろしいでしょう。自分の好みに合わない品を贈られて身に付けるのは女性にとってはむしろ苦痛を伴います」

ええ、ええ、死んだ夫から結婚前に贈られた代々家に伝わっているという首飾りを思い出しますとも、結婚式の際にしか身に付けませんでしたわ。

「贈り物というのは、相手を驚かせるためにこっそり準備するのが良いのではないのか？」

「ローラント、それは相手の好みを熟知している場合のみに限ります。想像してみてくださいませ、妻からまるで使い勝手の悪い剣や弓を贈られたとして素直に喜べますか？　その剣を腰に佩いて騎士として仕事をしたいですか？」

「……いや、実用品の武器と装飾品は違うだろう？」

これだから男というものは！

贈り物の手配というものは気の利く側仕えに任せるのが、どの種族であっても高位の者は当然ですから、致命的な失敗にはならないでしょうけど。

「よろしいですか？　どの種族においても、衣裳、装飾品、化粧は女性の戦装束です。美しく着飾り微笑む顔の下で、どれだけの戦いが繰り広げられているか殿方にはおわかりにならないでしょうけれども、セイラン・リゼル様は元々アルトディシアの王妃となるべく教育されてきた筆頭公爵家の姫君です。外交、夜会、社交におけるご自分の立場に見合った衣裳や装飾品を身に付けることを義務付けられてきた方です。そのような女性に好みに合わない装飾品など贈っては、１０００年の恋も冷めます！」

「なるほど、女性とはそういうものか。ならセイラン・リゼルのところに行って確認してこよう。お守りを兼ねた装飾品などいくらあっても困るものではなかろう？　なんならこの先セイラン・リゼルが着る衣裳の全てに合わせて装飾品を贈るのも楽しそうだ。どうせ私がここにいても片付けの役には立たないだろうから、ちょっと行ってくる」

「ジ、ジークヴァルト様……」

足取りも軽くさっさと出て行くジークヴァルト様とは対照的に、それを追うローラントは心なしか引き攣っています。

まあ、お守りを兼ねた装飾品がいくらあっても困らないというのは事実ですから、この際、アルトディシアで開かれるであろう夜会の衣裳に合わせた装飾品の相談でもなさってくればよろしいでしょう。

さて、私は急いで引っ越しの準備を進めなければなりません。ジークヴァルト様はご自分の準備ができてから後を追うというようなことは絶対にされずにセイラン・リゼル様と一緒に出立されることを望まれるでしょうから、時間がないのです。

「君はどのような男が好きだ？　できうる限り君の理想に近づけるよう努力する」

怒濤のような1日が過ぎ、引っ越し準備をしてください、と研究棟に送り出したはずのジークヴァルト様が、これまでの物憂げな雰囲気をきれいさっぱり吹き飛ばした清々しい顔でやってきたと思ったら第一声がこれだ。いつも無表情かほんの少し目元を綻ばせる程度の笑みしか見たことがなかったうちの面食い侍女イリスは、立ち眩みを起こしてエリドに支えられている。美麗な笑顔のジークヴァルト様とは対照的に、その後ろに控えたローラントはげっそりとした顔だ。

「いきなりどうなさったのです？　一緒にアルトディシアに来てくださる準備をされていたのでは？」

「君の望みである未読の本以外の荷物などどうでも良いからな、シェンティスに一任してきた。私の持つ素材で君が必要な物があればそれも持って行くが、特にないようなら各ギルドに売却の通達を出すつもりだ」

うわぁお。

ほとんどが金や白金クラスの稀少素材ばかりなんだから、各ギルドが恐慌状態になるのが目に見えるようだわ。買い漁ったところで、それを扱えるだけの薬師や魔術具師がまた稀少だし。その稀少な薬師で魔術具師のジークヴァルト様と私がセレスティスからアルトディシアへ引っ越すんだから、市場もかなり混乱しそうだな。

「引っ越しの準備に私がいても役に立たないだろう？　だから君の男の好みと、あと衣裳や装飾品の好みを確認しに来た」

500年近く生きている相手を自分好みに染め変えるなんて、そんな大それたことをするつもりはありませんが……？

そもそも私自身が公序良俗に反するような趣味や生活習慣でもない限り、他人のために自分を変える気のない女である。相手の迷惑や負担になるようなら改善する余地もあるけどさ。

時々いたよな、付き合う男が変わる度にその相手の好みに合わせて化粧も服装も変えて、趣味も合わせちゃうような人。あれはあれで素晴らしいバイタリティだとは思うが、私には無理。日常生活習慣のすり合わせならともかく、趣味や服装は変えられない。まるで興味のないことを相手に合わせてさも楽しそうにするのはキツイし、自分の好みではない服装は制服以外は無理だ。私に出来るとすれば、正月の雑煮は私はすまし派だが、相手が白味噌派だったら両方作るというくらいだ。相手に合わせる気はないけれども、相手の好みのものも準備はするし否定もしない、というのが私の精一杯の譲歩である。私のために変わる必要はない。だから私にも変わることを求めないでね、ということだ。

ジークヴァルト様の後ろでローラントも頭痛を堪えるような顔をしているではないか。

「殿方の好みですか……では逆にお聞きしますが、ジークヴァルト様はどのような女性が好みですか?」

そこでジークヴァルト様はまるで後光が差しているかのような神々しい笑みを浮かべた。

「私は君という存在の全てに心惹かれているから、ありのままの君が好みだ」

それって、冷めた時に全てが嫌いになるパターンだから。

よくあるじゃないか、好きになった当初は相手の全てが良く見えたのに、別れる時には素敵だと思っていた部分が全て嫌な部分にしか見えなくなる。長所と短所は表裏一体なのだ。

「ジークヴァルト様、私たちは生まれ育った国も種族も違いますし、生きてきた時間も違います。結婚というのは、一緒にいるために お互いに歩み寄れる部分は歩み寄り、受け入れられない部分は我慢せずにきちんと話し合うことで改善する必要があるものだと考えております。生活習慣、物事の価値観、どれも違いますもの。私の全てを肯定してくださるのは嬉しいですが、それは対等な家族ではありませんし長く続けられませんわ」

前世の同僚にいたんだよね。結婚するから仕事辞めますと言っていたのに、結婚するの止めたので仕事辞めるの止めますと言った子が。理由を聞くと、些細なことなんだけど、と前置きして語り始めた。風呂上りに浴室から出る前にある程度の水分は拭き取ってから出てきてほしいのに、いつもびしょ濡れのままバスマットに乗るからバスマットもびしょ濡れになる。何度言っても直さないし、バスマットはそのためのものなんだから、と開き直る。それなら使った後のバスマットは自分で洗濯機に入れて新しいバスマット敷いて出てきて、と言ってもやらないしもちろん洗濯もしない。何度言っても直してくれなくて、この人は私のために変わってくれる気がないんだな、と悟った瞬間に一気に目が醒めて、この人と結婚してずっと一緒に暮らして毎日イライラしながらバスマットの洗濯をするのは無理、と思ったそうな。その話を聞いた女性全員がわかりみしかない……！と激しく頷いたものだ。中には、自分も結婚してしまう前にそうやって目を醒ましたかった！と嘆く女性までいた。バスマットをトイレットペーパーに置き換えると、既婚女性からの共感は更に増すと思われる。自分でやるならともかく、やってもらう前提で仕事を増やすな！という話である。一緒に暮らす相手に迷惑や負担をかけるような生活習慣ならきちんと改善しないとね。

まあ、基本的に自分で家事などする必要のない身分の私たちは、バスマットの扱いで喧嘩になるようなことはないだろうが、少なくともジークヴァルト様は私が望めばそれまでの生活習慣を変えてくれる気があるということだろう。

「なるほど、そういうものか。では気付くことがあれば何でも言ってほしい。私はこれまでほとんど周囲に興味を持たないように生きてきたから、あまりそういうことがわからないのだ。君の望みならなんでも叶えたいと思う、それが今の私の1番の願いだ」

私は基本的に自分の望みは自分で叶えるけどね。少なくとも帰国して興味のない相手と政略結婚させられる心労がなくなっただけでもとてもありがたい。6つ名持ち同士で波長が合うからという理由だけにしても、ジークヴァルト様と一緒にいるのは楽だし。

「これからずっと夫婦として一緒に生きていくのですもの。お互いにこれまで見えていなかった部分も見えてくると思いますわ。私のこれまでに見せてこなかった部分を見ても嫌いにならないでくださいませね？」

これまで割と素で接してきているから、今更こんなはずじゃなかった的なことはないと信じたいのだが。

「私が君を嫌うことなどあり得ない」

そう言ってジークヴァルト様は私の左手を取るとするりとシンプルな銀の指輪を嵌めてくれた。

「あら、ジークヴァルト様、これは？」

「君に何か装飾品を贈りたいと思ったのだが、君の好みを知らないと気付いたのでな。とりあえずは普段身に付けていて目立たないシンプルなデザインのものにした。効果は毒無効と魅了無効と幻覚無効しか付けられなかったのだが、もっと華やかなデザインならばさらにたくさんの機能を付けられるだろう」

貴族は位が上がるほど状態異常に対する魔術具を身に付けているものだ。

特に毒、魅了、幻覚に対抗する魔術具は必須だろう。どこで仕掛けられるかわからないのだから。

こんなシンプルな指輪ひとつに毒、魅了、幻覚無効の効果を付与するなんてすごいね、流石は長年セレスティス随一の天才と讃えられてきた研究者だ。

ほへーと私は嵌められた指輪を眺める。

耐性じゃなくて無効だよ、各国の王や宰相が喉から手が出るほど欲しがるだろう。

そしてこの世界に結婚指輪の習慣はないはずなのに、偶然にも左手の薬指だ。

いや、これは現実逃避だ、わかっている。

「ありがとう存じます。これなら毎日付けていても邪魔になりませんわね。夜会などの時には重ね付けすれば良いですし……ああ、それで私の衣裳や装飾品の好みを聞かれたのですか」

護身用の魔術具は自分でもいくつか作製して身に付けているが、ジークヴァルト様はこれから装飾品として作製してざかざか贈ってくれるつもりらしい。

「シェンティスに、好みの合わない装飾品を身に付けるのは女性にとっては苦痛なだけだと言われてな……色やデザインの好みがわかれば、素材は色々あるし、君の望む効果をいくらでも付与しよう」

私の望みならなんでも叶えたい、装飾品もいくらでも作製して贈る、と言っているが、これではキャバ嬢に貢ぐ男のようだ。私にキャバ嬢のようなモテテクはないはずなのだが。

前世の私の男友達には、キャバ嬢に嵌まり込むような者はいなかったが、逆にキャバ嬢に嵌まり込んで貢ぎまくる友人を諫める立場にあった者は数人いたから、どういうものなのかは知っている。

いくら諫めても全く聞く耳持たないのだ。

彼女が本当に好きなのは俺だけなんだ、彼女は親が病気でお金に困ってそんな仕事をしているだけなんだ、彼女にクリスマスプレゼントにブランドのバッグをねだられたんだ……。

いくら騙されてるだけだと言っても聞かないんだよ……という男友達のため息を何度か聞いた記憶があるぞ。

なんか後ろのローラントの目がその男友達を彷彿とさせる。

うーん、私は結婚詐欺師ではないし、別にジークヴァルト様を騙したわけでもないし、何かをおねだりしたわけでもないのだが、なんだか申し訳ない気分になる。

騙されやすそうだなあ、ジークヴァルト様。

私がキャバ嬢、もとい、娼婦とかでなくて良かったね。

下手に財力も有り余ってるだろうから、いいカモにされそうだ。

1度ルナール辺りにでも弟子入りして、女遊びの仕方を教えてもらった方が良いのではなかろうか。

「そうですね、色は金よりも銀、石は青や紫系統をよく使います。緑は色味的にあまり似合いませんので身に付けないことが多いです。暖色系なら赤は使いますが黄色やオレンジはあまり使いませんね。あとは軽いと嬉しいです。豪奢な装飾品は夜会くらいでしか身に付けませんが、重いと肩が凝りますので」

　夜会とかで身に付ける豪奢なアクセサリーは重くて本当に肩が凝るんだよね。前世の若い頃にはそれなりに楽しんで身に付けたものだが、年を取ると正装は和装が増えたこともあってアクセサリーはほとんど身に付けなくなっていった。今世では魔術具のお守りとしていくつか身に付けてはいるが。

「おそらくこれからアルトディシアに帰国して、夜会にご一緒していただくのは冬になるかと思いますので、衣裳は赤や白が多いかと思います。青系統では寒々しいですし。デザインは隣に立たれるジークヴァルト様の衣裳との兼ね合いを考えてデザインしますわ」

「衣装のデザインは君が自分でしているのか？」

「大概はそうですわね。ジークヴァルト様がこれから装飾品を作製してくださるのでしたら、冬の夜会で身に付けることを考えて雪の結晶のようなモチーフで作製してくださると嬉しいです」

　とりあえず何かさせておいた方がいいのだろう。いくつかアクセサリーのデザインを簡単に描いて渡す。作ってくれるというのなら作ってもらおう、重いアクセサリーは肩が凝るから好きではないが、軽くしてくれるのなら大歓迎だ。

「わかった。絶対に付けたい機能は軽さで、後は状態異常を無効化するような効果を付け、余裕があれば物理攻撃や魔法攻撃を反射する効果も付けていこう」

　あ、なんか国宝級の魔術具のお守りが量産されそうな予感。有り余っている素材を全て売却するのでなく、ある程度加工して持って行った方がいいよね。放っておくと全て私のための魔術具になりそうだけど。

しっかし、私の男の好みねえ。

前世から私の男の基準は顔と頭だ。

顔は間違いなく好みだな。私は元々面食い気味だけど、ジークヴァルト様の顔ならずっと眺めていられる。美人は3日で見飽きるなんて言うけれど、ジークヴァルト様の顔は見飽きない。至高の芸術品だし、しかも何年経っても劣化しないなんて素晴らしい。

頭の良い人が好きだけど、その点は当然クリアしているし、読書の邪魔とかされたら殺したくなるほど腹立つけど、ジークヴァルト様はそんなことはしないし、隣で一緒に読書できるだろう。

私は強さには拘りはない。有事の際に自分自身の身を守れる程度の腕さえあれば、お互い護衛騎士が常に貼りついている身だ、問題ないだろう。

私が色々趣味に邁進していても気にしないだろうし、むしろ後押ししてくれそうだ。

浮気は間違ってもしなさそうだし、逆に執着が重いくらいだろうか。

まあ、その重さが多少問題かもしれないが。

「どうかしたか?」

私が黙ってジークヴァルト様の顔を眺めていたからだろう、心配そうに問いかけられる。

「先ほど聞かれましたので、私の殿方の好みというものを考えておりました。今まで政略結婚が当然だと考えておりましたので相手に何かを求めるつもりはありませんでしたが、改めて考えてみますとジークヴァルト様はかなり私の好みに合致するようです」

うん、私の趣味の邪魔さえしなければどんな相手でもいいと思っていたけれど、ジークヴァルト様は私にとってかなりの好物件である。

「本当に？」

「はい」

にっこり微笑んで見せると、それはもう輝かしい微笑みを向けられた。普通の人間ならこの微笑みだけでバッタリいきそうだ。

「ならば、その、今日はこちらに泊まっていってもいいだろうか……？」

もじもじと耳を赤くして目を伏せるジークヴァルト様はとても可憐で可愛い。

周囲に何の相談もせずに強行したとはいえ、結婚したのだ。実質的な既成事実を作っておくのも悪くはないだろう。ジークヴァルト様の研究棟は引っ越し準備でバタついているだろうし。

それにアルトディシアに行く前に私の前世の記憶のことを話しておくのも良いだろう、そのうち寝物語に話すと約束したし。

常に護衛騎士やら侍女や侍従といった側仕えやらが同室に控えている者同士、本当に内緒話をしようと思ったら寝室くらいしかする場所はないのだ。

「はい、構いません」

頭を抱えているクラリスの姿や、呆然としているローラントの姿が目の端に映るが、別に構わないだろう。アルトディシアに行く前にジークヴァルト様の抱えている心の闇もちょっとは晴らせるものなら晴らしておきたいし。

別に夫婦であってもお互い秘密のひとつやふたつやみっつやよっつ抱えていても構わないとは思うが、ジークヴァルト様にとっては私という存在が必要なのだろうから、もう少し心の距離を近付けておきたいのだ。

国にも家にも何の相談もなくいきなり結婚なんてしてきて！　とクラリスは大層ご立腹だったが、文句は神殿に行って神々に直接言ってくれ、と言うと流石に黙った。もう帰国してからもこれで押し通そうと思う。神々が実在しているのが明らかな世界で、直接神々に苦情を申し立てられるような胆力のある人がいたら、私は無条件でその人をリスペクトするだろう。

神々の命で6つ名同士で結婚なんてして、夫婦で神殿にでも入るつもりか、と言われたが、それならそれでもいいと思う。基本的に聖職者は独身だが、6つ名同士なら特例として認められるだろうし。

ただまあ、神気を垂れ流した後光の差す私たちが夫婦で神殿に入ったりしたら、毎日参拝客が涙を流して跪いて祈り出しそうなので、それはちょっと鬱陶しい。神殿になんて入ったら、季節ひとつ分くらいで消えるだろうと言われた私の神気も、なかなか消えないような気がするし。

「お嬢様、本当にあの御方とご結婚なされたのですよね？」

「そうだと言っているでしょう。大体今の私はアルトディシアの神気を纏って光り輝いているのでしょう？　こんな私と結婚できるのなんて、同じようにリシェルラルドの神気を纏っているジークヴァルト様くらいですよ」

　別の相手と結婚しても、家の中に神殿を作られて祀られるのが関の山だと思う。

「はあ、こういっては何ですが、お嬢様もあの御方も浮世離れしていらっしゃいますので、ご結婚されて、そのう、男女として閨を共にされるイメージが湧かないといいますか……」

　イリスの歯切れが悪いが、その言い分には私も全面的に賛成だ。

　私以上にジークヴァルト様にはそういう欲が薄い気がする。

　普通の男相手だったらね、結婚したら後継ぎを作るという貴族としての義務もあるし、嫌でもやることやらなければならないんだろうけど、私とジークヴァルト様はねえ……。

「私はジークヴァルト様と2人きりでお話ししたいことがありますし、ジークヴァルト様も同様だと思うのですよ。もしかしたらお話ししているだけで夜が明けるかもしれませんね」

　ちなみにジークヴァルト様は今お風呂である。ローラントがげっそりした顔をして急いで着替えを取りに戻ったが、クラリスとイリスは私が神気を纏っても変わらず私の世話をしてくれているが、ジークヴァルト様に直接触れることのできる者はなかなかいないらしく、ジークヴァルト様は普段から自分のことはほとんど自分でやっているらしい。

　ジークヴァルト様への好感度が上がった。

　貴族は侍女や侍従といった側仕えがいるのが普通だが、私は前世の記憶があるので、男だろうが女だろうが最低限の自分のことくらいは自分でできてほしいと思うのだ。まあ、だからこそ私のセレスティスでの侍女は2人で事足りているというのもあるのだが。普通の高位貴族の令嬢なら、侍女2人だけで日々生活するなんてあり得ないだろう。母親には常に最低5人は付いていたし。

「はあ、客室ではなく、お嬢様の寝室にご案内してよろしいのですね？」

深々とため息を吐かれるが、仮にも結婚したのだからいいに決まっている。ジークヴァルト様もそのつもりだろう。

今夜泊まっていってもいい？ と赤くなって言う様はまるで乙女で、とても可憐で可愛らしかったが、普通逆ではないだろうか。いや、私は前世から男らしいとよく言われたが。


寝室でホットワインを飲みながら待っていると、クラリスに案内されてジークヴァルト様がやってきて私の隣に座った。

そこはかとなく色気があるように見えるのは気のせいだろうか。

「急にすまない。アルトディシアに行く前に君に話しておきたいことがあったのだ」

少し顔を伏せると、いつもは後ろで緩く纏めている白銀の髪がさらさらと落ちてきてとても綺麗だ。

「君はいつか寝物語に自分の秘密を話してくれると言っていたな。だが君の話を聞く前に、私の昔の話を聞いてほしい。あまり楽しい話ではないが聞いてくれるだろうか……」

「はい、勿論ですわ」

ジークヴァルト様は私を軽く抱き寄せると、静かに話し始めた。

「私には現在異母兄と異母姉が1人ずついる。姉は先日紹介したアナスタシア、兄はリシェルラルドの現王であるフォルクハルトだ。だが、本当はもう1人異母兄がいたのだ。リシェルラルドの王族の系譜から名を抹消されたアルトゥールという兄が……」

そこからジークヴァルト様の昔語りが始まった。

静かに語られるそれは、とても暗く重かった。

つまるところ、ジークヴァルト様の実母がハイエルフではなくエルフだったことで、ハイエルフの母を持つ兄姉ではなくジークヴァルト様が洗礼式で6つ名を授かったことでリシェルラルドが割れたということか。王位継承争いはどこの国でもあるものだけれども、なかなかにドロドロの争いが何年にも渡って繰り広げられたらしい。

「アルトゥール兄上は、私が6つ名を授けられてから変貌したと言ったが、当時の私にはわからなかった。兄上に可愛がられていたという記憶はあっても、それに伴っていたはずの感情がまるで理解できなかったのだ。今にして思えば神々によって感情を制限されたからなのだが、あの時リシェルラルドでそのことを知る者は誰もいなかった。知っていたら、感情のない者を王位に就けようなどとは誰も考えなかっただろうに」

ジークヴァルト様が自嘲するように微笑む。

「そしてアルトゥール兄上は禁呪に手を染めたのだ。私から6つ名を奪うべく、禁呪を展開し、そして神々の怒りに触れ髪一筋も残さずに私の目の前で雷に焼かれた。6つ名などなくなれば元のお前に戻るのか、と言っていたが、兄上の禁呪で私の6つ名を奪うことはできず、替わりに神々によって施されていた感情制限が緩んだ……」

私を抱き寄せるジークヴァルト様の力が強くなる、少し震えているようだ。

「私は王位などどうでも良かった。周囲が望むのならその地位に就くのも止む無し、といったところだ。それは君も同様だろう？　だが、感情制限が緩んでしまった私は、あの瞬間、当の私を無視してくだらない王位継承争いを繰り広げ、アルトゥール兄上を追い詰めたリシェルラルドという国を心底嫌悪したのだ。そして止まぬ雨が降り出した……」

それが過去にリシェルラルドで起こった天変地異の顛末か。

重い。

どうしよう、私に前世の記憶がある話なんて鼻でせせら笑われそうなくらいに、重い。

そりゃあ気に病むわ、４００年も鬱々とするはずだよ。

でもまあ、そのアルトゥール様とやらがジークヴァルト様を弟として可愛がっていたというのは本当なんだろうな。さくっと殺せば済むものをわざわざ禁呪なんぞ展開して６つ名を奪おうとしたんだから。

「国によって王位継承争いは常にありますけれど、アルトゥール様というお兄様が、ジークヴァルト様のことを大切に思っていたということだけはわかりましたわ」

「アルトゥール兄上が、私のことを、大切に思っていた……？」

ジークヴァルト様が信じられないことを言われた、というような表情で薄い金色の目を見開く。

なんでそんなに驚くんだろうね？

「そうですわ。だって、邪魔なら殺せば済むことではありませんか。6つ名を暗殺して神罰が下ったという話は聞いたことがありませんもの。現に私もアルトディシアにいた頃は何度か暗殺者に遭遇しておりますし。それをわざわざ名前を奪う禁呪を展開するなんて面倒な真似をしてまで、ジークヴァルト様を元に戻したかったのでしょう？」

6つ名は権力者に近いから、常に暗殺の危険があるんだよね。実際過去に暗殺された6つ名も何人もいるわけだし。神々にとっては、死んだら次の6つ名を選べばいいだけの話だけど、自分たちが与えた名前を無理やり奪い取るような真似は許せない、ということなんだろう、きっと。

「そう、か、アルトゥール兄上……」

ジークヴァルト様の薄い金色の目から、つ……と涙が一筋零れ落ちた。

美形は泣き顔まで綺麗だなあ、と思いながら、白銀の頭をよしよしと撫でる。

「君はまたそうやって私の頭を撫でる……」

「泣きたいのでしたら、胸でも膝でもお貸ししますよ？」

ジークヴァルト様は小さく笑うと、いきなり私の膝裏に手を入れ抱き上げた。

「ジ、ジークヴァルト様？」

「慰めてくれるのなら、寝台の方が良い。君は私の妻なのだから、構わないだろう？」

杉の木のように細いイメージだったが、意外と筋肉はついているらしい。

ジークヴァルト様は軽々と私を抱き上げてスタスタと寝台に行き、そっと降ろされる。

「君に出会えて良かった……」

吐息のように囁かれて、重ねられた唇を受け入れた。

どうやらジークヴァルト様は、私ほどには枯れ果ててはいなかったらしい。


目覚めると目の前に白銀の髪に薄い金色の瞳の絶世の美貌があった。

ジークヴァルト様は寝起きの気怠げな雰囲気を醸し出しながらも、白銀の髪は朝日を浴びて神々しく輝き、目が合った瞬間、その陽の光のような薄い金色の瞳を細めて蕩けるように微笑んだ。

普通、どんなに美形でも男というものは、朝は多少小汚くというか、むさ苦しくなっているものではないのだろうか、これは私の男というものに対する偏見だろうか。

「おはよう、セイラン・リゼル」

私を見つめるジークヴァルト様は甘やかな雰囲気を纏い、元々の絶世の美形に加えて、髪が少し乱れているせいか滴るような色気を醸し出している、私の名を呼ぶ声まで甘い。

おかしい、ご神木様が生身の男になってしまわれた。

なんとなく気恥ずかしくて、上掛けを引き上げて顔を隠してしまう。

「……おはようございます」

ジークヴァルト様はくすりと笑って上掛けを除けると、そっと私の額に唇を寄せた。

額、こめかみ、目元、頬……触れるだけの優しい口付けは、そっと私の唇にも重ねられ、薄い皮膚を通じて交わす熱は触れるだけで、でも、何度も確かめるように繰り返される。

……甘い。

どうしよう、ジークヴァルト様が壊れた。

こんな付き合い始めたばかりの恋人同士のような、新婚夫婦のような真似をするなんて……いや、付き合い始めたばかりの恋人同士で新婚夫婦で合ってるわ、私たち。

……どうやら、私もかなり混乱しているらしいということに、やたらと上機嫌のジークヴァルト様に抱き上げられて浴室に運ばれながらぼんやりと気付いた。


朝食はサラダとスムージーとフレンチトーストだ。

フレンチトーストを美味しくするコツはひとつだけだ。それは前日からしっかり液に漬け込んでおくこと。ジークヴァルト様が泊まるなら朝食は甘いものがあった方が良いだろうと思って、昨夜のうちにオスカーに指示しておいた。

上機嫌でハチミツをかけたフレンチトーストを食べるジークヴァルト様の顔を正視しにくい。なんだかやたらとキラキラして見えるのだ。おかしい、6つ名の私には神気なんて効かないはずではなかったのか。

「どうかしたか?」

「いえ、いつにも増してジークヴァルト様がお美しく見えるので、私の目がどうかしたかと思いまして」

正直に言うとジークヴァルト様はくすりと笑った。

「私も君のことがいつにも増して光り輝いて見える。感情制限が多少緩んでいる私は君への恋愛感情をはっきりと自覚したが、君も少しでも自覚してくれたというのなら望外の喜びだ」

……恋愛感情？

あれか、好きな相手は光り輝いて見えるという、あのラブラブフィルターか。

なんてこったい、感情制限なんてされていなかった前世でも装備されていなかったフィルターが、感情制限されているはずの今世で実装されるとは。

いや、ジークヴァルト様は並外れた絶世の美形の上に神気まで垂れ流しているんだから、私でなくても光り輝いて見えるのだろうけども。

まあ、でも、これまでは絶世の美形だとは思っていても、光り輝いてまではいなかったから、私の中でなんらかの感情の変化があったということなんだろうな、きっと。

「なるほど、そういうものですか。ならば私の目がおかしくなってジークヴァルト様の神気がわかるようになったというわけではないのですね」

「別に私に向かって跪いて祈り出したくはならないであろう？」

ならないね。

どちらかといえば、これまで心の中で注連縄かけて拝んでいたのが、注連縄外れてご神木から人型になっちゃったし。

「祈っても特にご利益はなさそうですしね」

「ゴリヤク？」

ああ、この世界では御利益とは言わないか。

ジークヴァルト様がきょとんとしている。

「ジークヴァルト様は私の恋人で夫であって、神ではありませんから」

ジークヴァルト様がそれはもう幸せそうに微笑んだ。キラキラ度が5割増しだ。

給仕をしているイリスが今にも鼻血を吹いて倒れそうな顔をしている。私の庇護下にあるから神気は効かないはずなんだけど、元々イリスは唯美主義だからなあ。

「そうだな、私は君を愛するただの男だ」

なんか色々吹っ切った晴れやかな顔をしている。ジークヴァルト様の400年消えなかった神気が消える日も遠くない予感がした。

ジークヴァルト様は一旦自分の研究棟に戻って行った。夜はこちらに帰ってくるという。大雑把な指示しか出していないので、引っ越し準備のために戻らざるを得ないらしい。

400年の間にため込んだ稀少素材が唸るようにあるので、それらの処分は流石にジークヴァルト様自身が指示を出さないとまずいということだろう。

各ギルドの代表者が血相を変えて買い取りに駆け付けて来るのが目に見えるようだ。

ただねえ、稀少素材は扱うのに魔力も技術も必要だから、買い取ってはみたものの誰も加工できません、てな笑えない事態に陥る可能性も高いと思う。ジークヴァルト様と私は6つ名の特性として魔力が桁違いに多いからそんなに苦労はしないけど、普通はそうはいかないだろうしね。

実際ジークヴァルト様はこれまでに作製して設計図を売った魔術具が山ほどあるけれど、各ギルドでその設計図を扱える魔術具師がいなくて、結局作製依頼が来る、という循環で巨額の財を築いてきたそうだし。

リシェルラルドから年金みたいなのをもらって高等遊民するという手もあったのだろうけど、リシェルラルドの世話にはなりたくなかったらしい。

各ギルドのジークヴァルト様の口座には、大国の国家予算何年分!? という額の預金がうなっているらしい。ひとつじゃない、冒険者ギルドや商業ギルドや諸々のギルドの口座全てにだ。

400年、お金使うこともなかったんだろうなあ。

欲しいものがあれば何でも言いなさい、と言われたが、個人で消費するような額じゃないだろう。アルトディシアで暮らすようになったら領地の発展や事業に投資してもらおう、そうしよう。

「お嬢様、エリシエル様がおみえになられましたけど、お通ししてよろしいでしょうか?」

「ええ、通してちょうだい」

エリシエルはいつもふらっと遊びに来るが、指名依頼でちょっと遠出すると言っていたから、帰ってきたのだろう。もし私がアルトディシアに帰国していたらアルトディシアに会いに行くよ、と言ってくれていたが、入れ違いにならなくて良かった。

「セイランさん、ちょっと色々小耳にはさんだことが……て、うわっ!?」

イリスに案内されて入ってきたエリシエルが、まるで絵に描いたように見事にずざっと飛び退った。

「ど、どうしたの、セイランさん、なんでそんなに神々しく光ってんの!?」

「色々ありまして、女神アルトディシアをこの身に降ろした副作用ですわ。そのうち消えるそうですのでご心配なく」

「ふ、副作用って、そんなあっさりと……てか、セレスティスが天変地異に見舞われて6つ名の人間族がジークヴァルト様と一緒に女神を降臨させてそれを鎮めた、て聞いたけどセイランさんのことだったんだ……」

　エリシエルががっくりと項垂れた。

「ジークヴァルト様曰く、6つ名というのは神の器だそうですから、他の6つ名の方でも神降ろしは可能ですよ。別に特別なことではありません」

　神が抜けた後に、自我を保てているかどうかは別としてね。

「あっさり言うけどそんな簡単なことじゃないでしょ!?　セイランさんにかかると、どんなことでも全てはこともなし、みたいに片付けられるけど、そうじゃないからね!?」

「終わりよければ全てよしですよ。私にとっても色々と想定外のことが起こりましたが、丸く収まったので良いのです」

　エリシエルがじとっとした目で私を見る。

「何事も下準備の段階で9割は決まると常々言ってるセイランさんが、色々と想定外のことが起こった、て言う時点で大事じゃないの……ジークヴァルト様が女神を降臨させた6つ名の人間族と結婚した、て聞いたんだけど、それってセイランさんのことだよね?」

「エルフ族の情報は早いですわね」

各国首都の神殿には通達したが、もうそんなに知られているんだ。

「エルフ族は皆大騒ぎだよ……リシェルラルド本国はもっと大騒ぎしてるんじゃないかな？　ハイエルフが他種族と結婚するなんてこれまでありえなかったのに、しかもジークヴァルト様だし……セレスティスの神殿にいたエルフ族は皆、ジークヴァルト様と並び立つことができるほどの美しく神々しい人間族など初めて見た、て言ってたからもしかしてと思ったけど、やっぱりセイランさんだったんだ……」

　エリシエルがぐったりとテーブルに突っ伏す。

「セイランさん、アルトディシアに帰国して政略結婚するんでなかったの？」

「そのつもりだったのですが、女神アルトディシアにジークヴァルト様を一緒に連れて行くように言われましたしね。ジークヴァルト様も異論はないそうなので、アルトディシアに婿入りしていただくことにしました」

　うぐぅ、とエリシエルから潰れたような声が上がる。

「う、うそ、ジークヴァルト様が婿入りするの？　アルトディシアに!?　セイランさん、下手したら暗殺されちゃうよ!?」

　がばっと顔を上げて私を見つめるエリシエルは真剣だ。エリシエルは自国よりも私のことを心配してくれているらしい、なんとなく暖かい気分になる。

「大丈夫ですよ。今の私に武器を向けられるような者が果たしてどれだけいると思いますか？　4

００年程前に女神リシェルラルドを降ろした残滓を纏うジークヴァルト様よりも、先日女神アルトディシアを降ろしたばかりの私の方が神気は遥かに強いでしょう？　よほどの胆力がない限り私に武器を向けるのは難しいと思いますよ」

それにエルフ族が私に何かしたら、それこそジークヴァルト様がリシェルラルドを滅ぼしかねないだろうし。

エリシエルが私に向かって跪いて祈り出さないのは、私が友人として認識して庇護しているからなんだろうな、多分。

「う、うん、神罰下りそうだしね。セレスティスの神殿でジークヴァルト様と一緒にいるセイランさんを見たエルフ族は皆感動してたから大丈夫だと思うんだけど、でも本国の連中の中にはジークヴァルト様がアルトディシアに奪われるとなったら、何しでかすかわからない過激なのもいるから……」

「心配してくださってありがとう存じます。ジークヴァルト様が私のために色々魔術具を作製してくださっていますし、それにもし私が死ねばジークヴァルト様も一緒に逝くことになりますよ？　ジークヴァルト様ご自身が私と共に逝きたいと望まれて、そのように術を施しておられましたから」

エリシエルの白い顔から血の気が引いて真っ白になってしまった。

でもまごうことなき事実だし、これを噂として広めておいてもらった方が私を暗殺しようとする過激派も躊躇するだろう。

ジークヴァルト様を誑かした人間族を暗殺したら、ジークヴァルト様も一緒に死んじゃった、という事態になってしまうのだから、冗談抜きで。

「そ、それ本当……？」

「事実だ」

いつの間にか帰ってきていたジークヴァルト様が無表情で肯定し、エリシエルがひえっ!?　と悲鳴を上げて椅子から飛び上がる。

ジークヴァルト様に会うのは心の準備が必要だ、て前に言ってたもんねえ。

「お帰りなさいませ」

「ああ、ただいま」

微笑んで寄ってきたジークヴァルト様に頬に口付けられる。

うん、なんだか慣れてきたぞ、こういうことを平気でする方だと思えば気にならない。

エリシエルは涙目だ。

「リシェルラルドがセイラン・リゼルを害そうとするならば、私はリシェルラルドという国そのものを滅ぼすだろう。もっとも、セイラン・リゼルの生命と私自身が繋がっているから、セイラン・リゼルが死ねばその場で私の生命も尽きるがな」

「ジークヴァルト様、私の友人を脅すのはやめてくださいませ」

「脅してなどいない、厳然たる事実だ。私は私から君を奪おうとする者を決して許しはしない」

ジークヴァルト様が私の隣に座ったせいで、対面のエリシエルは真っ青だ。２人並ぶと神気も増幅するらしいしねえ。

「エリシエルさん、冒険者の中には後ろ暗い仕事を請け負うような方もいるでしょう？　そのような方々にも私を狙うのは明らかに割に合わない仕事だと噂を流してくださいませ」

「もしセイラン・リゼルの暗殺を依頼されたなら、その依頼者を殺すなり、情報を持ってくるなりすれば、私がその依頼料の10倍額出すと伝えよ」

あー、これは本気だ。

なんとなく思ってはいたけれど、やっぱりジークヴァルト様は割と過激な性格をしている。

暗殺者ギルドのような裏社会のギルドは、そもそもその道の伝手がないとコンタクトできないからなあ。

「アルトディシアの6つ名の公爵令嬢の暗殺依頼を出すとなれば、相当な金額が動きますわね。その10倍となると小国の国家予算にも届くのではありませんか？」

「はした金だ」

そりゃあ、ジークヴァルト様にとってはそうでしょうけれども。

おや、いつの間にやらルナールも来たようだ。先客がエリシエルなら案内しても問題ないと判断されたのだろう。

「それはいいことを聞いたな」

エリシエルとルナールはふらっとやってくるからなあ、私が不在でも厨房に行ってオスカーにご飯を食べさせてもらう許可を出しているし。

ルナールはにやりと笑うとエリシエルの隣にどかっと座り長い脚を組む。

「暗殺者ギルドに属している獣人族から相談を受けてな、リシェルラルドの貴族からお嬢さんの暗殺依頼があったそうなんだが、なんせお嬢さんは獣人族の大恩人だ。このセレスティスでお嬢さんを知らない獣人族はいない。だが、獣人族が受けなくても他種族は受けるかもしれん。なんせ報酬が破格だ、大金貨100枚だとさ。どうする？　本当に10倍出すというなら、暗殺者ギルドに属する獣人族全てを動かして、お嬢さんに暗殺依頼を出したリシェルラルド貴族を皆殺しにできるぜ？」

笑顔でとんでもなく物騒なことを言い出したよ、この狐獣人！

「大金貨1000枚だな。其方に支払えば良いか？」

そして即答したよ、このハイエルフ！

「ルナール、皆殺しとはやりすぎではありませんか？　それだけの額を提示するということは、きっと複数の貴族が関わっていますよ？　首謀者以外は脅しておくくらいでいいのでは？」

「お嬢さんは獣人族の大恩人だ。そして俺の友人でもある。獣人族絡みで何かあればシュトースツァーン家が力になると言っただろう？　シュトースツァーン家を敵に回すということは、ヴァッハフォイアを敵に回すということだと身の程知らず共に教えてやらないとな。獣人族がポーション類の味を改良してくれたお嬢さんに敵対することはあり得ないからな、冒険者ギルドから全支部の獣人族に通達を出しておくぜ」

たかがポーションの味、されどポーションの味。

ものすごく感謝されたのはわかっていたが、まさかここまで大事になるとは。

「君はいつの間にか全ての獣人族を味方につけていたのか？」

「成り行きといいますか、なんといいますか……ポーション類の味を全て飲み易く改良しただけなのですけれどね……冒険者ギルドの通信の魔術具をそんな個人的なことに使用しても大丈夫なのですか？」

なんか乾いた笑いが漏れる。

ルナールの横でエリシエルはドン引きだ。

「獣人族にとって、冒険者にとって、有益なものを次々と開発してくれるお嬢さんと友好関係を結ぶのはシュトースツァーン家の総意だ。もともと冒険者ギルドはシュトースツァーン家が創設したんだぜ？　現総本部長は俺の叔父だ。シュトースツァーン家の名の下に、大陸中の全獣人族の冒険者にお嬢さんに助力すること、敵対する者は殲滅することを通達する」

ジークヴァルト様は実に満足そうに頷いているけど、なんかとんでもないことになってるから！

全獣人族の冒険者を動かす、てそれは逆に大金貨１０００枚じゃ足りないくらいじゃない!?

「……では私からは、全改良ポーションの権利をシュトースツァーン家にお譲りしましょう」

もともと獣人族だけに爆発的に需要のある改良ポーションだ。この際ルナールの家に権利を譲渡してしまっても良いだろう。私を守るためにしてもらうことで私自身が何もしないわけにはいかない。

私とて今世では権力者として教育されてきたのだ、暗殺するのされないのが嫌だと甘いことは言

っていられない。

「お嬢さんの旦那は、大金貨1000枚で足りなければもう1000枚でも2000枚でも出す気満々な顔をしているぜ？」

「当然だ。最愛の妻の身を護るために、はした金を惜しむ気はない」

……はした金じゃないから。

400年ほとんど使わずに貯まる一方だった財産をここぞとばかりに放出する気満々だ。

「まあ、うちとしては、金よりも改良ポーションの権利の方が嬉しいかな、獣人族も動かしやすいしな」

ルナールがにやりと笑って商談成立だ。

前から思ってたけど、ルナールは神気を垂れ流している私やジークヴァルト様を前にしてもまるで気にしない胆力の持ち主だ。あまり外見に頓着しないのかもね。ルナールみたいなのが暗殺者だったら、神気を纏っていようが関係なく仕事を果たしそうだね、味方で友人で良かった。

動き出した時間

ジークヴァルトが神々の命によりアルトディシアの6つ名の人間族と婚姻を結んだとの報が神殿から齎された時から、このリシェルラルドはとんでもない騒ぎです。

もともとこの国は長命なエルフ族の国ですから、他国に比べてかなりのんびりしているというか、他種族に言わせると時間の経過が違う国ですが、これほどの騒ぎはそれこそジークヴァルトが女神リシェルラルドを降臨させた後、セレスティスに出奔した時以来ではないでしょうか。

出奔といっても、ジークヴァルトは自らの強固な意思で正規の手続きを踏んでリシェルラルドの王位継承権を放棄し、セレスティスへ留学手続きをして出て行ったのですが、一部のエルフ族至上主義の者たちは女神リシェルラルドを降臨させたジークヴァルトこそがこのリシェルラルドの王に相応しいと未だに言い続け、私たち他のハイエルフが自分たちの立場を守るためにジークヴァルトを追放したのだと言い続けているのです。

ジークヴァルトに1度も会ったこともない者たちが滑稽なものです。

ただ、300年程の寿命のエルフたちが自分が生まれる前に女神リシェルラルドを降臨させ、天変地異を鎮めた6つ名のハイエルフを崇拝するのは無理もないことなのでしょう。実際、その後に

6つ名を授けられたエルフが1人現れましたが、彼女は1度女神リシェルラルドを降臨させた後2度と目覚めることはありませんでしたから。

エルフ族は他種族に比べて排他的で選民意識が強いと言われていますが、一部の過激派にその傾向が強いのです。

そしてその者たちこそがジークヴァルトを王位につけようとずっと画策しているのです。

肝心のジークヴァルトにその意思がまるでないどころか、むしろこの国を嫌っているのですが、そのことを理解していないのはその者たちにとって幸せなことなのでしょう。

ジークヴァルトはセレスティスでも引き籠っていますし、会うことができたとしても神気にあてられてロクに会話もできないでしょうから。

「それにしてもあのジークヴァルトが結婚とは。姉上が言っていた人間族でしょう?」

フォルクハルトが面白そうに銀色の目を細めます。この異母弟は目の色以外は本当によくジークヴァルトと似ています。いえ、ジークヴァルトと似ているというよりも、今は亡き父上に似ているのですね。思えばアルトゥールも父上によく似ていました。

「ええ。信じられないほど仲が良かったですから、寿命の違いはあれどジークヴァルトが幸せならそれも良いでしょうけど、アルトディシアはともかく、この国の者たちには納得できない者も多いでしょうね……」

1度彼女を見れば納得せざるを得ないというか、6つ名同士の他者には入り込めない空気のようなものがあの2人の間には流れていましたし、しかも神々によって命じられたというのなら文句を言う筋合いはないと思うのですが、それで納得できないのが心情というものでしょう。

ジークヴァルトをこの国の王位につけることを悲願としているエルフ族至上主義の者たちは、ジークヴァルトの隣にいくら6つ名とはいえ他種族が王妃として立つことなど許せないでしょうしね。

「わざわざ私のために土産のお菓子を準備してくれるような気の利く人間族でしょう？　アルトディシアに駐在していた外交官が私の愛妾に推挙できるほど美しい、と口を滑らせるほどの美貌の人間族、それがまさか義妹になるとは。是非1度会ってみたいものですが、ジークヴァルトは連れて来てはくれないでしょうね」

「ジークヴァルトとて、この国に彼女を連れてくる危険性は理解しているでしょう。そもそも彼女のことがなくても帰国する気など皆無でしょうし」

友人としてならともかく、妻として彼女を伴ってきたりしたら、殺してくれというようなものでしょう。そんなことになったらその時こそジークヴァルトの怒りによってこの国は天変地異に飲まれて滅亡します。

「やれやれ、この国の王位に就いている限り外交と称して他国へ出るのも難しいし、そろそろ息子に譲位を考えようかな、私もジークヴァルトを変えたというその義妹に会ってみたい。人間族ということは、急がないとすぐに寿命で死んでしまうだろうし」

私とフォルクハルトがお茶をしているところに、宰相と騎士団長が入室許可を求めて来ました。

「神殿から追加情報です。ジークヴァルト様は、婚姻を結んだ6つ名の人間族の寿命に合わせてご自分も共に逝けるようご自身に術を掛けられたとのこと。つまりは、ジークヴァルト様の寿命はあと100年もないということです。そしてアルトディシアに婿入りされるそうですよ」

「国内の強硬なエルフ族至上主義の者たちが次々と殺されています。暗殺者ギルドに潜伏させている者によると、獣人族の暗殺者が複数動いているようです。あと大陸中の冒険者ギルドに属する獣人族に対してヴァッハフォイアのシュトースツァーン家から、アルトディシアのシレンディア・フォスティナ・アウリス・サフィーリア・セイラン・リゼル・アストリット・シルヴァーク公爵令嬢を守るよう通達が出されました」

　思わずフォルクハルトと顔を見合わせます。

「待て待て、ジークヴァルトが自身の寿命を操作したというのはまだいい、とりあえずは置いておこう。アルトディシアに婿入りするというのも、リシェルラルド王家から既に籍を抜いているのだからジークヴァルトの個人的なことだ。だが何故獣人族がそこまで動く？」

「獣人族はどの種族も身体能力に長けた者が多いですから、冒険者にも暗殺者にも数は多いでしょうけど、大陸中の獣人族を動かすなんて、金銭だけでどうにかなるものではないでしょう？　特に獣人族は感情的ですし」

　獣人族は扱いにくい種族です。その種族によって暗黙の掟のようなものがありますし、陽気で付き合いやすい反面、激情家でもあります。

「どうやらジークヴァルト様のお相手の人間族は、全ての獣人族が挙って感謝を捧げるほどの品を開発していたらしいのです。そこにエルフ族至上主義の者たちが暗殺依頼を出したらしく、そのことに激高した獣人族の暗殺者がシュトースツァーン家の者に相談したようで、獣人族の恩人を守りその恩を返すべく全獣人族が結託せよ、とシュトースツァーン家が檄を飛ばした結果らしいですな。そのことに感謝したその人間族は、件の品の権利をシュトースツァーン家に譲渡したようで、シュトースツァーン家は大陸中で販売されているその品の価格を下げることで獣人族たちへの報酬としたようです。獣人族は皆快哉を上げているそうですよ」

彼女が一体何を開発したのかは知りませんが、アルトディシアだけではなくヴァッハフォイアをも自身のために動かせるだけの力を持っているということです。本来アルトディシアの次期王妃になるはずだった女性ですから、政治や外交の根回しもしっかり教育を受けてきているのでしょう。ずっとセレスティスで引き籠って研究者生活を送ってきたジークヴァルトは、能力と財力はあっても、人脈はありませんから。

「ジークヴァルトが自身の寿命を操作したということは、その人間族を暗殺などしたらジークヴァルトも死ぬということだろう？　先に暗殺依頼を出した者の自業自得とはいえ、これ以上エルフ族が暗殺されるのを黙ってみているわけにもいくまい。件の人間族が死んだらジークヴァルトも一蓮托生だとしっかりと強硬派の者たちへ伝わるようにしておけ」

フォルクハルトが頭痛を堪えるように片手でこめかみを揉みながら手をひらひらと振り、宰相と騎士団長が退室します。

「姉上、私たちの弟はいつの間にそんなに情熱家になったのでしょうね？」

「神々に施されているはずの感情制限がまた緩んだのでしょうか？」

ジークヴァルトが彼女のことを好きでたまらないのは見ていれば明らかでしたけれど、感情制限をされている6つ名同士、自分の感情にも、お互いの感情にも気付いていない様子でしたけれど。

そもそも6つ名が神々によって感情を制限されているというのも、一般には知られていない情報ですし。

でもあのジークヴァルトが、愛する者と共に逝きたいと願ってそれを実行するほどの相手と出会い、結ばれたということは、残された時間が私たちハイエルフにとってはとても短いとはいえ、喜ばしいことなのでしょうね。


なんだかルナールが派手に暗躍してくれたようで、いや、暗躍を派手と表現するのもおかしいのだけれども、私は名前を出しさえすればどこに行っても獣人族が手助けしてくれる身分になったらしい。

シュトースツァーン家に譲渡したポーション類の権利は、ほぼ原価すれすれまで定価を下げて供給することにしたようだ。もともと私のお遊びで味を改良しただけだし、さほど利益を重視した値段設定ではなかったのだが、そのことで獣人族は最初からほとんど利益を得ることを考えずに供給してくれていたのか！　と更に私への感謝が広がったらしい。

「私の名を出すだけで獣人族を動かせるとなれば、騙りが現れたりしませんか？」

「大丈夫だ。全獣人族に1度見たら忘れられない絶世の美女だと伝えているから、お嬢さんみたいな絶世の美女を騙れるような女がいたら逆に見てみたいもんだ。それにわざわざお嬢さんの名前を全て出したんだぜ？　６つ名を騙るような命知らずがいると思うか？」

「試してみるといい、間違いなく神罰が下るぞ」

ジークヴァルト様が無表情で頷く。

ま、まあ、名前を奪おうとして神罰下った例を間近で見た方が言うのだから、間違いないのだろう。この世界の名前は重い。

「ありがとう存じます。これは私から個人的にお礼とお祝いですわ」

ルナールに封筒を差し出す。

「なんだ？」

「ルナールさんのお好きな料理のレシピを10種類用意いたしました。その、獣人族はあまり凝った料理をされないので、簡単なレシピばかり選びましたけれど、ヴァッハフォイアへ帰ったら邸の料理人に渡してくださいませ」

「いいのか!?」

ルナールが濃い金色の目を輝かせ、黒い狐耳がぴんと立つ。

ルナールは先日白金に昇格したそうで、ヴァッハフォイアへ帰国して家を継ぐそうなので餞別のようなものだ。

「これは私からの礼だ。妻のために尽力してくれたことに礼を言う。其方のような立場の者にはこの先必要だろう」

ジークヴァルト様が魔術具の入った箱をルナールに渡す。

本当は私が何か作製して渡そうと思っていたのだが、他の男に形に残るようなものを渡すなと言われてしまった。まあ、私が作製するよりもジークヴァルト様が作製した方が遥かに性能の良い魔術具が完成するだろうから、その方がいいだろう。

「俺は友人であり、獣人族の恩人であるお嬢さんのために骨を折っただけなんですがね、まあ、くれるというのならもらいますが」

ルナールは苦笑している。牽制されたのがわかったのだろう。

ルナールが蓋を開けると、そこには金のバングルが入っていた。豪華にも全ての属性の魔石と6大神全ての魔法陣が刻まれている。

「これは、また……」

いつも飄々としているルナールが珍しく言葉を失った。

「全ての状態異常を無効化する魔術具だ。其方はヴァッハフォイアへ帰国していずれ宰相の地位に就くのであろう?」

おお、神宝クラスというか、この魔術具のために戦争が起こりそうなものが出てきた。

私も素材さえ揃っていれば作ろうと思えば作れるだろうけど、作れるのって私とジークヴァルト様だけだろうな。

ルナールが心なしか引き攣って見える。

「あー……もらいすぎな気がするところに申し訳ないんですが、シュトースツァーン家当主専用の術をかけていただけませんかね？　この先代々うちの当主に受け継ぎますので」

なるほど、専用の術を作製者自身がかけたら、それを上回る魔力の持ち主でないと解除できないもんね。ただでさえ他種族より魔力の多いハイエルフのさらに6つ名のジークヴァルト様より魔力の多い術者なんて、この先現れる可能性の方が低いだろう。もし現れたとしても、それだけの術者なら自分で作製した方が早い気がする。

「よかろう」

ジークヴァルト様は鷹揚に頷くと、その場でパパっと専用化の術をかけた。

「其方のために作製した魔術具だ。其方かシュトースツァーン家の当主のみが身に付けられるようにした」

「ありがとうございます……あー、これでうちが代々苦労して集めてきた、状態異常の数々を無効にしたり耐性上げたりする当主専用の魔術具が全て不要になった。じゃらじゃら付けなくてすむ」

なんかもうヤケクソのように呟いているが、宰相職には必須だろう、良かったね。

「お嬢さん、アルトディシアには弟の1人がいるから、良ければ専属として使ってやってくれ。俺たち兄弟は白金に上がるまでヴァッハフォイアへ帰国できないんだが、お嬢さんの依頼ならどんな魔獣でも出てくるからな、簡単に白金に上がれる。俺と同じ顔した金髪の狐獣人でロテールという名だ、お嬢さんのことは伝えてある」

ジークヴァルト様はちょっと嫌な顔をしたが、ルナールは気にせずにやりと笑って帰って行った。

ルナールとの夕食もこれで最後かと思うとちょっと寂しい。ジークヴァルト様とルナールが一緒の夕食だったので、肉の皿と野菜の皿がそれぞれ綺麗に分かれていた。色々と対照的な2人だ。

私たちも明日はやっとアルトディシアに出発だ、当初の予定よりずいぶんと遅くなってしまった。

「君はあの狐獣人の男のことをかなり好きなように見える」

寝台で私の髪を手で梳きながらジークヴァルト様がぽつりと呟く。

「そうですね、かなり好きですよ、友人として」

ジークヴァルト様は憮然としている、可愛い。

「6つ名は本来、そのように個別の相手に対して好悪の感情を抱くこともないのだが。そういえば、何故君が感情制限されているはずなのに、好奇心旺盛で趣味に邁進しているのか話してくれる約束だったたな」

好奇心旺盛で趣味に邁進……。

私ってそんな風に評されるような人間だっただろうか?

まあ、6つ名にしては、ということだろう、きっと。

「いいですよ、別に隠しているわけではないのです。これまで誰にも聞かれなかったので話してこなかっただけで」

ジークヴァルト様の身体に背を預け、一息吐く。

さて、どう話したものか。

「私にはここことは違う別の世界で生きた記憶があるのです。魔力は存在していなくて、神様は信仰の中だけの存在で、人間族以外の文明を営む種族はいませんでした」
「……聞いたことがある。時折波長の合う者がいて、夢でこの世界を訪なう者や、別の世界の記憶を持ったまま生まれる者がいる、と。ただし、その別の世界の記憶がこの世界の発展にそぐわないと神々によって判断されると、排除されてきたらしい」

おおう。

この世界の神様横暴すぎ！

まあ、文鎮替わりに６つ名を与えて感情制限した者を配置するような存在が、横暴でないはずないけれども。

神様というのは、どこの世界でも話が通じない存在らしい。

「この世界の発展にそぐわない、ですか？」
「ああ。主に武器関係のようだ。時折おかしな技術で作製されたものが現れるが、それは神々が容認しているらしい。この世界に入れたくないと考えている武器の類を開発しようとする者が現れたら排除すると女神リシェルラルドが言っていた」

なるほど。

なんかいきなりここだけ時代進んでない？　てなものが時々あるのはそういうことか。

そしてこの世界に銃火器の類がない理由が判明した。技術の進歩に戦争はつきものだしね。

この世界の神様たちは科学ではなく魔術での発展を推奨しているということか。

「頼むから、神々の眼に触れるようなものを開発してくれるなよ」

　後ろからジークヴァルト様に抱きしめられる。

「大丈夫だと思いますよ、私の身体に入った女神アルトディシアが面白がっていたくらいですし。そもそも私は前世の武器の製法なんて存じませんし、護身用以上のものに興味もありませんし」

　女で銃火器を開発できるくらい詳しいのって、そういう職業に就いていたか、ミリタリーオタククらいじゃないのかな。

「ならば良いのだが……だが、他の世界の知識があるのと、感情制限されているのに色々動けるのは別の話だろう？」

「そうですね……おそらくですが、前の世界で私はそれなりの年齢まで生きていたのです。正確には58歳で病死したのですが、その人生経験の中で感情を自分で制御する術をそれなりに身に付けていたからではないでしょうか？　私が前世の記憶を思い出したのは洗礼式を終えた後ですが、それは洗礼式で感情を制限されたことで本来の人格が薄くなったせいではないかと考えております」

　社会人何十年もやってれば嫌でも感情制御できるようになるよ。できなければ仕事にならないし、ある程度の年になったら常に穏やかに機嫌よく過ごしているのも社会人としてのマナーだと達観できるようになったしね。

「なるほど……それで君がこれまで作製してきたおかしな魔術具は、他の世界の知識によるものだということか？」

「そうですね。私は凡人なので、一から新たに創造するということはできませんので、前世で身近にあったものをどうにか再現しようとしてきただけです。そもそも、私が7歳の時に記憶を取り戻したのも、出されたお菓子が甘すぎて美味しくなかったからで……」

「ちょっと待ちなさい、お菓子が不味くて別の世界の記憶を思い出したのか？」

なんか背中で啞然としている気配がする。食い意地が張っていると思われたかな、今更だけど。

「私の出すお菓子や料理を召し上がっておられるのですからおわかりでしょうけれど、私の前の世界はとても料理が発達していたのですよ。自分で作るのも趣味でしたし、色々なお店を食べ歩くのも、世界中を旅して現地でしか食べられないものを食べるのも好きでしたし、元々私は美味しいご飯と本と音楽があればそれで幸せで、本当は60歳で定年したら悠々自適な老後を送ろうと……」

ジークヴァルト様が震えている。

いや、なんか笑っている？

「くくく、ははは、あっははははは！」

ジークヴァルト様が私を抱きしめたまま大笑いしている。

「なんでそんなに笑うのですか！」

「いや、すまない、これまで色々思い悩んできた自分が馬鹿らしくなっただけだ。美味しいご飯と本と音楽か。そういえば君はずっとそう言っていたな。冗談ではなく全く本気で言っていたのだな。ああ、こんなに笑ったのは生まれて初めてだ」

ずっと冗談だと思われていたのか、心外だ。

私はいつだって本気で地位にも権力にも興味はない、人生の楽しみは美味しいご飯と本と音楽だと言い続けてきたのだが。

前世でできなかった悠々自適な老後を送りたいというのが、今世での野望だというのに。

「悠々自適な老後な、良いのではないか？　２人でアルトディシアの田舎に引き籠って、本を読んで、楽を奏で、美味しい料理を食べて日々共に過ごそうではないか。きっと私は死ぬまでずっと幸せだ」

「もう！　馬鹿にしてます？」

「していない。幸せというのは、きっとひどく簡単で単純なことなのだと今気付いた」

後ろを振り向き見上げると、笑いすぎて涙の滲んだ眼でジークヴァルト様は優しく微笑んでいた。


セレスティスからアルトディシアへの道中は毎日秋晴れで、当初の予定よりも早く着いた。思えば3年前のアルトディシアからセレスティスへの道中も毎日晴天で一切何のトラブルもなく到着したのだった。今にして思えば、あれは6つ名持ちの私が面倒な政略結婚をせずに済んだ、しかも留学できる！　とルンルンしていたからだったのだろう。今回も６つ名持ちの私たち２人が何の憂いもなくアルトディシアを目指したのだから、不慮の事態など起こるはずがないのである。


さて、アルトディシアに帰国したはいいものの、これからどうしようかな。

とりあえず、ジークヴァルト様にはリシェルラルドの大使館に行ってもらおう。うちの家族にはまず先に私から説明しておかなくては会わせられない。

リシェルラルドは隣国なのでちゃんと国交と大使館があって良かった。とりあえずそちらで待機していてくれと言うと、ジークヴァルト様は嫌そうだったがシェンティスが何やら凄みのある笑顔でジークヴァルト様を引き摺るようにして連れて行ってくれた。正直護衛騎士のローラントよりよほど頼りになった。

「あー、父上と兄上に一体何を言われるか……」

「今更ですよ、文句があれば直接神々に言ってくださいと言えば良いのです」

「それは6つ名の姉上にしかできない言い訳です！」

ジュリアスがすっかり意気消沈している。ジークヴァルト様はやはり私以外の者にとっては非常に疲れる存在らしい。

婚約も何もかもすっとばして異国の地で出会った他種族の男と2人きりで結婚してきました、というのは流石の私もちょっと実の父親には報告しにくい案件だ。

概要だけ聞くと、真実の愛に目覚めたから婚約を解消してくれ、と3年前私にのたまったディオルト様と大差ないではないか。

……あれと同レベルか、なんか今地味に傷付いたぞ、私。

邸に着くと、夕食を家族全員で取るように、と父親からの言葉を伝えられた。絶対逃げるなよ、ということだ、ジュリアスは蒼褪めて俯いている。

とりあえずは旅装を解いて、晩餐の準備をしなければ。家族と夕食を食べるのにいちいち着替えたりするのって本当に面倒くさいが、これが大貴族というものである。

「2人共よく戻ったな、積もる話はあるが、まずは食事を終えてからにしようか」

無表情の父親に淡々と言われ、ジュリアスは引き攣っている。お話し合いはとりあえず腹ごしらえをしてからということですね、お父様。話の内容や展開によっては、食事が喉を通らなくなる可能性もあるしね。お兄様はお父様と同じような無表情で、お母様は対照的にわくわくした顔をしている。

夕食はオスカーに采配を揮ってもらって和食にしてもらった。厨房に顔を出して今日ある食材をチェックしてメニューさえ決めてしまえば、あとはオスカーが他の料理人に指示して作ってくれる。食後に面倒な話し合いが待っているのに、重い料理なんて食べたくない。

前菜は生湯葉の茸餡かけだ。片栗粉をまぶして揚げた汲み上げ湯葉はうまみも風味も濃厚で、とろりとした茸餡と食感も合う。私は元々餡かけ系の料理がとても好きなのだ。セレスティスでは随分とレパートリーが増えて嬉しい。

「あら、これはとても美味しいですわね！」

お母様が華やいだ声を上げる。

「セレスティスでアルトディシアにはない食材を色々見つけましたので、料理の幅が広がりましたわ。特にヴィンターヴェルト産の調味料はとても気に入りました」

スープは牡蠣蕎麦にした。せっかく蕎麦打ちもできるようになったのだから実家でもお披露目だ。揚げ餅をつけて揚げた牡蠣と蕎麦との組み合わせが思いがけない美味しさなのだ。アルトディシアの王都は港町なので、新鮮な魚介類が手に入るのも嬉しい。

「この黒っぽいスープと灰色の麺はあまり美味しそうには見えないが、意外と美味だな。これは牡蠣か？　牡蠣のフライならお前が昔から作らせていたから食べていたが、これはまた食感が違うな」

　お兄様が考え込みながら蕎麦をフォークでクルクル巻きながら食べている。確かに蕎麦の見た目は初見ではあまり良くないか。美味しいんだけどね。私は本当なら箸で食べたい。

　魚料理はかます（に似た魚）の筒焼きもろみ風味と焼き霜昆布締めだ。このかますもどきは、平民の使用人たちの賄い用にと仕入れた魚だったらしいので、こんな安い魚を公爵家のディナーのメイン料理として使うんですか!?　と3年ぶりに会った料理長に泣かれた。安かろうと美味しいものは美味しい。うろこを丁寧に引いて筒に切り、もろみ味噌(ゼル)の漬け地に漬け込んで、串を打って漬け地をかけながら焼いて中骨を引き抜いたかますはとても美味しい。焼き霜昆布締めは、水っぽいかますに先に塩を振ってきちんと水を抜くと美味しさが違うのだ。酢で拭いた昆布で30分ほど昆布締めにする。あとは食用花と焼きキノコと一緒にいり酒を張るだけだ。

「セレスティスは内陸だったので、魚料理は久しぶりに食べる気がします。姉上お気に入りのミルとゼルを使うと全然違う料理になりますね」

　今のところ父親から特に何のツッコミもないのでジュリアスも美味しくご飯を食べれているようで何よりである。

　肉料理は牛肉のくわ焼きだ。豚の角煮とか出したかったのだが、あれは時間がかかるので昼過ぎに帰宅して夕食に出すのは無理だった。そのうち圧力鍋も開発しよう。

「お前はセレスティスでまたずいぶんと新しい料理を開発したようだな」

「大陸中の食材が輸入されておりましたからね、料理の幅が広がって非常に楽しかったですわ。できればこの先ヴィンターヴェルトと商取引を始めて下さると嬉しいです」

　和食食材は主にヴィンターヴェルト産なんだよ、頼むよ、筆頭公爵！

「ヴィンターヴェルトか……距離があるからあまり国交がないからな。お前はドワーフ族よりも、エルフ族や獣人族と随分と交流を深めて帰ってきたようだが？」

「ドワーフ族の商会とも個人的に友誼を結んでまいりましたわ。もしアルトディシアとヴィンターヴェルトの間に正式に国交が開かれるのなら、支店を置くのも吝かではないと言われております」

　ふふふ、ほほほ、とお父様と笑い合っていると、隣でジュリアスが恨めしそうな顔をしている。

弟よ、この先海千山千の相手と交渉をしようと思ったら、実の父親相手にビビっていてはいけない。

まあ私も、父親以上の年まで生きて色々な交渉事を纏めてきた記憶がなかったら怖かったと思うけれども。

「まあ良い。ヴィンターヴェルトのことは急ぎではないからな。本題に入ろうか」

　食後のお茶を飲み、抹茶、もといルシアンのあんみつを少し物珍しそうに食べた後、お父様は家族以外を部屋から出した。

「シレンディア、セレスティスで6つ名持ちのハイエルフと神々の命で婚姻を結んだ、と神殿から報告が来たが相違ないか？」

「相違ありませんわ。セレスティスを襲った天変地異を鎮めるために必要なことでしたので」

「お前がやたらと派手に光り輝いているのもその影響ということか？」

「天変地異を治めるために女神アルトディシアをこの身に降ろした後遺症ですわね」

隣でジュリアスは胃の辺りを擦っている。

「何故天変地異を治めるために婚姻が必要となった？」

「2人がかりでなくてはおさえられない規模の天変地異に発展しようとしていたからです」

まさか馬鹿正直にジークヴァルト様が私と離れたくなくて天変地異を引き起こした、なんて言うわけにはいかない。そんな面倒な男はやめろと言われるのがオチだ。私も他人事ならそんな男はやめておけと言うだろう。

「6つ名が存在することで周辺の気候が安定するのは知られているが、天変地異を鎮めるような力があるというのか？」

「本来6つ名というのは神々が天変地異を鎮めるために降りる器だそうですよ。安定しない場所に置く重石のような存在だそうです。もっとも、神が降りた後には意識が戻らずにただの抜け殻になってしまうことも多いらしいですけれど」

ぴくりとお父様の眉が上がる。

「お前は女神アルトディシアを降ろしたと言わなかったか？　お前も目覚めない可能性があったのか？」

よしよし、いい流れだ、このままジークヴァルト様の好感度を上げていこう。

「そのようですね。ジークヴァルト様、私の夫となった方がご自身を媒体に私の意識を呼び戻す禁術を展開され、私は呼び戻されました。戻る際に女神アルトディシアからジークヴァルト様を連れて行くようにと言われましたので、一緒にこの国に来てくださることになりました」

他人をごまかす時は、なるべく多くの真実を混ぜると信憑性が増す。

私は自力で目覚めたが、ジークヴァルト様が私を呼び戻すために自身を媒体に禁術を展開しようとしていたのは事実だ。

「……セレスティスに6つ名のハイエルフが隠遁しているというのは、各国の上層部には密かに知られている話だ。神々や6つ名絡みで何かあった場合には相談に訪れると良いと語り継がれてきたが、お前が夫として連れてきたハイエルフはその方だろう？」

各国上層部にそんな口伝があったんだ。まあ、497歳だと言っていたから、100年も生きない人間族にとっては十分伝説の類だよね。道理で滅多に自国から出ないはずの6つ名に何人か会ったことがあるはずだよ。

「おそらくそうでしょうね。今497歳だそうですし、400年ほど前に女神リシェルラルドをその身に降ろしたことがあるそうですから。いくつか神々から聞いたという話も教えてくださいましたし」

お父様が苦々しい顔をして深い深いため息を吐いた。

「そのような方をアルトディシアに、お前のような変人の夫として迎えることをリシェルラルドが容認するのか？　お前の価値など6つ名であることを除けば、少しばかり顔と頭が良いだけだろう。

あの国は人間族の我々には想像もつかないほどに排他的で差別意識が強い」

真面目な顔をして実の娘を顔と頭が良いだけの変人とか断じないでほしい。

「リシェルラルドのことは現王とその姉君に任せると言っておられましたけどね。あ、ジークヴァルト様の異母兄と異母姉だそうです。差別意識の強い過激派のエルフは私に暗殺依頼を出したそうですけれど、これは獣人族が動いてくれまして、主要な者は皆消されたはずですわ」

「それも聞かなければならないと思っていた。お前は一体何をして全ての獣人族を動かすような権利を得たのだ？　獣人族は皆自由で激情家だ。いくら金を積んだところで気に入らなければ動かない」

これねえ、獣人族以外は皆理解できないだろうね、私自身未だにそんなことで？　と思っているくらいだし。

「全ポーション類の味の改善です」

「……は？」

お父様のこんな間抜けな顔を見るのは初めてじゃないだろうか。

「セレスティスで薬学を学びまして、なんとなく味が良い方が飲み易いだろうと思って、薬効は変わらないのですが、味の良いポーションを作製して売ったら、全ての獣人族に泣いて喜ぶ勢いで感謝されたのです」

「たかがポーションの味で？」

「たかがポーションの味で」

味覚、嗅覚の鋭い獣人族にとっては物凄い偉業だったらしい。

「私の暗殺依頼を知った獣人族の暗殺者が怒って、私と専属契約をしていたシュトースツァーン家の冒険者に報告してくれたのですよ。彼はシュトースツァーン本家の次期当主だったらしく、暗殺依頼を出した者たちを逆に暗殺するためにジークヴァルト様が大金貨1000枚出してくださって、私からは全改良ポーションの権利をシュトースツァーン家に譲渡いたしました」

「大金貨1000枚!?」

驚くよね、日本円の感覚だと1000億だよ、大国アルトディシアの筆頭公爵であるお父様でもぽんと出せる金額じゃないよ。

「ジークヴァルト様にとってははした金だそうです。実際、大金貨1000枚なんて霞むような魔術具をお礼に作製して、シュトースツァーン家次期当主である私の友人に贈っていましたし」

大金貨1000枚どころか、何百万枚も貯め込んでいるジークヴァルト様にとってはたしかにはした金だ。全財産がどれだけあるのか、自分でもよくわかっていないみたいだし。

「お前にそれだけの価値があると、お前の夫となったそのハイエルフは認めているということか?」

あ、それ聞いちゃう？　まあ、実の父親が顔と頭が良いだけの変人と断言する娘だもんね。

「自分で言うのもなんですが、あの方、私のことが物凄く好きなんですよ」

お父様とお兄様が呆れたような半眼になってしまった。対照的にお母様は目がキラキラだ。

「あ、ちなみに、6つ名を神々が与える時点で、外見が良いのと能力が高いのは当然だそうです。

神々にとってはもしかしたら器として使うかもしれない身体ですから。なので、ジークヴァルト様にとっては私の見た目と頭が良いのは当然なのでどうでも良いらしいです。ただでさえ種族的に全員が絶世の美形のハイエルフですし」

「貴女のお相手はそんなに綺麗な方なのですか？」

これまで黙ってお父様に会話を任せていたお母様が食いついてきた。

お母様は一般的な世の女性の例に漏れず恋バナが大好きだ。

「初めてお会いした時、なんて美しい方なのだろうと見惚れましたわ」

正確には、ご神木様だ、注連縄掛けて拝みたい、と思ったけど。

「確かに、姉上の隣で見劣りしない絶世の美形なことは間違いありませんよ。しかもやたらと神々しいし」

ジュリアスがため息を吐いて相槌を打つ。

「ジークヴァルト様にとっては私が変人なところが好ましいようですよ。６つ名というのは、洗礼式で神々から６つ名を与えられた時点で感情を制限されるそうなのです。私は自分の感情が乏しいという自覚がありますが、普通はそんな自覚もないそうです。成長と共にどんどん自我も薄くなって、感情のない人形のようになるそうですわ。ですから、感情を制限されているはずなのに、好奇心旺盛で趣味に邁進している私に惹かれたと言っていました」

「ちょっと待ちなさい、そんな重要な６つ名についての情報を惚気話に混ぜるんでない！」

お父様に怒られた。

惚気話と言われてもね、事実だし？

「６つ名を授けられた者は一様に感情が乏しくなると言われているが、それは神々の干渉によるものだったのか？」

「そのようですよ？　女神アルトディシアにも私は６つ名として感情を制限しているはずなのに変わっている、と笑われましたし」

「女神にまで言われるほど変人なのか……」

お父様、そこ？

「あら、なら貴女の夫のハイエルフも感情を制限されているのではなくて？」

お母様が首を傾げる。まあ、ジークヴァルト様のことは話しても良いと本人から許可をもらっているから、せいぜいお母様が私たちの味方になってくれるように語ろうではないか。

「そうなのですけれど、ジークヴァルト様の感情制限は少し緩んでいるそうなのです。リシェルラルド王家の醜聞ですので、あまり口外はしないようにと言われましたけれど……」

そこからは聞くも涙、語るも涙のジークヴァルト様の昔話だ。

どこの国でも王位争いはあるとはいえ、なかなかにヘヴィーな内容だしね。

一般的にリシェルラルドで伝わっているように、神々の怒りで天変地異が起こったと説明しておこう、起こしたのはジークヴァルト様ではない。

「……それでジークヴァルト様は王位継承権を放棄して二度とリシェルラルドへ帰らない覚悟でセレスティスに移住されたそうです。約４００年前の話だそうですわ」

ぐす……っ。

お母様がハンカチが絞れそうな勢いで号泣している。

男性陣はそれを見てなんだかげっそりしている。

「そんな辛い思いをされてきた方なのですね。しかもやっと想いを交わした相手が現れたと思ったら、寿命の違う他種族で、一緒にいられる時間が限られているなんて……！」

「あ、お母様、ジークヴァルト様は私のいない世界で生きるつもりはないそうです。私が死ぬ時に自分も一緒に逝けるように禁術を行使していました」

「まあ……！　国だけではなく種族としての寿命まで捨てた恋だなんて……！　なんて素敵……！」

その調子で盛り上がってください、お母様。

「……まあ、リシェルラルドから文句がでないのなら、６つ名が２人いることになるアルトディシアとしては特に文句はでないだろう。お前に求婚してきた者たちにとってはいい面の皮だがな。それでお前はこの先どうするつもりなのだ？」

お母様がこうなった以上、もう止められないと悟ったお父様は投げやりだ。

「アルトディシアによると、私たち２人が暮らす場所はこの先３００年程は安定するそうですので、うちの領地の１番拓けていないところにでも住もうかと考えているのですが。私は自分ではわかりませんが神気を振りまいているのでしょう？　それはジークヴァルト様も同様ですので、社交も遠慮して田舎で２人で静かに暮らしますよ」

「お前が変人だというのはそういうところだ。次期王妃として教育されながら、地位にも権力にも全く興味を示さずに、その癖なんでも完璧に熟すから煙たがられるのだ」

「自分に課せられた義務を熟していただけですわ。やらなくて済むのなら、仕事なんてしたくないじゃないですか」

あ、なんか男性陣が揃って深い深いため息を吐いた。

お父様がヤケクソのように呟く。

「お前がこの国の王妃にならずに済んだのは、この国にとって僥倖だったのかもしれぬ」

「この先6つ名が生まれても次期王妃になんて定めない方が良いですよ。普通は私以上に感情が乏しいはずですから。6つ名はそれ故に誰からも愛されない、とジークヴァルト様が言っていました。私のように意志がはっきりしていて、多少なりとも他者になんらかの感情を抱くのは非常に珍しいそうです」

「王家に進言しておこう……お前が住む場所は王家とも協議することにする。この先300年もその土地が安定するというのなら、うちの領地以外にもっと荒れた場所がいくらでもあるだろうからな。ただ、領地の問題は利権だけではなく感情が絡むから難しい」

どこでもいいよ、ジークヴァルト様と2人でのんびり好きなことをして過ごす悠々自適な生活が送れるのなら。

ジークヴァルト様には3日後にうちの邸に来てくれるよう招待状を出すことにし、翌日お父様は非常に疲れた顔で王と密談しに城へ行った。

　私とジークヴァルト様が暮らす場所を協議するらしい。なんせ３００年の安定が保障されるのだ、場所選びは慎重に、ということだろう。

　私が王妃にならないのなら、強大な魔獣が数多く生息する未開の森を領地に持つ辺境伯か、その隣で多少拓けてはいるがやはり強大な魔獣の生息地である森と湖を領地に持つ侯爵家が、特に声高々に私を次期当主の嫁に欲しいと言ってきていたらしい。６つ名がいれば気候が安定するのは確かだしね。

　私はそういう自領のことを第一に考えられる貴族の役に立つのは吝かでもないので、その近辺に住んで多少なりとも役に立てたら良いと思う。

　本来権力者の結婚というのは国や家の利権を第一に考えるものであって、感情なんて二の次、三の次である。なんの権力も持たない一般庶民が真実の愛を育むのは結構だが、権力者がそれをやると周囲への迷惑が半端ない。

　ジークヴァルト様が世捨てハイエルフで良かった、リシェルラルドの王位継承権を保持していたら私は結婚しようとは思わなかっただろう。お互いの国に迷惑がかかりすぎる。

「さあシレンディア、貴女の旦那様について教えてちょうだい！　なにしろハイエルフをお迎えするのは初めてですからね、失礼のないようにしなくては！」

　お母様はともかく、そんなことに興味のなさそうなお兄様まで一緒にいる。どういった風の吹き回しだろうか。

「基本的にリシェルラルドから出ることのないハイエルフの情報だ。ひとつでも多く欲しいに決まっているだろう。お前は昔から時々他種族に対する配慮が抜けているぞ」

「そうは仰いますけどね、お兄様。私が他種族に対して何も思わないのはおそらく6つ名のせいですよ？」

お兄様が片眉を上げる。

「どういうことだ？」

「6つ名は神々によって感情を制限されるのですから、良くも悪くも他種族に対する差別意識もないのです。他種族とは、寿命と容姿が多少違うだけの存在ですわ。おそらくジークヴァルト様も同じようにお考えだと思いますよ？」

「なるほど。ではお前が夫として連れてきたハイエルフも、特に他種族に対して差別意識は持っていないということか？」

ないだろうな、というより、あの方の場合は……。

「兄上、あの方は他種族というよりも、姉上とその他の者という区別しかしていないと思います」

ジュリアスが頭痛を堪えるようにこめかみを揉んでいる。

「そうでしょうね、あとは数少ない御身内、お姉様とお兄様は認識されていると思いますけれど」

「なんだそれは」

お兄様が呆気に取られたような顔をしているが、でもそうなんだよ。

「私は今現在アルトディシアの神気を纏って光り輝いているでしょう？　私と縁もゆかりもない方

は、私を見るだけで跪いて祈り出したくなる衝動に駆られるらしいのですよ。ジークヴァルト様もリシェルラルドの神気を纏っているので同様です。ただ私は、私の友人たちと家の者たちのことは無意識のうちに庇護下に置いているらしく、私の庇護下にある者は神気に対抗できるそうですよ」

「たしかにやたらと神々しいが、お前に祈ったところで何もないだろう？」

残念ながら何の御利益もないだろうね、だから跪いて祈られても困るのだが。

「兄上は見ていないからそのようなことを言えるのです。セレスティスの神殿で6大神の間から出てきた姉上とあの男に、神殿の中にいた全種族が一斉に跪いたあの光景を！」

「神の器である6つ名には神気なんてさっぱりわかりませんので、私には他人からどう見えるのかはわかりませんけれどね。そのせいでジークヴァルト様は他人と関わることを良しとせず、ずっとセレスティスで隠遁生活を送っておられたそうですから」

「……つまり、他人と関わることを良しとせず、ずっと引き籠っていた偏屈なハイエルフということか？」

あ、なんて身も蓋もない……。

「まあ、否定はしませんけれど、別に偏屈ではないと思いますよ？　結構可愛い方ですし……」

「姉上、あれのどこが可愛いんですか、どこが！」

「あら、可憐で可愛らしいではありませんか」

ジュリアスがげっそりした顔で頭を振っている。

「お前の男の趣味がおかしいのはこの際どうでもいいが、人間族ばかりのこの邸にお迎えしても特に気分を害することはないということだな？」

なんかお兄様が投げやりになってしまった。別に私の男の趣味はおかしくないと思う。元婚約者のディオルト様のことは最初からまるで好みではなかったけれども。

「大丈夫だと思いますよ？　セレスティスではよく私の住んでいた小さな家に来ていましたし、クラリスやイリス、オスカーとも普通に話していましたから」

「貴族の侍女のクラリスとイリスはともかく、料理人のオスカーとまで面識があるのか？」

「オスカーはジークヴァルト様のことを、やたらと神々しい甘党のハイエルフ、と称していましたね。ちなみにオスカーは狐獣人族のシュトースツァーン家次期当主とも仲良しです」

やっぱり美味しいものを作ってくれる人のことは皆好きだよ、オスカーは人当たりも良いしね、うん。

「エルフ族がお菓子と野菜と果物しか食べないのは今更だから、甘党というのはともかく、ハイエルフの王族相手にお前は一体何をやっているのだ……」

「お互い身分を伏せてセレスティスで師弟として関わっておりましたし、あの方とっくにリシェルラルド王家から籍を抜いていますから関係ないですよ」

煩いのはエルフ族至上主義の一部の者たちであって、ジークヴァルト様自身は種族とか身分とかどうでもいいだろう。

「難しい話は殿方同士でしてちょうだい。私は恋愛にまるで興味を示さなかったシレンディアが、異国の地で2人きりで結婚してしまうほどのお相手のことを聞きたいのです！」

しばらく黙っていたお母様がとうとう痺れを切らしたらしい。

「……ジュリアス、お前はシレンディアの夫と面識があるのか？」

「面識がある、というだけですよ、本当に。セレスティスでも極々限られた者しか存在を知らない方だったんですから。でもあの方、本当に姉上以外はどうでもいいんだと思います。姉上に何かすれば、本気で祖国のリシェルラルドを滅ぼすくらい顔色も変えずにやってのけると思います。厄介なことにそれだけの知力も財力も持っています」

エルフ族にしか効かない病原菌とか開発しちゃいそうだしねえ、財力は有り余っているし、6つ名だから天変地異も引き起こせるし、なんでよりによってあんな物騒な性格の男の感情制限弛めちゃったかね。

「さあシレンディア、私は貴女の夫となった方の名前と種族と年齢しか知らなくてよ。過去にリシェルラルドで何があったのかは昨夜聞きましたけれど、貴女とどういう出会いをして、どうやって愛を育んだのか、1番大切なことを何ひとつ聞いていませんわ！」

お母様の鼻息が荒い。

実の娘の恋バナなんて楽しいだろうか、あれは他人事だから楽しいのだと思うが。

「ジークヴァルト様は元々魔法陣と魔術具作製の権威としてセレスティスでは密かに知られていた方なのですけれど、神気を纏っているために限られた者しか出入りのできない研究棟に籠っておられたのです。私はセレスティスで医学や薬学方面と魔法陣や魔術具方面の講義を主に受講しておりまして、ジークヴァルト様に師事したくてどうにか紹介状を手に入れたのです。初めてお会いした時から、なんというか、波長が合うといいますか、一緒にいて落ち着く方だとは思っていたのですけれど、こんなに美しい方がいるのだと感嘆いたしましたわ」

まあ、ジークヴァルト様に見惚れない人がいたら、それは美的感覚がおかしいと思うけどね。

「初めてお会いした瞬間から、一緒にいたいと思ったのですね!?　そして美しいと思うなんて、それは一目ぼれだったのではなくて!?」

一目ぼれ？

いやあ、ご神木様だ、と思ったしねえ、ものすごく美しい芸術品に出会った時のようなものだと思うけど。まあ、それも一目ぼれといえば一目ぼれなんだろうけどもさ。

前世の経験でいうのなら、東寺の国宝の持国天の像を見た時とか、あまりにも美しくてその像の前に30分以上佇んでいたこととかあるし。密教系の仏像は迫力あって格好良いのが多くて寺巡りが楽しかった。

「一緒にいて波長が合うのは、姉上とあの方が６つ名同士だからではありませんか……」

ジュリアスがげっそりと口を挿むが、お母様は聞いていない。

「貴女がそれほど美しいと言うのですもの、お会いするのが楽しみですわ！　お菓子は何を準備しましょうか？　お菓子が好きなハイエルフの方ですし、２、３種類準備した方が良いですよね？何がお好きなの？」

客人を持て成すためのお菓子や料理を考えて料理人に指示を出すのは邸の女主人の役目だ。そういう意味では男の話は男同士でしろというお母様は正しい。

「甘いものなら何でもお好きだと思いますけれど。いつも手土産に何かお菓子を持って研究棟に行っていましたし、よく一緒に食事もしていましたから。少しですが、肉や魚も食べられますよ。秋も深まってきましたし、秋らしいお菓子を準備いたしましょう。モンブランとシャルロット・ポワールとタルトタタンでどうでしょう？」

「ならそういたしましょう。ハイエルフの方ですからお茶ですよね？　シーヨックが無難かしら？　それで？　貴女はいつ恋心を自覚したのです？」

……いつ？

ジークヴァルト様のことはそれこそ初対面の時から好きだ。

でもこれは親愛感情ではないと自覚したのは……。

「ジークヴァルト様の涙を見た時でしょうか？　それまで私は殿方が人前で泣くなど情けないと思っていたのですけれど、ジークヴァルト様の薄い金色の瞳から一筋宝石のような涙が流れるのを見て、なんて綺麗なんだろうと……」

お母様がわなわなと震えている、何か間違えただろうか？

「シレンディア！　私は正直、貴女が流されて結婚したのではないかと思っていたのですよ！　貴女はずっと国と家のためならば誰でもいいと言っていましたし！　それが、愛する殿方が見せた弱い部分にときめいただなんて！」

いや、この男を放っておくわけにはいかない、天変地異が勃発する、という使命感に捕らわれたというのは事実だけれども。まあ、そんな使命感以上にジークヴァルト様のことが好きだからいい

といえばいいんだが。

……お母様が涙を流して喜んでいるからまあいいか。


招待状の時間通りにやってきたジークヴァルト様は、完全武装というか、完璧なリシェルラルド王族としての正装姿だった。紫の地に金の刺繍のびっしり入った長衣に黄色いストールのようなマントを左肩に掛けた、私の感覚だと前世のパキスタンの民族衣装である。無茶苦茶綺麗。

ただでさえ神気を纏って光り輝いている絶世の美形が完璧な正装姿なんぞ披露するとどうなるか？

答えは、呆然自失の阿鼻叫喚である。

ジークヴァルト様に随行してきたリシェルラルド大使館の者たちであろうエルフ族たちも、ローラントとシェンティス以外は既に倒れそうな顔をしている。

私が庇護下に置いているはずのうちの使用人たちでさえ、大半は呆然自失だ。後ろの方では私がセレスティスに留学中にうちに勤めだした若い側仕えが何人か倒れたような気配がする。

「セイラン・リゼル、会いたかった」

神々しく微笑んで私を抱きしめるジークヴァルト様に苦笑する。

この微笑みひとつでまた何人か倒れたよ？

「3日前にお別れしたばかりではありませんか」

「3日！　そんな大昔の話！　君が傍にいない時間は永遠にも等しかった」

うーん、すっかり人が、というか、ハイエルフが変わったなあ。大丈夫だろうか、落としてしまった螺子は一体どこに転がっていったのだろう、神々に聞けば締めなおしてくれるだろうか。

まあ、うちの家族は伊達に筆頭公爵家やってないから、ジークヴァルト様に耐えられるだけの胆力は持ち合わせているだろう、多分。


「まずは先にお詫びを。ご家族の承諾を得ないままにご息女と婚姻を結ばせていただきました」

ジークヴァルト様が私の両親に丁寧に頭を下げる。まあ、順番も何もかもすっ飛ばして結婚したからね、相手の親族への謝罪は必要だろう。

「いえ、それは神々の命によるものだと神殿から聞いております。むしろ、この娘を神々に無理やり押し付けられたのではないかと危惧していたのですが」

多種族に頭を下げることなんて滅多にないであろうハイエルフからの謝罪に、流石のお父様もやや狼狽え気味だ。それにしても、神々に無理やり押し付けられたというのはちょっとひどいのではないか？

ジークヴァルト様が薄っすらと微笑む。慣れている私とセレスティスに同行してくれていた4人はともかく、部屋にいる他の側仕えや護衛騎士たちは皆揃って陶然とした顔をしている。家の者は私が庇護下に置いているはずだけど、私との関わり方によって防御力？　にも差があるのかね。

「彼女に出会うまでの私は死んでいたようなものです。彼女の存在は私の喜びと幸せそのものです。彼女に出会えた幸運を私は神々に感謝いたしました」

お父様がなんか渋い顔をしている。このお父様に限って、うちの可愛い娘を奪っていく男は……みたいなことは絶対に考えていない。むしろ、騙されていないだろうか、自分ならこの馬鹿娘のような変人を妻にするのは嫌だ、とか失礼なことを考えていそうだ。

「……ご存知かと思いますが、この娘はかなりの変人でして、人間族の高位貴族は普通自分で料理をするようなことはしないのですが、幼い頃から厨房に忍び込んでは自分で料理をしますし、人生の楽しみは美味しいご飯と本と音楽だ、と幼い頃から言っておりまして、仕事などしなくてすむのならしたくない、悠々自適に楽隠居したい、と幼少時より常々言っております。何か仕事をさせておけばそれなりに熟せるのですが、少しでも暇な時間を与えるとおかしなことばかり始めるような娘なのですが、後悔されていませんか？」

新婚の娘婿に向かって娘と結婚して後悔していないか？　とはあまりな物言いだ。

「お父様、私はこれまで自分に課せられた義務はきちんと熟しておりましてよ。余暇を使って好きなことをするのを咎められる謂れはありませんわ」

「その好きなことが淑女としておかしなことばかりだから言っているのだ。こんな変人だとは思わなかった、と後で言われたら困るだろう」

後で苦情は受けつけません。返品不可です。と強気に出られたら良いが、相手はリシェルラルド王族の６つ名のハイエルフだしね。国際問題になったら困るか。

「彼女はセレスティスでよく私の研究室に自作のお菓子を差し入れてくれていました。どれもとても美味でしたよ。私は妻の趣味のひとつが料理であっても全く問題ありません。美味しいご飯と本と音楽があれば幸せだというのも本人から聞いています。悠々自適な老後を送りたいと言われていますので、私には幸いここ400年ほどほとんど使う機会もなく貯まる一方だった資産もありますので、この先何不自由なく悠々自適な隠居生活を送るだけの甲斐性はあるつもりですので、安心してお任せください」

「シレンディア……」

ジークヴァルト様は実に晴れやかに言ってくださった。今更私の本性なんて知っているしね。

お父様が頭痛を堪えるように片手を頭に当てている。あとで頭痛薬のポーションを差し入れてあげよう。

「なんです？　お父様」

「お前のような変人の夫となってくださった方に、もっと遠慮というものをだな……」

結婚前ならともかく、そんな猫被ってごまかしてもね。

「結婚したんですから、将来設計の擦り合わせは必要だと思いませんか？」

なんだか恨みがましい眼で見られているが、この先ハイエルフと結婚するような人間族なんてまず現れないだろうから大丈夫だよ。

「私は彼女が感情制限されているはずの6つ名とは思えないほどに、好奇心旺盛で趣味に邁進している姿にどうしようもなく惹かれたのです。面白みのない普通の人間族の貴族令嬢だったならこれほどまでに心奪われることもなかったでしょう」

ジークヴァルト様にとっては、種族よりも自分と同じ6つ名持ちだということが重要だからね。そもそも私が6つ名持ちでなかったらきっと何の興味も持たなかったんだろうな。

「そう言っていただけるとありがたいのですが。しかしこの娘は今でこそ貴方と並んでも遜色のない容姿をしておりますが、20～30年もすればどんどん衰えていきます。貴方は娘の人間族としての寿命に付き合うとのことですが、貴方の容姿はこの娘が死ぬ時まで変化しないのでは？　それで良いのですか？」

それは私もちょっとは気になるところだ。1度前世で60歳間際まで年を取った経験があるから、老いもまた人生と思えるけれども、普通なら自分はどんどん年を取って皺くちゃになっていくのに、伴侶はいつまでも若いままというのはちょっと精神的にくるかもしれない。ジークヴァルト様は私の外見には拘らないだろうけど、年と共に足腰も弱っていくだろうし、物忘れや下手したら認知症も患うかもしれないしね。

「私はセイラン・リゼルの容姿に惹かれたのではありません。年老いて今の姿の面影がなくなったとしても、彼女は私にとって誰よりも美しいままでしょう。確かに私の容姿や身体能力は変わりませんが、彼女が年老いて身体が弱った時に、軽々と抱き上げてやることのできる身体能力を最後まで保持できているのは良いことだと思っておりますよ。それに彼女は私の顔がとても好きだそうですから、経年劣化しないのは素晴らしいと言われましたしね」

おお！　ジークヴァルト様は私が寝たきりの老人になっても自分で介護してくれる気満々らしい。なんだかきゅんとした。すごくときめいた。甲斐性あって老後の介護もしてくれるつもりだなんて、なんて素敵な旦那様だろう。思わずうっとりと見つめてしまう。ただでさえ完璧な美貌が３割増しで輝いて見える。

「シレンディア、お前に少しでも情緒を求めた私が馬鹿だった……」

私が珍しくというか、まさに今世で初めての胸のときめきを自覚しているというのに、お父様が納得いかないという顔をしている。何だよ情緒って。

「情緒？　なんのことです？」

処置なし、といった風情で首を振られてしまった、遺憾だ。

「あとは住む場所についてなのですが、国としては、レナリア大森林と呼ばれる未開の森がありまして、その近辺に住んでいただければ、と王とも話していたのですが、いかがでしょう？　娘によると、３００年は安定すると女神より言われたとのことですので、なかなか開拓の進んでいない地に住んでいただきたいのですが」

「私たちが望まぬ限りは、どのような魔獣も大人しくしているでしょうし、開拓に際して災害が起こることもないでしょう。私はセイラン・リゼルと共に暮らせるのならどこでも構いません。君もそこで構わないのだろう？」

「そうですね、ギーゼルフリート侯爵とアルフォンシア辺境伯が私たちの平穏な暮らしの邪魔さえしなければそこで構いませんわ。その２家が私たちの所有権を争うようなことにならないように、是非調整をお願いいたします」

　実際のところ、そこが1番問題なんだよね。私たちは所謂公共インフラだから、なるべく自領に近い位置に住んでほしいと思うだろうし、事あるごとに私たちの存在を顕示しようとするようでは困る。

「……いっそ、2家の中間地点にある町ひとつくらいを国に買い上げてもらって、直轄領にしてそこを管理することにしますか？」

「町ひとつ買い上げるというのなら、私が出しましょう。小さな町ひとつ自治を許可してくださるのでしたら、リシェルラルドも私がアルトディシアに取り込まれると嫌な顔をするのを抑えられるでしょうし」

　町ひとつ買い上げて自治かあ。6つ名の私たちが治める町だ、下手するとバチカンみたいになるんでない？　リアルで神の化身が治める町てことになるんだろうし。

　まあ、国と侯爵家と辺境伯家が私たちを取り合うよりは平和かもしれないけど。

「……王と侯爵家と辺境伯家と協議いたします。その時はまたお呼びたてすることになると思いますが、ご容赦ください」

「勿論です。金銭で解決するのでしたら、いくらかかっても構いません」

　流石、自分で把握しきれないほど財産が余りまくっている男は言うことが違う。

　領地を買って最終的に独立するのって、まるでモナコやリヒテンシュタインみたいだね。まあ、ジークヴァルト様が誰かの下に付くのはなんか想像できないから、別に構わないけど。しかも私たちが平穏に暮らすことが周辺の安定に繋がるわけだから、侵略を仕掛けられることもないだろうし、むしろ周囲が必死になって守ってくれるに違いない。

ジークヴァルト様はものすごく名残惜しそうにリシェルラルド大使館に帰って行った。だがこの邸に留まられると、うちの使用人たちの心臓が持たないだろう。リシェルラルド大使館の方も大変だろうけど。

「お前の夫は、同じ空間にいると非常に神経を削られる方だな……」

お父様がげっそりしている。

「他人の容姿をどうこう言ったことのない貴女がとても綺麗だというから楽しみにしていましたけど、本当になんて美しく神々しい方でしょう。あの方は他の人間族に会わせて大丈夫なのかしら？」

お母様まで困惑気味だ。強烈な恋愛脳で打ち勝てると思っていたが、そうでもなかったらしい。

「私は初対面の時からなんというか波長が合って、一緒にいてとても楽な方なんですけどね、6つ名同士だからでしょうかね？　元々あまり人前に出ることを好む方ではないので、どこに住むことになっても最低限の社交だけ熟したら2人でそこに引っ込みますよ」

「私は昔からお前が何を考えているのかさっぱり理解できなかったが、あれと一緒にいてとても楽だというのは本当に理解できない……」

なんか側仕えや護衛騎士たちまでもが、お父様の言葉にうんうんと頷いている、遺憾だ。

「しかし町ひとつ買い上げて自治か……セレスティスやシェンヴィッフィのような中立都市にするつもりか？　レナリア大森林の近くの町などあまり発展していない寂れた町や村ばかりだろうから買い上げること自体はさほどかからないだろうが、そこを発展させるために手を入れるとなると相当な金額がかかるぞ？」

「お父様、あの方、自分の財産を正確に把握しきれていないほどに有り余っているんですよ？　なんせ400年セレスティスで趣味の魔術具を作製してはそれを各ギルドに売却して、特許料が入って、魔術具の作製依頼を受けて、と繰り返してきた方ですから。各国首都の神殿と冒険者ギルドに設置されている通信の魔術具もジークヴァルト様が作製したものらしいですし。各ギルドの口座に大国の国家予算並みの額の預金が唸っているそうです」

「……結局のところ、お前と同じで地位や権力や財産に執着を持たない有能な変人ということか」

　お父様が深々とため息を吐いた。

「実の娘を変人呼ばわりとはひどいではありませんか」

「むしろ赤の他人を変人呼ばわりしたら失礼だろうが」

　正論である、全くもって反論できない。

「まあ良い。お前とあの方が並んで座っているだけで、ギーゼルフリート侯爵もアルフォンシア辺境伯も全く文句は言えないであろう。その無駄に光り輝いている神気も領地交渉に役立つのならせいぜい派手に役立てると良い。特に周辺になんの野心も持たない中立都市ならば王も文句は言わないであろう」

お父様が投げやりだ。

私たちみたいなのが下手に爵位も持たずに隠居している方が周囲に利用されそうで心配だもんね。

もっとも私もジークヴァルト様も、他人に易々と利用されてやるほどお人よしではないつもりだが。

それにしても、私は領地の端の方で静かに暮らせればそれで良かったのだが、新たな自治都市建設とは、なかなか楽隠居にはほど遠いようである。


王とギーゼルフリート侯爵とアルフォンシア辺境伯とで私たちが将来的に住む場所を協議するから、呼ぶまで待機していろとお父様に言われたので、私とジークヴァルト様は城の客室で待機しているのだが、こうして見るとやはりうちの者たちは私がちゃんと庇護していたんだなあ、と実感する。

城の侍女がお茶を淹れてくれようとする手がカタカタ震えてカップにお茶が半分も入らずに零れてしまっているし、騎士たちは脂汗を流しているように見える。神気というものは垂れ流している6つ名が2人揃うと増幅するらしく、この場にいるのは城でもかなり高位の騎士と側仕えばかりのはずなのだが、全員が顔面蒼白だ。

なんだか非常に申し訳ない。早く呼び出し来ないかな。

「先日挨拶に伺った時に思ったのだが、君は父君とずいぶんと仲が良いのだな。君は弟とも仲が良いし、6つ名持ちは実の家族からも敬遠されてしまうことが多いから、君が家族に恵まれていたようで良かった」

「そうですね。お父様は私が6つ名を授かってからも普通の子供として扱っていたように思いますよ。邸の隠し通路を見つけ出して遊んでいたら、待ち伏せされて首根っこを摑まれてお説教されたこともありますし」

……今思い出すと、明らかに普通の貴族令嬢への父親のお説教光景ではない気がする。私か？私が悪いのか？

「そんなことをしていたのか？　それはあまり、その、6つ名でなくとも珍しいのではないか？」

ジークヴァルト様が笑いを堪えるような顔をしている。そうですね、普通の貴族令嬢はきっとやらないと思います。でも隠し部屋とか隠し通路とかロマンじゃないか、見つけたいよ！

「シレンディア様、ジークヴァルト様、お待たせいたしました。陛下たちのところへご案内致します」

城の侍従と一緒にやってきたお父様の筆頭侍従が、城の侍従が私たちに気圧されて言葉もなく震えているのを見兼ねて声をかけてくれる。

「行こうか、セイラン・リゼル」

ジークヴァルト様が立ち上がってエスコートの手を差し伸べてくれるので、その手を取って私も立ち上がる。早いとこ用事を済ませて帰らないと城全体が機能不全に陥りそうだ。

　さて、面倒だけどきちんと挨拶しておかないとね。まあ、礼儀作法は王妃教育で骨に刻みこまれるレベルで身に付いている。

「陛下お久しぶりでございます。帰国のご挨拶が遅れましたことお詫び申し上げます」

　私にとって伯父でもある陛下は実妹であるお母様とよく似ている。ジュリアスが年をとったらこんな感じになるんだろうな。まあ、私にとっては伯父というよりも自国の王としてしか認識していなかったから、多分私の庇護下には入っていないのだろう。頑張って２人分の神気に耐えておくれ、大国の王としての矜持もあるだろうしね。

「あ、ああ。其方も息災なようでなによりだ。其方の夫を紹介してくれるか？」

　ジークヴァルト様が優雅に一礼する。

「ジークヴァルト・エヴェラルド・ライソン・フィランゼア・カルス・ナリステーア・ハルヴォイエル・リーベルシュテインと申します。以後お見知りおきを」

　とりあえず王はどうにか平常心を保っているように見えるけど、侯爵と辺境伯は２人共呆然自失としている。大丈夫かね、これから領地についてのお話し合いなのに。

「こちらは……」

　お父様が侯爵と辺境伯をジークヴァルト様に紹介しようとした途端、２人が物凄い勢いで私たちに向かって跪いた。ああ、またこのパターンか。騎士や側仕えたちはなるべく眼を合わせないように、存在を気にしないようにしていたけど、この2人は対面するからそうもいかないんだよね。

「まさか今生で神の化身にお目にかかれる日がこようとは夢にも思っておりませんでした。お2人がこのアルトディシアの地に舞い降りてくださったことに感謝の祈りを捧げます！」

私の神気は季節ひとつも経てば消えるとアルトディシアは言ってたけど、消えるまでずっとこれかあ。ジークヴァルト様1人ならそれほどでもないけど、2人一緒にいると増幅するらしいからなあ。

「ギーゼルフリート侯爵、アルフォンシア辺境伯、娘夫婦がこの先住まう地についてなのですが……」

お父様がもう面倒になったみたいで、真っ当な判断力も残っていなさそうな公爵と辺境伯に領地の相談を始めてしまった。私たちは別にいいけど、後で文句出ないよね？

「ええ！　ええ！　我ら2家のレナリア大森林にほど近い隣接した町と村を含む周辺の土地とのことでしたね！　喜んでお譲りいたします！　何かお困りの際には是非お声掛けください！　何を置いても駆けつけさせていただきます！」

なんか王も青い顔して首を振ってるし、どうしたもんだろうね？　そして私たちはいつまで立たされているのだろうか、と思ったら、お父様が座るよう言ってくれた。王もはっとしたように椅子を勧めてくれる。

「2家とも快く土地を譲ってくださるそうです。新たに作る街の名はどうされますか？」

小さな村や町ならばともかく、中立の自治都市となると神の名を冠しなければならない。名を奉じた神の加護が得られるし、その神の名に相応しい街として発展していくからだ。

「街の名……ジークヴァルト様どうしましょう？」

どの神様にお願いしようかね？

「君が望む発展をしてくれそうな神に頼めば良いのではないか？　我らが願えば大概の神々は応えてくださるだろう」

私が望むような発展ねえ。本はセレスティスが学術都市としてあるし、音楽も芸術都市のシェンヴィッフィがあるからなあ。あと私に必要なのは……。

「私の望み……え……っ？」

「セイラン・リゼル！」

ジークヴァルト様が私を呼ぶ焦った声を最後に、私は白い空間にいた。

ありゃま、特に呼んでもいないのに、またしても神様が私の身体に降臨しちゃったということかね？

〝其方はずいぶんと料理に拘るようだから、私の名ではどうだ？〟

〝あら、２人共とても美しいし、其方は美を保つためのものも色々作っているではないの。私が加護をあげるわよ〟

「ロスメルディアとシェラディーナですか？」

料理の神様と美の女神様だ。

〝セレスティスとシェンヴィッフィの名を冠する街は既に存在するであろう？　其方の望みは料理と本と音楽ではないか。残すは料理であろう？〟

〝其方ら２人の美の前に全てが平伏すわよ。それに私が直接加護を授ければ、人間族の其方が年を取っても死ぬまで若く美しいままでいられるわ〟

死ぬまでずっと美しいままでいられるというのは、正直ちょっとぐらっと来た。ジークヴァルト様も一緒に老いるというのならともかく、老いるのは私だけだから。

でもジークヴァルト様は言ったではないか。私が年老いて皺くちゃのお婆さんになっても、ジークヴァルト様にとって誰よりも美しいのは私だと。それに寝たきりになっても自分で介護してくれる気満々だったしね。むしろヤンデレ気質の彼にとっては、私の世話を全て自分でするということに仄暗い喜びを見出しそうだし。

「年相応に常に美しくありたいとは思いますし、相応に努力はしますが、老化もまた人生です。年齢に応じた美容品や健康を保つためのものは開発しようとは思いますけれど、人間はいつだって今が1番若いのですよ」

〝あら、大概の女性は永遠の若さと美を欲しがるものなのに、いらないの？〟

なんか面白がってるような気配がする。いつの時代、どこの世界でも不老不死やら永遠の美やら求める人は求めるんだろうけどね、それをやってしまうと醜い争いの元だ。待っているのは破滅である。

〝ならば私だな〟

「そうですね。大陸中の食材が集まってくるようになると嬉しいです。よろしくお願いいたします。もっとも、私は料理人ではないのですけどね」

〝其方の知識を見ると、これで料理人でなかったというのが不思議なほどだがな〟

「凝り性だっただけですよ。美味しいものを食べるのは人生の楽しみです」

料理本の類はそれこそ山のように出ていたではないか。収集癖のあった私は、料理本だけで本棚1個分はあった。おかげで生まれ変わっても知識があって助かっている。

〝ところで、リシェルラルドの器が其方を疾く返せと騒いでいるのだが、其方、本当にあの男で良いのか？　あれはなかなか難儀な男だぞ？〟

神様にまで心配されてしまった。そんな難儀な男を500年近くも放置していた癖に何を言っているのか。

「ジークヴァルト様の面倒は私が一生責任を持ってみますのでお気になさらず」

〝！　！　！　！　！〟

なんか神様たちが一斉に爆笑した気配がする。別にいいけどね。神様というのはどこの世界でも違う理の存在だ。基本的にあまり深くは関わりたくない。

〝ずいぶんと笑わせてもらった礼に、其方らが新しく街を造る手助けをしておいてやろう。ではな〟

ロスメルディアがそう言った途端、視界が戻った。ジークヴァルト様が私を抱き締めて心配そうに覗き込んできている。大丈夫だよと白銀の頭を撫でると苦笑される。

「……ロスメルディアですか、大陸中の食材が集まるでしょうか？」

「神自らが名を冠することを許可し、加護を与えてくれたのだから、食材も料理人も集まるのではないか？」

お父様以外の者が皆跪いて涙を流して私たちに祈りを捧げているけれど、お父様は苦虫を嚙み潰したような顔だ。お父様にかかっているであろう私の庇護を少しばかり消し去ってやりたい気分になった。

父の憂鬱

私の名はファーレンハイト・シルヴァーク。

先日娘が夫として勝手に連れてきたハイエルフと対面し、２人が今後住まう場所を選定するために城に来ている。

娘のせいで悩まされている頭痛に、その娘の調合した痛み止めがよく効くというのがまた地味に腹が立つ。

あの馬鹿娘に悪気はない。それはわかっているが、どうしてもっとこう、顔も頭も平凡で良いから普通の淑女に育ってくれなかったのだろうか。そもそも顔も頭も平凡だったなら神々に６つ名など与えられなかっただろうに。

まずは王と対面し、次にギーゼルフリート侯爵とアルフォンシア辺境伯だ。できれば娘夫婦には会わせたくないが、侯爵と辺境伯がごねるようならばあの２人を登場させた方が話が早いだろう。その代わり侯爵と辺境伯の精神的負担がどれほどのものになるかはわからぬがな。

「待っていたぞ、ファーレンハイト。其方の娘夫妻はどうであった？」

「２人共静かに平穏に暮らせるのならば、住む場所には拘らない様子でした。ただ、侯爵領にしろ、辺境伯領にしろ、どちらかに居住を決めてしまうと所有権を主張されかねないので、できればレナリア大森林にほど近い町とその周辺の土地を買い上げて中立の自治都市としてしまいたいようです。リシェルラルドも6つ名持ちのハイエルフをアルトディシアに奪われたと難癖付けにくいでしょう」

「中立の自治都市……セレスティスやシェンヴィッフィのような、か？　6つ名持ちは権力欲が薄いから、周辺におかしな野心さえ持たぬのならそれでも構わぬが。6つ名持ち2人が治める中立の自治都市となれば大陸中から人が集まるだろうから、それを領土内に置くことになるアルトディシアにも経済効果が見込めるであろうし」

叡智の女神の名を冠するセレスティス、芸術の女神の名を冠するシェンヴィッフィ、他にも酒の神の名を冠するヴァンガルド等、大陸中に神々の名を冠する小国や都市国家はいくつもあるが、あの2人が住むことになる町はどの神を奉じるのであろうな？

「この後は侯爵と辺境伯との会談か。どちらも6つ名2人を自領に住まわせたいだろうから、ごねるであろうな。あの辺の土地などレナリア大森林に入るための冒険者ギルドがあるくらいで、ほとんど拓けていないのだから、普通ならいくらでも買い叩けるだろうが、6つ名2人が住むとなると

な……予算はいくらだ？　なんなら国で買い付けて貸すか？」

「娘の夫のハイエルフ曰く、金額はいくらでも構わないとのことです。なんせ400年ほどほとんど使うこともなく貯まる一方だった財産があるそうで……」

王がきょとんとする。

まあ、国を出てセレスティスで長年隠遁生活を送っていたハイエルフに、一体どれほどの財産があるのかと危ぶんでいるのだろう。貴族にとって収入とは、基本的に領地からの税収と国からの俸禄で、才覚のある者は商会を起こしたり投資したりするものだ。

「娘が言うには、４００年魔術具を作製して各ギルドに売ってその特許料や作製費が入り、それをほとんど使うことなく過ごしてきたので、本人も把握しきれていないほどの財産が各ギルドの口座に唸っているそうです。作製した魔術具の一例としては、各国神殿と冒険者ギルドに設置されている通信の魔術具が娘の夫のハイエルフの作だそうです。ついでにうちの娘もセレスティスではそれなりに個人資産を築いているはずです」

幼少時よりアストリット商会に数多くの美容品を作らせてきた特許料と、セレスティスに留学してからは薬師ギルドや冒険者ギルドにも数多くの品を売りさばいてひと財産築いているはずだから、個人で動かせる金額では裕福な侯爵家当主以上だろう。

「６つ名持ちが大概の分野において他者よりも優れているのは有名な話だが、其方の娘とその夫は６つ名持ちの中でも規格外なのではないか？」

王がげっそりとため息を吐く、全く同感だ。

「６つ名持ちというのは、神々に感情を制限されているそうです。その感情制限があの２人は少しばかり緩んでいるそうですが、普通は成長と共にどんどん感情が薄くなり人形のようになるそうです。神の器として定められた宿命だそうですよ。だから６つ名持ちは愛されないのだと聞きました。感情のない者を愛するものなどいないだろう、と。この先６つ名を与えられた者が現れても、政略結婚などさせずに静かに国で最も安定させたい場所で過ごさせてやるのが良いだろう、とのことです」

感情制限が緩んでいるのは娘の夫だけらしいが、あの馬鹿娘も女神に認められるほど変わっているのだから、一緒に緩んでいるということにしておこう。

「6つ名持ちの感情が乏しいのは知られた話だが、神々による感情制限とはな……流石は神々と語ることができると言われている伝説の6つ名のハイエルフだ。神の器、か。人の理に縛り付けぬ方が良いということか」

「有事の際に神が6つ名を与えた者の身体に降臨すると、その後その6つ名持ちは目覚めないことも多いそうですしね。これまで知られていなかった6つ名持ちと神々の関係が色々と明らかになりました」

「王家の口伝に追加する内容が増えたな。さて、そろそろ侯爵と辺境伯との会談の時間だ、部屋を移すか。其方の娘夫婦も登城しているのだろう？」

「もし人間の側だけで話が済むようでしたら、あの2人とは対面しない方が良いと思われますので、別室で待機しております。できればお披露目等も免除した方が良いと思われるのですが……」

あの娘が6つ名の力で無意識に庇護しているらしいのは我が家の者たちだけだ。他の者があのハイエルフと対峙したらどうなるのか私には正直わからない。

「流石に1度は夜会くらいには出席してもらわなければならないだろう。何が問題なのだ？」

「……いえ、あれは1度見てみないと理解できないと思われますので、せっかくですので今日もし侯爵と辺境伯との会談に呼ぶ必要がなくても、その後1度ご対面ください」

「うむ？」

怖いもの見たさで1度見たら後悔すると思うがな。


思った通り侯爵と辺境伯との会談は紛糾した。

レナリア大森林は危険な魔獣が多く生息するが資源の宝庫だ。どちらも大森林に隣接しているから開拓したくてたまらないのだ。

そもそもこの2人は次期当主の第一夫人にシレンディアを欲しいと言ってきたが、侯爵家の長子はまだ10歳、辺境伯家の長子は逆に35歳で既に第1夫人も子もいるのだが。まあ、辺境伯家は家格的に今の第1夫人を第2夫人に落とせば良いだけの話だが、侯爵家は10歳と18歳ではな、男女差が逆ならばともかく成人するのを待っていたらシレンディアは23歳ではないか。嫁き遅れと後ろ指される年齢だ、いくら領地のための政略結婚とはいえ父親としては容認し難い。別にシルヴァーク公爵家は辺境伯家との縁など必要としていないし。まあ、もともとシレンディアは母親のユーフェミアとは違って、恋愛感情をどこかに置き忘れてきていたから、レナリア大森林を開拓するためにシレンディアが欲しい、という領地のための婚姻ならば相手の年齢など気にもせずに嫁いだのだろうが。実際連れてきた相手は４００歳以上も年上だったのだし。

「シレンディア姫がいるだけで気候が安定し、天災は起こらず、しかもあらゆる物事が良い方向へ向かうのは周知の事実！　次期当主の第1夫人として迎えられなかったのは残念ですが、賓客として当家で一生最高のもてなしをご夫婦にさせていただきます！」

「それは当家も同じこと！　わざわざ小さな土地を買い上げるなどされなくても、ご夫婦の望まれる場所に離宮を建設しますので、一生お好きなように過ごして頂ければ幸いです！」

はあ。

あの娘がいるだけで気候が安定するだけではなく、運気が上がるというのは事実だ。実際、あの娘が６つ名を授かってからの当家の資産は３倍に増えた。あの娘が個人で稼いでいる分は全く別にしてだ。

それも６つ名という存在が神の器だからなのだろうが。

中身はアレだが、確かに６つ名というのは権力者が欲しくて堪らない存在なのだ。

「お二方の申し出はありがたいのですが、唯人にはあの２人と同じ空間で生活するのにも苦痛を伴いますので、２人の好きなようにさせた方が良いのです。そこにいるだけでレナリア大森林の開拓には役立つでしょうから、あまり欲を出さない方が身のためかと思われます」

「それはどういう……」

やはりあの２人と対面させざるを得ないか。

側仕えに２人をこちらに案内するよう命令する。

「娘夫婦も登城しておりますので、この先隣人として住まうことになるのですから是非ご挨拶を。まあ、難しいようでしたら、当家の領地にでも住まわせますが」

「シルヴァーク公爵家はこれまでずっとシレンディア姫の恩恵を享受してきたではありませんか！

次期王妃となってこの国のために在るというからこそ、他家は我慢してきたのです！　それをこの先も6つ名持ちを独占するおつもりか！」

うんざりする。

実の娘が6つ名を与えられて、神々によって感情を制限されても同じことを言えるのか？

幸いというか、なんというか、あの馬鹿娘は感情を制限されても人形のようにはならずに変人になっただけだったが。別にシルヴァーク公爵家はシレンディアが6つ名でなどなくても、筆頭公爵家の地位は揺るがないし、領地経営も上手くいっているのだ。

「ジークヴァルト様とシレンディア様をお連れいたしました」

私の連れてきた侍従を同行させて正解だったな、城の側仕えは全員顔面蒼白だ。

城の側仕えは皆貴人の相手をするから、それなりに胆力があるはずなのだが。

ジークヴァルト様にエスコートされた娘は優雅に微笑み、王の前で淑女の礼をする。

「陛下お久しぶりでございます。帰国のご挨拶が遅れましたことお詫び申し上げます」

「あ、ああ。其方も息災なようでなによりだ。其方の夫を紹介してくれるか？」

ジークヴァルト様が実に優雅に一礼する。この2人は一緒にいると相乗効果で一層神々しく光り輝いて見える。

「ジークヴァルト・エヴェラルド・ライソン・フィランゼア・カルス・ナリステーア・ハルヴォイエル・リーベルシュテインと申します。以後お見知りおきを」

ちろり、と侯爵と辺境伯を見ると、2人共呆然自失としている。王もどうにか平常心を保っているようには見えるが、大国の王としての矜持で踏み止まっているといった感じだな。シレンディアが我が家の者たちのことを無意識に庇護しているというのは本当のことだったようだ。

「こちらは……」

侯爵と辺境伯をジークヴァルト様に紹介しようとした途端、2人が物凄い勢いで跪いた。

……ジュリアスが、私たちはセレスティスの神殿でこの2人に全ての種族が跪いて祈りを捧げ始めた瞬間を見ていないから気楽なのだ、とグチグチ言っていたが、こういうことか。

「まさか今生で神の化身にお目にかかれる日がこようとは夢にも思っておりませんでした。お2人がこのアルトディシアの地に舞い降りてくださったことに感謝の祈りを捧げます!」

シレンディアだけではなくジークヴァルト様もうんざりしているように見える。

確かに会う者全てにこのような対応をされては、引き籠りたくもなるだろう。

「ギーゼルフリート侯爵、アルフォンシア辺境伯、娘夫婦がこの先住まう地についてなのですが……」

丁度良い、この場で一気に纏めてしまおう、どうせまともな判断力など残っていまい。

「ええ! ええ! 我ら2家のレナリア大森林にほど近い隣接した町と村を含む周辺の土地とのことでしたね! 喜んでお譲りいたします! 何かお困りの際には是非お声掛けください! 何を置いても駆けつけさせていただきます!」

最初からこの2人と対面させれば良かったか。

いや、横で青い顔をして頭を振っている王を見ると今で良かったのだろう。

とりあえず他の者が誰も使いものにならなさそうなので、2人を椅子に座らせる。

「2家とも快く土地を譲ってくださるそうです。新たに作る街の名はどうされますか?」

小さな村や町ならばともかく、中立の自治都市となると神の名を冠しなければならない。名を奉じた神の加護が得られるし、その神の名に相応しい街として発展していくからだ。

「街の名……ジークヴァルト様どうしましょう?」

「君が望む発展をしてくれそうな神に頼めば良いのではないか? 我らが願えば大概の神々は応えてくださるだろう」

原初に6大神が造られたと言われている6大神の名を冠する大国以外は、どこの小国も都市も奉じた神の名に相応しいようにと長年研鑽を積み発展していっているものなのだがな。だがこの2人が直接神々に願えば容易に叶うのだろう。なんという非常識な存在か。

「私の望み……え……っ?」

「セイラン・リゼル!」

シレンディアの身体がゆらりと傾ぎ、それを慌ててジークヴァルト様が抱き留める。

次の瞬間、シレンディアの纏う神気が一気に強くなっていた。

〝ならば私の名を冠することを許そう〟

シレンディアが話しているはずなのに、明らかにシレンディアとは違う口調、男の声。

「ロスメルディア……?」

ジークヴァルト様が呟いた名に、こんな場だというのに一気に脱力した。

料理の神ではないか！

〝セレスティスとシェンヴィッフィ、それにシェラディーナも名乗りを上げたのだが、セレスティスとシェンヴィッフィの名を冠する地は既に存在するであろう？　この者はシェラディーナよりも私の加護を欲したのでな〟

ジークヴァルト様の腕から抜け出し、面白そうに笑うシレンディアは、シレンディアではなかった。これが6つ名に神が降臨するということか。それにしても、セレスティスとシェンヴィッフィが既にあるから却下というのはともかくとして、美の女神シェラディーナよりも料理の神ロスメルディアが降りてくるというのが、いかにもあの馬鹿娘らしくてあきれ果てる。

「ロスメルディアの加護がいただけるとなれば妻も喜びましょう。ご用件がお済みでしたらお還りください」

〝アルトディシアとリシェルラルドが笑っていたが、其方、独占欲と執着が強すぎるのではないか？　いくらこの娘が大らかだといっても愛想を尽かされないようにな〟

「余計なお世話です！　速やかに妻の身体から出て私に妻をお返しください！」

〝この娘は面白いから、新たに街を作る手助けをしておいてやろう。ではな〟

ロスメルディアがそう言って笑った瞬間、くたりと頽れるシレンディアの身体をジークヴァルト様が抱き留めた。

ふと、王と侯爵、辺境伯に目をやると、3人とも神の降臨に呆然自失、恍惚とした顔をして涙を流し、騎士や側仕えたちと一緒になって跪いて祈りを捧げていた。いっそ私もそちらに混ざれたらどんなに楽だっただろうか。

「……ロスメルディアですか、大陸中の食材が集まるでしょうか？」

「神自らが名を冠することを許可し、加護を与えてくれたのだから、食材も料理人も集まるのではないか？」

目を覚ましたシレンディアが、ジークヴァルト様とのほほんと緊張感のない会話を繰り広げている。

ああ、ずっと邸の者に箝口令を敷いて隠してきた、公爵家の令嬢の趣味が料理だというのがこれで大陸中にばれてしまう……。

私はがっくりと項垂れた。


神殿から、ロスメルディアの名を冠する美食の都がアルトディシアに誕生するので、都市建設のための職人、食材を取り扱う者、我こそはと腕に覚えのある料理人は集結するように、という神託が大陸中の全神殿に降りたという報告が上がってきた。どうやらこれがロスメルディアの言っていた手助けらしい。

自治都市かあ、楽隠居したかったのに正直面倒くさいなあ、なんて思っていたが、出来上がるのが美食の都となれば話は別だ。

美味しいご飯は人生の楽しみ、美味しいは正義である。

この機会に、料理は高貴な者の趣味としては褒められたものではないという風潮にも一石を投じようではないか。

別に美味しいものにさほど拘りのない人や、料理に興味のない人が無理にやる必要はないが、やってみたいけれど外聞が……という人だっているはずなのだ。特にお菓子作りなんて、出来上がりが綺麗で可愛いから前世でも料理は好きじゃないけどお菓子作りは好き、という女性は一定数いたし。

美容と一緒で、美しくなりたいと思って努力することも、外見の美醜になんか意味はないとして何もしないのも本人の自由である。まあ、この考え方は前世の価値観に寄るものが大きいのだろうけども、他人に迷惑をかけなければ自分の趣味で何をしようとも自由だという考えを多少なりとも植え付けたい。この他人に迷惑をかけなければ、というのも多分に前世の日本人としての価値観が大きいのだろうけども。

「ずいぶんと楽しそうだな」

「ええ。大陸中から食材と料理人が集まるのですもの。料理の幅が広がりますし、街が形になってきたら2人で食べ歩きに行きましょうね」

屋台の食べ歩きとか楽しそう。ちょっと大味なB級グルメも開発していかなくては。ジークヴァルト様とベビーカステラとか、りんご飴とか、たこ焼きとか食べながら街を歩くのだ。

ジークヴァルト様はあんまり似合わなそうだな……。

「私と君が2人で何か食べながら街を歩くのか？　想像したこともなかったが、君と2人でなら楽しそうだ」

うん、まあ、似合うかどうかはこの際どうでもいいだろう、楽しければそれでいいのだ。

壁際でしきりと頭を振っているエルフ族たちには悪いけれども。

料理の神ロスメルディアの神託が大陸中の神殿に降りたことで、各国から問い合わせがアルトディシアに殺到しているらしい。

各国の食材を扱う商会が次々と名乗りを上げてくれているらしいし、酒の神ヴァンガルドを奉る酒造りの盛んなドワーフ族主体の自治都市ヴァンガルドは、遠方だというのに1番に使者が駆けつけてきたらしい。

神気を撒き散らしている私たちがそう簡単にひょいひょいと人前に出るわけにもいかないので、各国の使者が一通り集まったところで夜会を催してそこで紹介されるという流れになる予定だ。伝家の宝刀は何度も使うとありがたみが失せるしね。

神気を纏った私たちが新しい街を治めます、と紹介されれば、どこの国の者もどこかの印籠を前にした者たちのごとくはは一っと平伏すだろう。

とりあえず今私が急ぎでやっていることは、私たちがお披露目される予定の夜会の食事メニュー作りである。

城で催される夜会だが、なんせ料理の神の名を冠する美食の都の発足でもあるのだ。料理の神がわざわざ神託を下すに相応しい街が出来上がるのだという期待を周辺諸国に知らしめなければならない。

当日の調理はうちの料理人たちが総出で出向して城の厨房を借りることになるが、城の料理人たちにも手伝ってもらわなければならないので、城の料理長と副料理長が日替わりで他の料理人も引き連れて連日我が家に修行に来ている。もともとシルヴァーク公爵家の料理というのは有名だったので、レシピをいくつかもらえるのなら、という条件で喜んで来てくれているらしい。普通なら、いくら相手が筆頭公爵家でも、城の料理人が教えを乞うなんて、というプライドの問題も生じたのだろうが、なんせ今回は料理の神様のお墨付きだしね。神様もたまには役に立つではないか。

それにしても、家の料理が美味しいのは自慢できても、それを考案しているのが令嬢だというのは外聞が悪いというのが納得がいかない。

城の料理長と副料理長は、うちの料理人たちに全てのレシピを考案しているのが私だと教えられた時まるで信じなかったらしいが、ロスメルディアの神気で光り輝いている私が厨房に顔を出した時は号泣して跪いて祈り出し、うちの料理人たちがドン引きしていた。

「城の夜会ですからね、見た目にも豪華でなければなりませんしね、城の料理人たちの腕はどうですか？」

「それこそ見た目を華やかに仕上げる技術は問題ないですよ。お嬢様のレシピはどれも手順が多いので驚いていますけどね、この夜会が終われば城を辞職してお嬢様の造る街に行きたいと言っていましたが」

オスカーが笑っているが、うちの料理人たちも一緒に行きたがっていて選定が大変なのだ。あまりたくさん引き抜いていったらお父様に怒られるではないか。

「料理も修行ですからね。それこそ何年か毎に修行のために留学できるようにすればよいのです。料理の基礎技術を学ぶための学校を作っても良いかもしれませんね。学校で基礎を学んだ後に望む家や料理人に弟子入りするような感じで」

この世界に料理学校はなかったしね、丁度良いではないか。

「お嬢様なら料理人の地位も上げてくれそうですね。別に馬鹿にされるような仕事ではありませんが、貴族がやるのは側仕えの方がお茶を淹れること以外は恥とされてるんでしょう？　お嬢様も小さい頃はご当主様によく怒られていたではありませんか」

淑女が厨房に出入りするなんて、と怒られたのは確かだが、よくあるテストで１００点取ったらこれ買って方式で、お父様から許可をもぎ取っていたからね、この身体は地頭が良くて本当に助かった。色々な知識や技術も身に付いたし。

「結局のところ、美味しいは正義なのですよ、ね？　ジークヴァルト様」

「そうだな、君たちの作る料理もお菓子もどれもとても美味しい。君が料理を趣味とするのなら、私も少し覚えた方が良いだろうか？」

思わずオスカーと顔を見合わせる。

オスカーはジークヴァルト様にも慣れているので、メニューを決めるためにこの場にいるが、料理長や他の料理人たちは目がちかちかする、と言って遠慮していた。まあ、目がちかちかする程度で済んでいるのが、この家にずっと料理人として勤めていて私が庇護している証拠なのだが。

「ジークヴァルト様、もし料理やお菓子作りに興味がおありでしたら是非ご一緒に、と言わせていただきますが、興味がないことを無理に私に合わせてする必要はありませんよ」

「料理やお菓子作り自体に興味はないが、君が楽しんでしているということに興味がある。私は読書と魔術具作製以外には特に何の趣味もない面白味のない男だし……」

うーん、誰かに何か言われたのだろうか?

後ろに控えているローラントとシェンティスに視線を向けると2人共首を横に振っているが、他のエルフ族の随行員たちとは付き合いがないからよくわからないし、そもそも私たちと同じ空間にいるのが苦痛なようで、壁際に青い顔をして佇んでいるし。

読書は私も趣味だし、魔術具作製は国家予算規模の財産を築けるのだから、実益を兼ねた立派な趣味だと思うのだが。

「では、魔術具で調理器具を作成してくださいませ」

「調理器具? 君がこれまでいくつか作製していたような、か?」

ハンドミキサーとか、ジューサーミキサーとか作ったけど、他にも欲しいものはいっぱいだよ、温度調節の細かくできるオーブンが欲しいし、電子レンジに圧力鍋、ホットプレートも欲しい。わざわざ興味のない料理をするよりもよほど有意義ではないか。

「セレスティスでお嬢様の作ってくれたハンドミキサーには感動しました」

オスカーもうんうんと頷いている。

「なるほど。確かに私はそちらの方が楽しいし、役に立ちそうだ」

ジークヴァルト様が嬉しそうに頷く。

そうか、料理の神様ロスメルディアの名を冠する自治都市を作るのに、自分が役に立たないのではないかと不安になっていたんだね、可愛いなあ、もう。


各国の使者や商会の代表者らが揃い、アナスタシア様もリシェルラルドからお祝いにかけつけてきてくれた。リュミエールとフリージアもそれぞれパルメート商会とドヴェルグ商会を率いてやってきてくれた。2人共これから建設されるロスメルディアにそれぞれの商会の支店を出してくれるそうだ。ディアス夫妻とアストリット商会も勿論付いてくると言ってくれた。あとは城の夜会で大陸中から集まってくれた代表者に挨拶をすれば晴れてロスメルディアに引き籠りである。

ルナールの弟の1人だというロテールという金髪の狐獣人も、ルナールからの手紙を持ってやってきた。なんでも、シュトースツァーン家の男たちは冒険者として白金に上がらないとヴァッハフォイアに帰国できないそうで、私たち6つ名の依頼ならどんな魔獣でもホイホイと出てくるので、この先シュトースツァーン家の冒険者を専属として格安でいいから使ってやってくれないか、という依頼だった。30歳までに白金に上がれないと家格を落とされる仕組みらしく、全員白金に上がれるだけの実力はあるはずなので、分家の者も順番に私たちのところに送り込むので、専属の冒険者として、有事の際のヴァッハフォイアへの連絡要員として好きに使ってくれ、とシュトースツァーン本家からの正式依頼だ。どうやらヴァッハフォイアとシュトースツァーン家は、バチカンを警護するスイス傭兵のようにロスメルディアと私たちを守ってくれるつもりらしい。

それをジークヴァルト様に言うと、これまでジークヴァルト様は歴代の護衛騎士を冒険者登録させて専属として使ってきたそうで、本職の腕の立つ冒険者が常時使えるということなら全く問題ないとのことだった。ローラントも冒険者になるつもりなどなかったのにいつの間にか白金にまで上がってしまって、と乾いた笑いを漏らしていた。ジークヴァルト様の代々の護衛騎士は、リシェルラルドの騎士団長や副団長が退任後に勤めていたらしい。ローラントも先代の騎士団長だそうだが、私が生まれる前の話なので知らなかった。現任なら国交のある国の主要人物くらいは頭に入っているんだけどね。


当日の料理の準備も整い、私とジークヴァルト様の衣裳も決まった。私たちはちょこっと挨拶して1回踊れば、あとは早々に引っ込む予定である。だって、神気を垂れ流している私たちが夜会会場にいつまでも留まってしまうと、他の人の迷惑になるからね。私の神気は本当ならもう消えているはずだったのに、ロスメルディアが降臨したせいでまだ相当ギラギラしているらしい。まあ、夜会で周囲に神の威光を示すのには役に立つだろう。

私の衣裳は白地に金の刺繍の入ったハイネックのスレンダーラインである。正にウェディングドレスのようなデザインだ。アクセサリーはジークヴァルト様が衣裳に合わせて雪の結晶をモチーフにしたティアラとイヤリングとブローチとブレスレットのセットを作製してくれた。ハイネックなのでネックレスはなしで胸元にブローチをつける形だ。今日は髪もきっちりアップにしている。作製してくれたアクセサリーは最初にお願いした通りどれもとても軽い。落としてしまっても気付かないんじゃないかと心配になるくらい、何もつけていないんじゃないかというくらいに軽い。もし落としたらまたいくらでも新しいものを作製して贈るから何の問題もない、とジークヴァルト様はにこやかに宣ったが、なんせこのアクセサリーセット、私専用の呪い、もとい術がかけられているのだ。拾った人が持ち主を探して届けてくれるような善良な人なら何の問題もないが、そうでなかった場合、かなりえげつない呪いがかかる。ひとつ例を挙げると、このティアラは私以外が装着すると男だろうと女だろうと禿げるらしい。それはもう1本も残さずに綺麗に禿げてもう2度と生えてこないそうだ。

「私が君のために作製したものを他の者が身に付けるなど、許されることではないだろう?」

実ににこやかに、さも当然というように宣ったが、そんな私専用の呪いの装備をジークヴァルト様はこの先量産していく予定らしい。専用の術なら、本人以外は身に付けられないようにするだけで十分だろうに。

そして軽さ以外の本来の効果としては、セットで装着することで全ての状態異常を無効化し、あらゆる攻撃を反射する。お母様は見た目の繊細な美しさとジークヴァルト様自ら私のために作製したということに感動していたけれど、効果と私専用の呪いを聞いたお父様はげっそりした顔をしていた。

ジークヴァルト様の衣裳はリシェルラルドの正装で、白地に銀の刺繡の入った長衣に青紫に銀の

刺繍の入ったマントを左肩にかけている。つまりはお互いの色を纏っているわけだ。相手の色を差し色にするくらいはよくあるが、ここまでがっつりお互いの色を身に纏うというのは珍しい。

「なかなか盛り上がっているようですわね」

夜会会場の喧騒が私たちが待機している部屋まで伝わってくる。あれだけの料理を披露したのだ。驚いてくれなければ困る。私たちが摘むために少量ずつ取り分けてくれている中からフルーツサンドを摘む。会場でどれを食べようか迷いながらバイキングテーブルを巡るのも楽しそうだが、今日の私たちにそれは無理だしね。

「姉上とそれに随行してきたエルフたちも皆驚いているだろう」

ジークヴァルト様が薄っすらと微笑みながらマカロンに手を伸ばす。

各国から予算と人材を引き出すための夜会だ。派手に驚いて財布の口を緩めてもらわなくては困る。

「ジークヴァルト様、シレンディア様、準備が整いました」

私たちを呼びに来たのは、例によってシルヴァーク公爵家の侍従だ。城の侍女も侍従も騎士も皆役に立たないので、私たちの相手は全てうちの者に丸投げされたらしい。

「行こうか、セイラン・リゼル」

ジークヴァルト様がエスコートの手を差し伸べてくれるので、その手を取って立ち上がる。軽くトレーンを引く衣裳なので、エスコートは必須なのだ。この衣裳で踊る練習もしたが、いかに優雅に見えるように踊るかをお母様と侍女たちが目をギラギラさせながらチェックしていて大変だった。

何度も練習に付き合わせたジークヴァルト様には申し訳なかったが、私と踊るのは楽しいから構わないと輝くような笑顔で言っていたので、私の庇護下にあるはずのうちの古参侍女たちですら何人も倒れそうになっていた。

大広間の扉が開き、私たちが一歩踏み込むとまるでモーセの波のように人が両側に割れていき、次々と跪いていった。うん、なんだか1周回って面白くなってきたぞ。これはきっと私が多少何か失敗したところで誰も何も憶えていないだろう。だって何を言っても皆涙を流して跪いて祈りを捧げているだけだもん。踊るにしても城の楽師もきっと役に立たないだろうということで、今日のこの大広間にはうちの専属楽師たちがスタンバイしているのだ。皆私が幼少時から色々な楽器を教えてくれた楽師たちだからね、ちゃんと私の庇護下に入っているし、私とジークヴァルト様が踊る練習をした際にも、何度もBGMを奏でてくれていたから慣れているのだ。

これから料理の神ロスメルディアの名を冠する美食の都を造るから、皆様よしなに、というようなことをジークヴァルト様と2人で挨拶して、1曲踊れば退場だ。跪いて祈りを捧げる人たちの中心で2人きりで踊っていると、なんだかお祭りの神社の舞台で巫女さんが奉納舞をしているような気分でちょっと微妙だった。これならうちで練習してた時の方が楽しかったかな。

もう1人の異世界転生者

私の名前はユリア。

アルトディシアの貧乏男爵家の娘で、神様から贈られた名前は下級貴族としては大目の3つ。15歳になった時に行儀見習いも兼ねてお城に侍女として勤めに行くことになったの。行く前までは両親も私も同じような家格の騎士や侍従辺りと縁があればいいかな、くらいに思っていた。

でも、お城で初めて第2王子様を見た時に思い出したんだ。

これってもしかして本の世界じゃない？　って。

私がなんで本の世界にいるのかはわからないけど、第2王子のディオルト殿下が可愛らしい感じの薄紫の髪にオレンジの瞳の少女を抱きしめて優しく微笑んでいる表紙がふっと頭に浮かんだの。

その表紙の王子様の顔がものすごく好みで、思わずジャケ買いしちゃったのよね。

……あれ？　薄紫の髪にオレンジの瞳の少女って私!?

確かディオルト殿下には6つ名持ちの婚約者がいるけど、完璧な婚約者に対してコンプレックスを持っていて、何気ない愚痴を聞いていているうちにだんだんと仲良くなって、最初は王子と侍女という関係だけどいつしか秘密の恋人同士になるという、ありきたりな展開の話だったはず。

正直、イラストの美麗さにばかり目が行っていて、内容はあまり詳しく覚えていない。

でも私がヒロインなら、ディオルト殿下と恋人同士になって、神々に祝福されてアルトディシアの次期王妃になるのよね？　これが夢なのか、なんかの理由で死んで転生したのかわからないけど、超好みの顔の王子様と結婚できるなんて最高じゃない？

……なんて思ってたんだけど。

ディオルト殿下と恋人同士になるのは簡単だった。

あやふやな記憶だったけど、ディオルト殿下はとても努力されていますよ、頑張っていますよ、と話を聞いて優しく言えばそれで良かったんだから。

実際、王子様ってのは大変なんだなと思ったし。

政治、経済、社交、語学、マナー、芸術、その他諸々どれも完璧じゃないと許されないなんて大変だよね。毎日勉強ばかりで、時々息抜きに抜け出してきたところに偶然会って愚痴を聞くという感じだったけど、すごく頑張ってるよ！　という私の思いは本物だったからこそ、彼の心に響いたんだと思う。

よく異世界に転生して知識チートとかの話は読んだけど、スマホ持って行けるとか、最初から神様に特別な能力を授けられてます、とかの特典がない限り、しがない女子高生だった記憶しかない私にできる知識チートなんてないよ。

ゲームじゃないから、自分のステータスや持ってるスキルなんてわからないし、ご飯美味しくないな、と思っても、家事なんてしたことなかった私は料理も学校の調理実習でしかしたことないから、料理改革とかもできないし。

異世界の記憶があったからって、語学がぺらぺらになるわけじゃないし、何か作ろうと思っても基礎となる知識もないし、そもそもお金とか権力とかコネとかないと無理。

だから愚痴を言いながらも王族としてたくさんの勉強をしているディオルト殿下も、他の王子様たちや王女様たちもすごいと思う。

でも、私の記憶と違ったのは、悪役令嬢ポジにあるはずの6つ名の婚約者さんだった。

CGかと思うくらい綺麗だけど、まるでディオルト殿下のことを見てないし、興味もなさそうだから、当然私にもなんの興味も示してくれない。

高位貴族だから、そう簡単に感情を出さないのはわかるけど、この人怒ったり泣いたりすることあるの？　て本気で思ってしまうくらい、なんというか精密機械みたいに完璧な人だった。私からしたらすごく優秀なディオルト殿下がコンプレックス持つのもわかる。

物語なら、虐められました、とか、無視されます、とか言ってしくしく泣いてディオルト殿下にすがったりするのがセオリーなんだろうけど、まるで接点がないから虐められようがないし、あの人私の顔も名前も認識していないような気がするのよね。

それでいておかしな濡れ衣なんて着せようものなら、冷たい微笑を浮かべて実家ごと完膚なきまでに叩き潰されそうというか。

そもそも王子様の婚約者の公爵令嬢が、城に勤める男爵家出身の侍女の1人を認識していないからといって何の問題もないのよ。むしろ婚約者が浮気しているのに気にもしていない時点で、次期王妃としてとても寛大な女性だという評価しかされないだろう。

それに悪いのは婚約者のいる王子様を誑かして略奪愛した私であって彼女ではないので、それを私たちは愛し合っているのに！　とか言って被害者ぶるほど私は強心臓じゃない。謝らなければならないのは私のほうだろう、慰謝料を請求される側だ。

前世でいくつも読み漁った婚約破棄ものの話は、現実になると矛盾だらけだった。

……私、本当にあの本のヒロインなのかな？

似たような世界に転生しただけで、本は関係ないのかもしれない。なんかその可能性の方が高い気がしてきたわ。

このままだと私は次期王の愛妾？

貧乏男爵家の娘としてはものすごい出世なんだろうけど、愛妾って愛人だよね？

記憶なんて取り戻さなければそれでも良かったんだろうけど、最初から愛人てのはなんだか嫌だなあ、と前世の倫理観が邪魔をする。

ディオルト殿下は、正妃になる婚約者は愛妾の1人や2人いたところで気にしないし、虐げるような人ではない、と言ったけれど、確かに彼女はそんな感じだよね、と私も思うけど、私は好きな人とはちゃんと結婚して周囲に祝福されたい。

ディオルト殿下や他の王族たち、それに何故か私に全然絡んでこない婚約者さんを見ていると王族って大変なんだなと思うから、次期王妃とかはなりたくないけど、それにしたって愛妾なんて立場は嫌だよ。

やっぱり推しとは結婚するよりも、遠くから眺めるのがベストということか、と思って、潔くお別れを切り出したら、ディオルト殿下が暴走した。

王位はいらないから私と結婚する、て気持ちは嬉しいけど、もう私の心はいい夢見させてもらったわ、とお別れするつもりになっちゃってたんですけど!?

お願い止めて、婚約者さん！

私、あんな鬱陶しそうな姑とかいらない！

お前が誑かしたせいで息子は次期王位を失って、とか一生ネチネチと言われるんだよ、きっと！

人間分不相応な相手とは結婚しない方がいい、て悟ったの！

そんな私の心の叫びも届かず、婚約者さんはあっさりと婚約解消に応じて、しかも他の2人の王子のどちらかと婚約し直すこともせずセレスティスという学術都市に留学してしまった。どうやら彼女は本当はこの国の王妃になんてなるよりも好きなことを勉強したい、という研究者肌の人だったらしい。

そして現実に気付くのが少しばかり遅かった私は、ディオルト様と結婚して、臣籍降下したディオルト様のために新設されたアリセルプト公爵夫人になったの。

公爵夫人なんて、どこも同格の公爵家かちょっと格が下がっても侯爵家や辺境伯家出身のお嬢様ばっかりで、下手するとディオルト様の元婚約者さんのお母様みたいに王女様が降嫁してたりもするから、私なんか場違いすぎるのよ。受けてきた教育が違うんだなあ、とディオルト様と一緒に社交界に出る度に実感するわ。ディォルト様は優しいけど、身分違いの恋ってやっぱり大変だよね。公爵夫人でも大変なんだから、おかしな欲を出して王子妃とか目指さなくて本当に良かった！

でも結婚して唯一良かったと思うのは、ご飯が格段に美味しくなったこと！

公爵家の料理人はディォルト様がお城から連れてきたから、お城の料理と同じ味なんだもの。

そりゃあ、前世に比べればまだまだだけど、それでも実家の男爵家で食べていたご飯に比べたら格段に美味しい。公爵家だからお金持ちで食材も豊富だし。

こんな時思うのよね、せめて前世でお母さんの料理の手伝いくらいしておけば良かったなあって。前世の家庭料理でも作れたら、それだけでもこの世界では料理革命できたと思うのよ、そのくらいこの世界の料理って発展してないの。まあ、貴族の令嬢が料理をするなんて外聞が悪い、て言われるだろうけど。外聞よりも美味しいご飯の方が大事よね、ああ、和食が食べたいなあ。

「ユリア、シレンディアがセレスティスで６つ名持ちのハイエルフと神々の命で結婚したそうだよ。そしてこれから２人でレナリア大森林の近くに自治都市を建設して住むらしい。料理の神ロスメルディアが降臨して、美食の都を作るようにと神託を下されたそうだ」

……え？

ちょっと待って、なんか情報量多すぎていっぱいいっぱいなんですけど？

口の中がじゃりじゃりするくらい甘いガレットみたいなお菓子をお茶で飲み込む。この世界のお菓子って甘すぎるのよね、元お城の料理人が作ってくれるだけあって見た目は綺麗なんだけど。

「ハイエルフと人間族が結婚することなんてあるんですね」

ハイエルフってリシェルラルドから出てこない王族でしょ？　普通のエルフ族は寿命３００年くらいだけど、ハイエルフは５００年以上で、エルフ族以上に美男美女揃いだってことくらいしか知らない。

「初めてのことらしいよ。セレスティスでずっと研究者をしていた方らしいんだけど、リシェルラルドの王弟殿下らしくて、結構な騒ぎになっていたんだが、先日料理の神ロスメルディアが降臨されて大陸中の全神殿に神託が下りたそうだ」

神様が降臨して、神殿に神託が下りた……全くもって何がなんだかわかんない。

神様って洗礼式に名前くれるだけじゃなかったんだ。

「父上がその場にいたらしくて、本物の神の御声を聞くことができた、と感動していたよ。それでシレンディアとそのご夫君のお披露目をするのに今度城で夜会があるんだ。ロスメルディアの名を冠する美食の都の発足だから、シルヴァーク公爵家の料理が並ぶらしい。大陸中の食材を扱う商会が次々と提携を申し出てきているらしいしね、きっと美味しいものが食べられるよ」

いつも私が夜会に行くのを苦痛に思っているのを知っているディオルト様が悪戯っぽく笑う。

シルヴァーク公爵家の料理って美味しいことで有名なのよね、当然私は１度も食べたことないけど。

「それは楽しみですけど、シレンディア様がたくさん食べる印象がありません」

元婚約者さんは物凄く細かった。実際お城でお茶会や晩餐会があった時も、料理やお菓子には儀礼的にちょっと口を付けるだけだった。私が侍女だった頃仲間内であんなに食が細くて大丈夫なのか？　て話していたこともあるくらいだし。

「ああ、それは城の料理が口に合わなかっただけだよ。シレンディアは割と食べる方だよ、公爵邸ではよく食べていた。実際、シルヴァーク公爵家の料理は城の料理とは比べ物にならないくらい美味しいしね。何度も城から引き抜きをかけていたんだが、公爵家の料理人たちは皆首を縦に振らないんだ。公爵家には美食の女神がいるので、と言ってね。今考えると、シレンディアのことを言っていたのかもしれないな」

「そ、そうなのですか？」

意外。

美の女神ならともかく、美食の女神かあ。

そして話には聞いてたけど、そんなにシルヴァーク公爵家の料理は美味しいんだ。

「そうだよ。シレンディアはああ見えて剣や弓も一人前の騎士並には使えるし、乗馬も巧みだしね。それこそ、その辺の上級貴族の令嬢よりよっぽどしっかり食べると思うよ」

元婚約者さんて、できないことや苦手なことってないのかな。

元婚約者さんと神様の命令で結婚したっていうハイエルフさんは、ディオルト様みたいにコンプレックス持ったりしてないのかな。

まあなんにせよ、そんなに美味しいご飯が食べられるなら、いつもは憂鬱なお城の夜会もちょっと楽しみ！

夜会の日、城の大広間には色々な種族が溢れていた。

神様が神託を下したせいで、大陸中の国々から新しい美食の都ロスメルディアを治める2人に会うための使者が集まった結果らしい。元婚約者さんのお相手がハイエルフだからか、エルフ族もいっぱいいる。あんな美形集団いると迫力よね。平民も各国の大商会のトップが来ているみたい。大商会のトップなら下手な下級貴族よりよっぽどお金も権力も持ってるし、新しい街ができるなら商売のチャンスだもんね、しかも神様がわざわざ言うくらいだし。

そして並べられたテーブルにはどれも人だかりができている。

立食で好きなものを取り分けてもらって食べる形式みたいだ。

「シルヴァーク公爵家の料理は見た目でどのような味かわからないものも多いからな、ユリア、どのテーブルに行ってみる？」

「とりあえず1番空いていそうなテーブルからでいいです」

どのテーブルも混んでるけどね、比較的空いていそうなところから行ってみよう。最初はあんまり重くない料理がいいな。

「こちらはヴィンターヴェルトの調味料を主に使った料理となります。ドヴェルグ商会から提供されました」

ＣＭでスポンサーを紹介するみたいな感じかな、各テーブル毎に材料の提供元の国と商会を紹介してくれているみたい。どこの国の食材かって大事よね、また食べたくなった時に探しやすいし。

「え……？」

そこにあったのは、どう見ても揚げ出し豆腐に茄子の田楽、茶碗蒸しに、豚の角煮といった、見た目にはあまり華やかではない、というか、茶色だけれども、私がずっと食べたくてたまらなかった和食だった。スープの鍋もどう見てもお味噌汁だ。それにちらし寿司のようなものまである。

「ユリア、このテーブルでいいのか？　他にもっと……」

ディオルト様が見た目の地味な料理よりももっと別の料理の方が、と別のテーブルにエスコートしてくれようとするが、それどころじゃない！

「いいえ！　私、このテーブルがいいです！」

「そ、そうか？」

見た目は私の知っている和食でも味は違うかもしれない、でも本当に和食かもしれない、期待と不安に胸がどきどきしながら、取り分けてもらった茄子の田楽に見えるものを食べる。

……うわあああい！　味噌だー！　田楽だー！

「お、美味しい……！」

感動のあまり涙ぐんで食べる私にディオルト様はやや引き気味だったが、気を取り直して自分も食べてみることにしたようだ。

「すごいな、豚肉の塊がナイフが必要ないくらいに柔らかく解けていく……」

豚の角煮！　卵も一緒にある！　醤油の味だ！

「よろしければこの調味料も一緒にどうぞ。少し辛いですが」

笑顔で皿に乗せてくれたのは辛子！

すごい！　味噌も醤油もこの世界にちゃんとあったんだ！　和食がこんなに再現されているなんて！　もしかしてシルヴァーク公爵家の料理人には、私みたいな異世界の記憶持ちがいるのかも!?

鮭とイクラのちらし寿司、赤出汁のお味噌汁、とろとろの茶碗蒸しを食べた私は、感動のあまり涙を堪えるのに必死で、言葉も出なかった。

「見た目の華やかさはあまりないけれど、とても美味しかったね。他のテーブルにも行ってみようか」

　私としてはこのまま和食メニューを制覇したいところなんだけど、他のテーブルが気になるのも確か。もしかして、イタリアンとか、中華もあったりする!?

「ああ、これはシルヴァーク公爵家で食べたことがあるよ。パスタとピザと言っていた。何種類かあるようだけど、どれにする?」

　そのテーブルはイタリアンだった。

パスタにピザ、この世界にあったんだ！　リゾットやパエリアもある！　素敵！

トマトソースにクリームソース、ボロネーゼにペペロンチーノ、悩むー！　ピザもマルゲリータにペスカトーレ、クアトロ・フォルマッジ、ボスカイオーラ、どれも食べたいけど、イタリアンは重いのよね！

「久しぶりに食べたよ。似たような料理はいくらでもあるのに、何故かシルヴァーク公爵家のような味にはならないんだ」

　ディオルト様はイタリアンが好きだったらしい。とても嬉しそうだ。確かにこの世界の料理って前世の洋食をもっと原始的にしたような感じよね。

「あちらのテーブルは衣をつけて油で揚げた料理がメインのようだよ、どうする？」

「少しだけ食べてみたいです、たくさん食べると他のものが食べられなくなってしまうので……」

トンカツー！　唐揚げー！　コロッケー！　食べたいけど、ものすごく食べたいけど、まだ見ていないテーブルがたくさんあるの！

唐揚げと小さめに作られたクリームコロッケを1個ずつお皿に載せてもらう。

唐揚げもだけど、クリームコロッケ、この世界で食べられるとは思わなかった。

サクッとフォークを入れると音がして、中からトロットロのホワイトソースが出てくる。

美味しいー！　幸せー！

どのテーブルを見ても、美味しすぎて悶絶しているような人がいっぱいだ。

「あのテーブルはなんだろうね？　丸い木の器がたくさん載っているようだが」

あ、あれはもしかしてセイロ!?

まさかの点心!?

「よろしければこちらのお茶もどうぞ。リシェルラルドから提供を受けております」

小籠包や大根餅、焼売、餃子、豚まんといった点心メニューと一緒にジャスミンティーのような香りのお茶を注いでくれる。

すごい。

シルヴァーク公爵家には絶対前世料理人だった同じ世界の人がいる！

他にもいっぱい食べたいけど、どうしても食べられる量には限りがある。野菜料理がメインのテーブルとか、パンがメインのテーブルとか、スープがメインのテーブルとか他にもあるのに行けない！　悔しい！

「あちらのテーブルはお菓子のようだね、エルフ族や女性がたくさんいる」

ディオルト様が笑って指さす先には、本当にエルフ族がたくさんいた。エルフ族は野菜と果物とお菓子しか食べないらしいし。

結構お腹いっぱいになったけど、デザートは別腹！　ていうか、お菓子を食べなきゃ今日の夜会に来た意味ないじゃない!?

「デザートの果物や香辛料は主にフォイスティカイトのパルメート商会より提供を受けております」

そのテーブルは圧巻だった。

私が知っている前世のケーキが所狭しと並んでいる。ケーキバイキングに来たみたいだ。

チョコレートケーキにシフォンケーキ、各種チーズケーキに、ロールケーキ、タルトやパイも数種類、ゼリーにムース、マカロン、マドレーヌやフィナンシェ、フォンダンショコラ、クッキーといった小さな焼き菓子もあるし、フルーツサンドもいろいろある。マンゴープリンにゴマ団子に杏仁豆腐にマーラーカオ！　中華のデザートまである！　ぜんざいと芋羊羹、フルーツ大福！　いちご大福があるよ！　あんこだよ！

そしてどれも甘すぎない！　もう最高！

「ふふ、彼女のお菓子はどれも本当に美味しいわね。今度こそリシェルラルドに支店を出してくれるかしら」

「アナスタシア様、そのようにご自分で行かれなくてもお望みの品を取り分けてもらってきますので」

「あら、あんなにたくさん美味しそうなお菓子が並んでいるのですもの、自分で見たいじゃない？」

わあ！　すっごい美人！　スーパーモデルみたい！

そこにはさらりとした銀髪に紫の瞳のもんのすごい絶世の美女がいた。

他のエルフ族が皆へこへこしてるし、他のどのエルフ族よりも綺麗だからあれがハイエルフなのかな？

「あれは恐らく、リシェルラルドの王姉殿下だ。弟君の結婚祝いのために訪国されると聞いていたが、まさか本当にハイエルフがリシェルラルドから出てくるとは……」

「でも、シレンディア様のご夫君はセレスティスで研究者をされていたのですよね？」

「かなり特殊な例だと思う。なんせ6つ名だし……」

6つ名って滅多にいないし有名だけど、実際はなんか特別な力があるのかな？

6つ名がいると気候が安定するらしいけど、そんなに実感するほど変わるってどういうことなんだろう。名前をくれた神様の属性の魔力を使えるようになるから、全部の属性の魔力を使えますよ、てだけじゃないのかな？

前世に読んだ本には6つ名についてはほとんど書かれていなかった気がするのよね。うろ覚えだから何とも言えないけど。

あ、色々考えているうちに王様が出てきて挨拶が始まった。そういえば、肝心の元婚約者さんとその旦那さんのハイエルフはどこにいるの？

「先日セレスティスにおいて、神々の命により、ジークヴァルト・エヴェラルド・ライソン・フィランゼア・カルス・ナリステーア・ハルヴォイエル・リーベルシュテインとシレンディア・フォスティナ・アウリス・サフィーリア・セイラン・リゼル・アストリット・シルヴァークの婚姻が成立した。そのことは各国の神殿に伝達されたので周知のことと思う。そして更にこのアルトディシアにおいて料理の神ロスメルディアが降臨され、2人に美食の都を建設するよう命じられた。よって、我がアルトディシアはそのための土地を提供し、ロスメルディアの名を冠する美食の都の建設に協力する運びとなった。ここに集われた各国の方々は神殿に下りた神託を聞いて駆けつけてこられたのが大半だと思う。当人たちから一言挨拶がある」

な、長い名前。

6つも名前あると、本人はともかく、周囲はこういう時憶えるの大変よね。

それまで騒めいていた大広間が、次の瞬間しんと静まり返った。

開いた扉から光が入ってくる。

入口に近い場所にいた人たちが皆、種族を問わずに跪いていった。

な、何あれ……？

背の高いさらりとした白銀の長い髪に薄い金色の瞳の超絶美形のハイエルフが、元婚約者さんをエスコートして歩いてきたんだけど、けど。

な、なんか、超美麗なCGが特殊エフェクト背負ってるみたい……効果音がないのが不思議なくらいだわ。2人共なんでか知らないけど、光り輝いてる、無茶苦茶光ってる、何あれ!? なんか後光差してるよ!?

2人が壇上に上がった時にはほとんどの人たちが跪いていた。なんかよくわからないけど、威圧感? みたいなのがあって、ははーって感じになったのよね。黄門様が印籠を出した時ってこんな感じなのかしら?

正直2人が何を話したのかとかはほとんど覚えてないけど、とりあえずわかったのは、シルヴァーク公爵家の料理のレシピは全て元婚約者さんが考えたものらしいということだった。

え? じゃあ、もしかして、元婚約者さんて私と同じ異世界の記憶持ち!?

……しまったあああ! ディオルト様よりも元婚約者さんと仲良くなっておくべきだったんじゃない!? いや、まるで接点なかったけど!

〝美の化身〟とか題名ついてそうな2人が、特殊エフェクトまき散らしながら優雅に踊る姿を眺めながら、私は人生における何度目かの痛恨のミスを悟ったのだった。

失われた初恋の行方

私の名はディオルト・アリセルプト。

かつてはこの国の王族の姓を名乗っていたが、今はもう違う。

私にはかつて6つ名の婚約者がいた。神が造りたもうた人形のごとく完璧な造形の、あらゆる分野において完璧な女性だった。初めて出会った時私は9歳で彼女は7歳だったが、それでも彼女は誰よりも美しかった。そしてその時まだ6つ名というのがどういう存在なのか教えられていなかった私は、その綺麗な綺麗な少女に恋をしてしまったのだ。

彼女は私の叔母が降嫁した筆頭公爵家の令嬢で6つ名持ち、つまり彼女は神々から6つ名を授けられた時点でこの国の次期王妃となることが定められていた。彼女を婚約者とするために3人の王子の後ろ盾である陣営が熾烈な政治工作を繰り広げ、それに勝利したのは私の母である第1妃だった。

6つ名持ちが機嫌良く暮らしていることで国が安定するのだから、私は婚約者として彼女が心穏やかにいられるよう配慮しなければならない、と言われたが、彼女は見た目そのままにまるで人形のように感情を見せなかった。

この綺麗な顔が心から嬉しそうに笑ったらどんなに美しいだろう、と思って周囲に勧められるままに花やお菓子や装飾品を贈ったが、儀礼的に礼を言われるのみ。本人に何が好きなのか聞くと、本と音楽が好きだと言われたが、彼女はその時既に城にある一般に閲覧可能な本は全て読了済で、次期王妃として閲覧許可の下りた古書や禁書を読んでいたし、国内で入手可能な本や楽譜は全て公爵家にあった。私が彼女に贈ったもので唯一喜ばれたものは、リシェルラルドから取り寄せた楽譜だったのかもしれない。あの楽譜を渡した時だけは、彼女はいつもの作りものめいた笑顔ではなく、微かにだが本当に嬉しそうに笑ったのだ。

彼女は10歳になった時には、既に次期王妃として結婚するまでに必要とされる教育は全て終了していて、自国だけではなく他国の使者とも堂々と渡り合っていたし、公爵領では様々な公共事業や慈善事業を主導していた。

自然、人々の視線は婚約者である私に向く。彼女こそ淑女の中の淑女、次期王妃として完璧な女性、では隣に立つ次期王はどうか？　というわけだ。

別に私は取り立てて出来が悪かったわけではないと思う。異母兄も異母弟も教育の進み具合は変わらなかったし、周囲の高位貴族の子弟も同様だ。まあ、彼女の兄弟であるシルヴァーク公爵家の兄弟だけは、彼女ほどではないにしろ頭一つ分は抜きんでていたが。

既に完璧な彼女を、婚約者である私に合わせて程度を落とせというわけにもいかない。彼女がもっと自分の能力を鼻にかけるような女性だったなら周囲も私に同情したのだろうが、彼女はいつだって孤高で美しく、そして何事にも無関心だった。

「人には人のペースがございます。ディオルト殿下も他人のことなど気になさらず、何事もご自分のペースでされると良いかと存じます」

穏やかな作り笑顔でそう言われた時のことを私は忘れないだろう。いっそ次期王としてもっと努力しろと叱咤された方がましだったと思う。あの時私は察してしまったのだ、彼女は私に対して一切何の興味も持っていない、と。

6つ名を授かる者は一様に感情が乏しくなる、ということをその時の私は王家の者として教えられていた。だからよほどのことでない限り、怒ったり悲しんだりすることはないし、6つ名を授かった時点で国のために在るよう暗示をかけるので、ただ心穏やかに過ごせるよう配慮してやれば良い、と。6つ名の女性は国に縛り付けるためによほど生まれの身分が低くない限りは妃にしなければならないが、6つ名というのは他の妃だけでなく愛妾を何人持ったところで気にも留めないのだ、と教えられてはいたが、それはこういうことかと実感した。

乾いた笑いが漏れた。

6つ名というのは、それでは本当に優秀なだけの人形ではないか。国の安定のためだけに王家の者と縁付けられ、ただ美しく有能な王族の伴侶としてそこにあることだけを求められる。

私が何を言ったところで、何をしたところで、彼女の心には届かないのだ。

心から笑ったらどんなに美しいだろう、とずっと夢見てきた自分が馬鹿みたいではないか。

ユリアと出会ったのは、私が王家と6つ名のあり方について悩んでいた時だった。

屈託なく笑って、私がどれも彼女に劣っていると周囲に言われ続けていたことを全て、すごいすごいと目を輝かせて褒めてくれる侍女。

ユリアにとっては、私はとても頑張っている王子様だった。何でも婚約者の彼女の方が優れている、と言ったが、彼女には会ったことがないからわからないけれど、それでもたくさんのことを勉強するのは大変だ、偉い、とまるで子供のように私を褒めて笑った。

私は彼女から何の感情も向けられないことが辛かったのだ、とこの時悟った。

私が欲しかったのは、自分のペースでやれば良い、なんて言葉ではなく、もっと頑張れという叱咤でも、もう十分でも、何でも良いから彼女が私を見ているとわかるような言葉だったのだ。

彼女はこの国の次期王妃だ。相手は私でなくても異母兄でも異母弟でもどちらでも構わないのだろう。私は感情のない美しい人形に心惹かれて、その心を得ようとすることにもう疲れてしまっていたのだ。楽譜を贈った時に、一瞬でも嬉しそうな顔を見てしまったから、感情のないはずの6つ名にも少しは感情があるのではないか、と錯覚してしまったのだ。

案の定、婚約解消を願った時も彼女は怒りも哀しみも見せなかった。もしかして何らかの感情を見せてくれるかも、と少しでも期待した私が馬鹿だったのだ。

だがその後の行動は予想外だった。

国のために在るよう暗示をかけられているはずなのに、彼女は何故か国から出てセレスティスに留学したいと言い出したのだ。

学術都市セレスティス!?

いや、本と音楽が好きだというのは、感情の乏しい彼女が珍しく表出した本心だったのだろうが、幼少時よりかけられている暗示を凌ぐほどに本が好きだったのか!?

父王に留学の交渉をして予算を巻き上げている時の彼女の、とてつもなく悪辣で綺麗な笑顔を私は一生忘れないだろう。

私はどこかで間違ってしまったのだ。

もしかしたら、感情のないはずの6つ名の彼女の心を得ることができていたのかもしれないのに。いや、感情のない6つ名に不毛な恋をして疲れ果てるような私に王たる資格はない。それに感情豊かで優しいユリアとの生活はとても穏やかで、王位継承権を放棄した私にすり寄ってくるような者もなく、ずっと緊張感を強いられていた王族としての生活にも私は疲弊していたのだと気付いた。

そもそも私は王の器ではなかったのだ。

6つ名がいることでその地は安定する。逆にいえば、6つ名がいないと荒れるのだ、ということを、彼女の不在で痛感した国は、何が何でも彼女を呼び戻そうとした。彼女が国のために在れという洗脳を解くほどに学問好きだと知った、つまり王妃になどなりたくなかったのだと理解したため、私の異母兄弟以外に高位貴族の求婚者を山と揃えて、この国にいるのなら好きなことをしていて良い、という許可を与え、彼女を帰国させようとしたのだが、彼女はセレスティスに隠遁していた6つ名のハイエルフと神々の命により結婚してしまった。

セレスティスに隠遁している6つ名のハイエルフというのは、各国王家には名の知れた方だ。神の化身とされ、神々や6つ名絡みに何かあった時は相談に訪れると良い、とまことしやかに伝わっている。

それがまさか人間族と婚姻とは。

リシェルラルドから宣戦布告されるのでは、と父王を始めとしたアルトディシアの上層部は懸念していたようだが、何故かヴァッハフォイアが動いて事なきを得たようだ。王子時代とは違って入ってくる情報にも限りがあるので、詳しいことはわからないが。

それにしても、感情のない6つ名同士が婚姻とは。

しかも料理の神ロスメルディアが降臨して、美食の都を造るよう命じたというのは、私の知る彼女とはなかなか結び付かない。いや、確かに彼女は不味いものは食べたくない、とはっきり言っていたことがあったか。何度か訪れたことのあるシルヴァーク公爵家の料理はどれも一線を画して美味だったけれども。

夜会で私の目の前に現れた彼女とその夫のハイエルフは、まさに美の化身だった。2人共圧倒されんばかりの絶世の美貌に、更に神気で光り輝いている。あの凄まじいまでに美しく神々しい姿に、誰もが跪き祈りを捧げずにはいられなかった。6つ名とは本来このような存在だったのか。

だが、2人で踊る姿を見た私は信じられない思いをした。感情がないはずの6つ名だというのに、彼女を見つめるハイエルフの目には明らかに情愛があり、夫であるハイエルフを見つめる彼女の目にも明らかに思慕の色があったからだ。

ずっと何も映すことのなかった人形のような彼女の瞳を見ていたからわかる。あの2人は心から想い合っているのだ。

……ああ、あの２人は少ない感情を揺らす相手に、出会うべくして出会ったのだな。

血より濃く、時間より確かな

神殿にロスメルディアの名で神託が下りたのは、私がアルトディシアに出立する準備をほぼ終えたところでした。

ジークヴァルトはこれまでほとんど他者と関わってきていませんから、アルトディシアの筆頭公爵家であるセイラン・リゼル様のご家族に、娘を任せて大丈夫なのか、という不安を抱かれても困りますので、姉として、リシェルラルド王家として、恥ずかしくない贈り物を準備していたのです。セイラン・リゼル様は私たちハイエルフと並んでも全く見劣りしない美貌の持ち主でしたから、布や装飾品を選ぶのはとても楽しかったですわ。

「ロスメルディアの名を冠する美食の都とは、また、予想もつかない方向にきましたね」

フォルクハルトが何とも言えない顔をしています。

「彼女自身が手ずからお菓子を作るくらい料理を好んでいたのは確かですけれど、まさか神が直接名乗りを上げて都市建設を指示されるとは驚きましたわ」

神託が下りるなどそうそうあることではありませんから、リシェルラルドは大騒ぎです。きっと他国も似たような騒ぎになっていることでしょう。

「でもまあ、これで強硬派の者たちも文句は言えなくなったでしょう、なんせ神が自ら神託を下すほどに祝福された2人ということですからね」

フォルクハルトがやれやれと肩を竦めます。

「アルトディシアに行くのに料理人も何人か連れて行きましょうか。なんならこれから建設されるロスメルディアの名を冠する街に、そのまま修行のために滞在させても良いですし。彼女のお菓子は本当に美味しかったですもの、修行から帰った料理人がいくつかでも再現できるようになっていれば嬉しいですわ」

「いくつかの商会の代表も随行員に加えてください。ジークヴァルトが治める街となら取引をするのに文句もでないでしょうし、これから建設するのですからジークヴァルトの出身国としてそれなりに出資しておかないと」

そして随行員の編成を一からやり直し、アルトディシアのリシェルラルド大使館に着いた時には初雪が舞っておりました。

「ジークヴァルトはどこにいるのです？　シルヴァーク公爵邸ですか？」

あまり他国の他種族にご迷惑をお掛けするような真似をしていないと良いのですが。

「研究室におられます。本当はセイラン・リゼル様と片時も離れたくないご様子だったのですが、流石にそれはどうかと思いまして、僭越ながらお諫めさせていただきました」

流石はシェンティスです。私の歴代の筆頭侍女の中でも特にしっかりした者をジークヴァルトの側仕えにして正解でした。

「そうですか、よくやりました。流石にあちらの初対面のご家族にご迷惑をおかけするわけには参りませんからね。ただでさえご家族になんの報告もなくセレスティスで婚姻を結んでしまったのですから」

王侯貴族がお互いの家や国になんの報告もなく2人きりで婚姻を結ぶなど、神々の関与がなければ大醜聞です。まあ、神々の関与というのも私は少しばかり疑っているのですけれど。神託ではなく、ジークヴァルトが神殿経由で通達してきた内容ですし。

「セイラン・リゼル様はとても出来た御方ですので、ジークヴァルト様のことも上手に転がし……いえ、ご家族にもそつなく紹介されておられました。今は3日に1度ほどの割合で公爵邸を訪問することで納得されておられます」

「そうですか、ではその研究室に案内してちょうだい。ジークヴァルトと2人きりで話したいことがあります」

急遽大使館内に作られた研究室で、ジークヴァルトは何やら作製していました。

私が入室した気配を察し、視線をこちらに向けます。

「おや姉上、久しぶり、ではありませんね、夏にお会いしたところですし。そういえばアルトディシアに来ると連絡が来ていましたね」

「ジークヴァルト、其方、セイラン・リゼル様には3日会えないだけで、3日なんてそんな大昔！と騒いでいるらしいではありませんか。あちらのご家族に呆れられているのではなくて？」

顔を上げたジークヴァルトを見て、私は正直驚きを隠せません。だって、400年以上鬱屈とした雰囲気を漂わせていたジークヴァルトが、まるで憑物が落ちたようにすっきりとした顔をしているのです。

「人間族の時間は短いではありませんか、ハイエルフの3日とセイラン・リゼルの3日は違います」

「そのことも聞かなければならないと思っていました。セイラン・リゼル様と結婚したというのはまあいいでしょう。フォルクハルトも私も文句を言うつもりはありません。神々の命により、というのは少しばかり疑っていますけどね。ですが、セイラン・リゼル様の寿命に合わせて自分も逝くつもりで術を行使したと聞きましたよ、どういうことですか?」

別にお互いが望んで納得したことなら周囲がとやかく言うことではありませんけれど、少なくともセイラン・リゼル様はジークヴァルトを自分の寿命の道連れに望むような方には見えなかったのですが。

「セイラン・リゼルが私に、自分が年老いて死ぬまでの時間を全てくれると言ったのです。だから自分の寿命の長さの私の時間をくれないか、と。嬉しくて、幸せで、どうにかなってしまうかと思いました。彼女を失った後、また無為に生き続けることを考えただけで耐えられなかったのです。彼女には怒られましたが……」

ジークヴァルトはきまり悪そうに視線を逸らしますが、私は驚きのあまり言葉が出ませんでした。

なんという、なんという鮮烈な愛の言葉でしょうか。

人間族や獣人族の寿命は短いですから、私たちハイエルフからすれば一瞬で成長して年老いて死んでいきます。その短い寿命の中で、彼らは正に生命そのものを燃やすかのように生き急いで、激しく眩しく駆け抜けていくのです。

その一生分の時間を全てくれるなどと好意を持っている相手に言われたなら、ジークヴァルトでなくとも、いいえ、生に飽いているハイエルフなら皆、頭を垂れて敗北を認めるしかないでしょう。それほどの相手に出会えたのなら、残りの時間などどうでもよくなるに違いありません。

「……そうですか。ジークヴァルト、幸せなのですね？」

「はい、とても」

悩みもせずに頷いたジークヴァルトは、まるで6つ名を授かる前のように晴れやかに笑いました。ああ、彼女は本当にジークヴァルトを救ってくれたのですね。

「ところで、何を作っているのです？　ロスメルディアの名を冠する街を造るのなら、その準備も必要でしょう？」

「これはセイラン・リゼル曰く、ほっとぷれーと？　というものです。最初は私も料理を覚えるべきかと思ったのですが、興味がないことを無理にする必要はないので、それならば魔術具で調理器具を作製してくれないか、とセイラン・リゼルと彼女の料理人に言われまして……」

少しばかり頭痛がしてきました。この弟は世俗とほとんど関わらずに生きてきたせいか、色々とずれているところがあります。セイラン・リゼル様が上手に転がしている、とシェンティスが言っていましたが、本当に彼女で良かったと思います。

「……そうですね。其方が料理をするのは私もあまり想像できません。街の構想などはどうなっているのです？　リシェルラルドからも料理人といくつかの商会の代表を連れてきたのですが」

「セイラン・リゼルが嬉々として料理学校を作ると言っていましたよ。彼女はドワーフ族とも親しいですから、魔術具ではない普通の調理器具も色々作らせて、この大陸の料理の技術を１００年は進めてみせる！　と意気込んでいました。彼女の家の料理人たちは皆、彼女が幼い頃から美食の女神と呼んで崇めていたそうです」

……つまり、ほとんどセイラン・リゼル様に丸投げしているのですね。彼女はこのアルトディシアの王妃となるべく教育されてきた女性ですから、政治的な根回しや外交、経済等も長年セレスティスで引き籠っていたジークヴァルトよりよほど詳しいでしょうけど、それで良いのでしょうか？

「私は彼女がやりたいことをやりたいようにやれるように手助けするだけです。幸い金だけは腐るほどありますので、とりあえず商業ギルドの口座を好きに使えるように彼女に渡しました。足りなければ薬師ギルドや冒険者ギルドにもまだまだいくらでもありますし」

……本当にセイラン・リゼル様で良かったと思います。どうやらジークヴァルトは、女性に貢ぎたいタイプだったようです。下手な悪女に引っかからなくて本当に良かった。

「このほっとぷれーとがあれば、私でもクレープやパンケーキが簡単に焼けるそうです。出来上がったら一緒に作ろうとセイラン・リゼルが言っていましたので、良ければ姉上も一緒にどうぞ」

そう言ってジークヴァルトが嬉々として掲げたのは、私にはただの丸い鉄板にしか見えませんでしたが、弟と義妹と一緒にお菓子を作って食べるというのもなかなか楽しそうではありませんか。

アルトディシアの城で開かれた夜会では、彼女の料理が並び、大陸中から集まった使者たちがあまりの美味に感涙を浮かべていました。リシェルラルドから連れてきた料理人たちは、全員がこれから建設されるロスメルディアの名を冠する街に留学すると息巻いておりましたし、商会の代表者たちも挙って提携を申し出ていました。

まあ、ロスメルディアをその身に降臨させた神気を纏う彼女と、それをエスコートするジークヴァルトにほとんどの者が気圧されていて、素晴らしい料理の味も相まって何が何でも早急に街の建設を！　一刻も早く！　という空気になっていましたので、3年もあれば立派な街が出来上がるのではないでしょうか。

なんせ2人が大広間に入ってきた時、跪かずにいられたのは私とジークヴァルトの護符を持つシエンティスとローラント、おそらくシルヴァーク公爵家の方々、そしてそれこそ数えるほどの胆力を持つ者だけだったのですから。

そして私は今シルヴァーク公爵家に招かれています。

「あら、思ったよりも難しいですわね。簡単そうに見えたのですけれど……」

ジークヴァルトが作製したほっとぷれーとという魔術具の上で、薄いクレープの皮が焼かれています。彼女は上手に端を持ってひらりとひっくり返していたのですけれど、私がやると破けてしまいます。

「破けても、この皮だけでもジャムやソースを付けて食べれば美味しいですよ」

そうですね、セレスティスで食べたクレープシュゼットというオレンジソースをかけたお菓子はとても美味しかったですし。

「姉上はなんでも侍女任せだからですよ」

ジークヴァルトが意外にも器用にひっくり返しています。魔術具を作製していると手先が器用になるのでしょうか。

「あとこれは変わり種なのですが……」

そう言って彼女が緑色の生地を流し入れます。あら、この匂いは……。

「ルシアンを生地に入れたのか？」

「ええ。これは包む具もちょっと変えまして、餡子と白玉とマロンの甘露煮にしてみます、生クリームを少し載せて……」

そう言いながら彼女が焼きあがった緑色の生地に言ったように具材を載せてくるりと巻いてくれます。

「どうぞ、アナスタシア様」

「ありがとう存じます」

ルシアンの微かな苦みと、中の具材の甘さが調和してとても美味しいです。

そもそも私がジークヴァルトに送ったルシアンでお菓子を作ってくれたのが、私と彼女の出会いですからね。

「これなら帰国してから私でも孫たちと一緒にできるかしら？　ジークヴァルト、私にもほっとぷれーとという魔術具を作ってちょうだい」

「わかりました」

「クレープの生地とパンケーキの生地のレシピは差し上げますわ。楽しんでくださいませ」

夜会の時はあれほど強烈だったセイラン・リゼル様の纏う神気はずいぶんと薄れています。ジークヴァルトの神気は400年経っても消えないのに、とても不思議でしたが、それはジークヴァルトがずっと思い悩んできたからだ、と女神アルトディシアに言われたと教えられました。この先、いつの日かジークヴァルトの神気が消えて、ただのハイエルフとして過ごすことが出来る日もやってくるのかもしれません、そうなったら……。

「ねえ、セイラン・リゼル様、いつかリシェルラルドにも遊びに来てくださいね、フォルクハルトも会いたがっていましたから。なんならジークヴァルトは置いて貴女だけでも構いませんわ」

「姉上」

ジークヴァルトが渋い顔をしますが、ジークヴァルトは帰国したがらないでしょうし。

「はい、ありがとう存じます。リシェルラルドはとても美しい国だと聞いておりますので、叶うのなら1度行ってみたいと思っておりましたの」

「……君はリシェルラルドへ行ってみたいのか？」

「そうですね、可能なら色々な国に行ってみたいです。その国にしかない風景や食べ物がありますし」

はあ、とジークヴァルトが大きなため息を吐きます。

「わかった。今はまだ私の心の整理がついていないが、いつか一緒に行こう。多分遠くない未来に行けると思う。私も生きているうちにアルトゥール兄上の墓参りをしたいし……」

ああ、本当にジークヴァルトは救われたのですね。

2人がリシェルラルドに来る時、セイラン・リゼル様の容姿は今よりも老いているでしょう。ですがきっとどんな姿であろうとも、ジークヴァルトにとって彼女よりも美しい女性はいないに違いありません。彼女は血の繋がった私やフォルクハルトが400年以上も変えることのできなかったジークヴァルトの心を、たったの数年であっさりと救ってしまったのですから。

美食の女神

俺の名はオスカー、シルヴァーク公爵家の料理人だ。

俺がシルヴァーク公爵家で庭師をしてたじいさんに引き取られたのは、親が2人とも流行病で死んじまってまだ5歳の時だった。どうやら俺のお袋は冒険者の親父に惚れて駆け落ち同然で結婚したらしく、お袋の親父であるじいさんには2人の葬式で初めて会った。親父の親戚にも会ったことはなかったし、初めて会うじいさんが「一緒に来るか？」と言って荒れた大きな手を差し出してくれた時は、嬉しさよりもこれで喰いっぱぐれずに済むという安心感でいっぱいだった。

7歳になって洗礼式を済ませてたら、どこかの職人に弟子入りしてただろうから、そこに住み込みで働かせてもらうって手もあったんだろうけど、5歳の俺はまだ弟子入り先も決まってなかったから、孤児院か、下手するとその辺で野垂れ死にしてたかもしれん。

冒険者？

親父を見ていた限りじゃなろうとは思わんかったな、親父は顔は良かったからそれなりに女にもてたらしいが、冒険者としてはずっと銅カード止まりだったからあまり稼ぎは良くなかったし、お袋は腕の良い針子だったがずっと働きづめで苦労してたからな、親父が普通の堅実な職人とかだったら結婚を反対されることもなかったんだろうし。

　まあ、そんなわけで5歳の俺が爺さんに手を引かれて連れて行かれたシルヴァーク公爵邸ってのは、ものすごく大きかった。

　俺は爺さんが貴族の家で庭師をしてるなんて知らなかったから、ぽかんと口を開けてその邸を見上げてた。俺が呆けている間に、爺さんは平民の使用人頭に俺のことを許可を取ってくれて、俺のシルヴァーク公爵邸での暮らしが始まった。

　お貴族様と平民の使用人は住む場所からして違ってたが、それでもそれまで家族3人で住んでた小さな部屋に比べたら全然広くて綺麗だったし、お貴族様に出す料理で使った材料の余りで作られる食事は、どれもこれまで食べたことがないくらい美味かった。俺がこのままずっとこの家で働かせてもらおうと思うのは早かった。

　幸い、他の使用人にも何人か子供はいたし、希望すれば親とは違う仕事でも弟子入りを認めてくれていた。シルヴァーク公爵家は代々のご当主様が真面目な人が多いらしく、平民の使用人に無茶を言ったり当たったりすることもなく、給料も良いので大概の使用人の子供は皆そのまま親のあとを継いで働き続けるのが多いらしいが、同じ屋敷内で親とは別の仕事を選ぶ子供もたまにはいるみたいで、正直爺さんのあとを継いで庭師になるのは俺は向いてなさそうだったから助かった。俺が植物を育てるとうまく育たないんだよ、どうやら俺に庭師の才能はなかったらしい。

　結局俺は料理人になることを選び、7歳になって洗礼式を終えた後厨房で働かせてもらうことになった。

野菜の皮むきや、もし割ったらいくらするんだろう!? て思いながらの皿洗いを毎日しながら、俺は料理人たちが野菜を飾り切りしたり、綺麗な花や鳥の形に作る砂糖菓子に目が釘付けだった。下町じゃあ、あんな風に見た目の綺麗な料理なんてなかったしな。野菜の飾り切りはともかく、お菓子なんて高価な砂糖がたくさん使われてるものを俺が食べられる機会は滅多になかったが、たまに味見だと言って少し焦げた焼き菓子の端の方とかを料理人がくれると、ものすごく幸せな気分になったもんだ。

俺が邸のお嬢様と会ったのは、俺が15歳、成人したばっかりの頃だった。

シルヴァーク公爵家の方々も、それに仕える騎士や侍従や侍女といった側仕えの方々も皆貴族だから、平民の使用人棟になんて来ない。厨房だって勿論だ。奥様が料理やお菓子の指示を出すのだって、料理長が呼ばれて側仕えに伝えられるだけだ。俺は5歳から10年この邸に住まわせてもらってるが、公爵家のご当主様一家にお会いしたことはない。たまーに庭とかで遠目に姿を見ることがあるくらいだ。

それなのに、なんでこんな場所にお嬢様がいるんだ……？

厨房の扉を開けて入ってきたものすごく綺麗な子供に、俺たちはどうしたもんかと顔を見合わせた。

直接会ったことがなくても、それがこの公爵家のお嬢様だってことくらいは皆わかる。だって、着ている服が全然違うし、何よりこんな綺麗な子供がそうそういるわけない。先日洗礼式でなんと6つ名を授かったらしいお嬢様のことは、俺たち平民の使用人の間でも話題になった。7歳でもうこの国の第2王子様と婚約が決まって、将来はこの国の王妃様になるのが決まったからだ。

「急に来てしまってごめんなさいね？　誰か1人料理人を貸して下さる？　作ってほしいお菓子があるのです。オーブンを使うのが上手な者がいいわ」

俺たちの困惑を余所に、お嬢様はにこりと笑ってそんなことを言った。

結局、生贄に選ばれたのは俺だった。

たまたま入口近くにいたというだけで！

「バターはクリーム状になるまですり混ぜてね」

厨房の粗末な丸椅子に座ってにこにこと俺に指示を出すお嬢様。それを遠目に見ながらも助けてくれない他の料理人たち。くそっ！　あとで覚えてろよ!?

「お砂糖を計って、それを1度篩ってちょうだい」

「ふるう、ですか？」

聞き慣れない言葉を言われる。

「あ、もしかして篩がないのかしら？　それなら笊でいいわ、なるべく目の細かい笊に入れて振って。小麦粉も同じようにしてね」

ああ、勿体ない。砂糖なんて高いのに、貴族のお姫様のおままごとに使われて。

そうは思っても相手は雇い主のお嬢様、しかもこの国の未来の王妃様だ。俺に逆らうことはできない。

俺は言われるままに、バターと砂糖と卵の黄身と小麦粉を混ぜた生地を棒状にして冷凍箱に入れて冷やす。その間に卵の白身でも同じように別の生地を作る。ていうか、卵の黄身と白身を別々にしたのなんて初めてだ、お嬢様に言われるままに分けたけど。

「オーブンは180度……温度設定ができないのね、薪だしね。まあいいわ、せいぜい焦げるくらいでしょう」

棒状に凍った生地を切って天板に並べてオーブンに入れる。まあ、何が出来上がるのか知らんが、1度やったらきっと満足するんだろうさ。こっそり厨房になんて来たことがばれたら怒られるんだろうし。

「そろそろ出してみてくださいな」

オーブンを開けると、ものすごく良い匂いが厨房に立ち込める。他の料理人たちが皆こちらを気にしているのがわかる。

「ちょっと焦げたくらいですね、生焼けよりはいいでしょう。同じように卵白の生地も焼いてちょうだい」

お嬢様に言われるままに焼きあがったお菓子を皿に移して、今度は卵の白身で作った生地を焼く。ていうか、すっげえいい匂いなんだけど。貴族の子供のおままごとなのに、もしかして美味しいのか!?

「少し冷めたかしら？」

お嬢様は俺が止める間もなく、皿に載ったお菓子をぱくりと食べる。もしおかしな味で腹とか壊したら大変だから、まずは俺が食べてみせるつもりだったのに！

「……うーん、オーブンの癖を摑んでからでないとスポンジ系はまだ難しいわね。先に冷菓から極めるべきかしら」

サクサクと良い音をたててお菓子を食べるお嬢様は何やら考え込んでいる。

「あ、ごめんなさいね？　オスカーも食べてみる？」

「……はい、いただきます」

俺は覚悟を決めて1枚を口に入れたが、バターの焼けた良い香りにサクサクと軽い歯ざわり、口の中に広がる香ばしさと甘さ……。

「まだまだ改良の余地があるわね、基本のクッキーからこれだと先が思いやられるわ。あ、オスカー？　ラングドシャもそろそろ焼けると思うのよ、出してちょうだい」

「オスカー？　大丈夫ですか？」

俺の目の前でお嬢様が手を振っており、俺ははっと我に返る。

「は！　申し訳ありません！　とても、ものすごく、最高に美味しいと思うのですが、まだ改良の余地があるのですか!?」

「いくらでも改良の余地がありますよ。でも道具も満足に揃っていないし……お菓子だけでなくお料理も……先は長いですね」

お嬢様は次に焼きあがった卵の白身の方の焼き菓子も食べてみたあと、残りは料理人たちで食べていい、と言い残して出て行ったが、遠巻きに俺たちを見ていた他の料理人たちがわらわらと寄ってきて置いていったお菓子を口に入れる。

「お前、いくらお嬢様が相手だからって、とても、ものすごく、最高に美味しいはないだろう、現実をしっかりと教えてやらないとまたこっそり来たらどうするつもり……て、うおっ!? なんだ、この味!?」

「……今まで俺たちが作ってきたお菓子はなんだったんだ……?」

「これが基本で、まだまだ改善の余地があるのか……?」

お嬢様が置いていったクッキーとラングドシャというお菓子は一瞬でなくなった。

それからもお嬢様はちょくちょく厨房にやってきた。

クロワッサンというバターをたくさん使ったパンを焼いた時は、それまで主にパン焼きをしていた料理人が泣いた。

ハンバーグにグラタン、パスタにピザ、クリームシチュー、オムレツにフライにコロッケ、ハヤシライスにビーフシチュー、プリンにアイスクリームにパイにタルトにパウンドケーキ。お嬢様に言われるままに作った料理やお菓子は、どれも似たような料理があるのに味は全然違ってて、お菓子に至っては見たこともないようなのばっかりで、これまで公爵家の料理人だと鼻を高くしていた俺たちは全員その鼻を根本からへし折られた。

お嬢様は厨房に来る度に、料理を作らせる対価だと言って俺たちに読み書きや計算を教えてくれた。最初は勉強で習ったことを披露したいんだろう、なんて思ってた俺たちだったが、教えてくれた内容はとてもじゃないがそんなんじゃなかった。

「平民の識字率を上げないとね、とりあえずお父様に相談して公爵領に学校でも作ろうかしら」

「お嬢様、よっぽど金持ち以外は平民は字を読めないのが普通ですぜ、数字くらいは買い物するのに覚えますがね」

字なんか覚えるのは面倒くさい、と言っている料理人が笑いながら言う。俺は爺さんに公爵家で働くならと言葉遣いを厳しく躾けられたが、基本的に仕事は平民同士でしか話さないから、ちょっと下町の乱暴な言葉遣いの奴もいる。お嬢様も別にそれを咎めたりはしない。

「識字率の向上は治安の向上にも繋がるのですよ。文字が読めると騙される人も格段に減りますし」

「なんで字を読めたら騙されなくなるんで？」

「たとえば何かの契約の時に、自分で契約書を読めればおかしなことが書いてあればわかるでしょう？　公爵家の3倍の給料を出すからと言われて公爵家を辞めて別の家に行ったものの、契約書には3分の1と書かれていて泣き寝入りとか嫌でしょう？　計算も同様です。数字を読めるだけなのと、4桁、5桁の暗算ができるのとでは買い物の際にお釣りをごまかされたりするのを防げるでしょう？」

「……なるほど、そりゃそうだ」

契約書を使っての契約なんて滅多にないが、するとなったら信用できる字を読める奴に読んでもらってサインしてもらわないとならんしな、だから代筆屋なんて高い料金とる職業もあるんだし。

それに実際公爵家の料理人は引き抜きの声がかかることが多い。もともと他家よりも美味しいと評判だったのが、お嬢様が指示を出すようになってからは絶賛されるようになったからだ。ただ、

2倍だろうと3倍だろうと他所に行く気のある料理人は誰一人としていなかったが。お嬢様の料理を作ってると、自分がまだまだ未熟で他所に引き抜かれるような腕じゃないのを実感するんだよな、それに他所になんて行ったらお嬢様の新しい料理が作れないし食べれないじゃないか。どう考えてもお嬢様はまだまだたくさんの料理を知ってるんだ。

「読み書き、計算、あと礼儀作法は出世にも繋がりますからね、覚えておいて損はありませんよ」

幸運が舞い込むと言われて高い壺を買わされたり、遠くに住んでいる親兄弟が危篤だと言われて金を騙し取られたりしないように、とお嬢様は笑っていたが、実際それを笑えない目に遭ったことのある奴はちらほらいたようでなんだか蒼褪めていた。

ていうか、なんで公爵家のお嬢様が下町の詐欺の手順なんか知ってたんだろうか？

厨房に通ってるのがばれてはご当主様に怒られていたようだったが、お嬢様の指示で作られる料理やお菓子のあまりの美味しさに、ご当主様は見て見ぬふりをすることに決めたようだ。絶対にお嬢様が考えていると他所に漏らすなと厳命された。

「あら、私が厨房に来るのはきちんとお父様と交渉して勝ち取った権利なのですよ。お勉強もせずに厨房に遊びに行くなんて！　と怒られたので、お勉強はきちんとしていますから、と普段の成果を披露した結果です」

「普段の成果って何ですか？」

このお嬢様は見た目はものすごく綺麗だが、話せば結構気さくで面白いし、貴族と平民の身分差も特に気にしていないし、しかも考える料理もお菓子も絶品だし、俺たち料理人は将来お嬢様が王妃になって城に移った時、誰が一緒に料理人として付いていくかで今から争っている。

「まずは語学ですね。とりあえず10言語を使えるようになりました。この国の貴族と周辺諸国の貴族の名と特徴、この国だけでなく周辺諸国の歴史や軍事、経済状況、各ダンスの振り付けに、楽器はセディール以外に5種、成人までに身に付けるようにと言われていたことは全て身に付けたのですよ、それで余暇をどのように使おうと私の自由だと思いませんか？」

この時お嬢様は10歳、15歳までに身に付けることを既に身に付けたから大丈夫、と胸を張っているが、後にお嬢様が第2王子様と婚約解消した時に俺は思った。

なんでも出来すぎる女を嫁にするのって普通の男はちょっと嫌だよな……。

まあ幸いお嬢様はまるで落ち込んでもいなかったし、むしろ清々した、て感じで嬉々としてセレスティスに留学なんて決めちまったし、公爵邸ではずっと色々我慢してたんだなあ、としみじみ実感するくらい、セレスティスでは毎日楽しそうだ。

お嬢様が婚約解消した時、なんで城からの引き抜きに応じた奴がいなかったんだ、いたらこっそり第2王子の料理に下剤でも盛るよう指示してやったのに！　俺たちの美食の女神と婚約しておきながら解消するなんて！　と料理長を始めとして料理人は皆怒り散らかしたもんだが、肝心のお嬢様が喜んでるからな。

セレスティスでは俺に指示を出すだけでなく自分でも料理しているし、レシピがアルトディシアにいた頃とは比べ物にならないくらい日々増えていて、公爵邸でも本当は自分でやりたかったんだなあ、と思った。

　それにドワーフ族の職人に次々と細かい調理器具の注文を出しているし、魔術具でも色々調理器具作ってくれたし。

　泡立てるのもすり潰すのも大変だったんだよ、ハンドミキサーにフードプロセッサーというものを作って厨房に持ってきてくれた時、俺は感動して涙が出た。

　昔料理長が、お嬢様が大きくなったらきっと女神もかくやという美女になるだろうから、そうしたら美食の女神だな、と言って以来、お嬢様は俺たち公爵家の料理人にとって美食の女神だ。

　お嬢様には、ちょっとくらい貴族の常識から外れたことでも、お嬢様がやりたいことを邪魔せずに見守れるような度量のある男でないとだめだよな。俺たちの美食の女神様が嫌な思いをしないような男でないと。

　でもお嬢様、ものすごく鈍いからな。

　お嬢様と専属契約している冒険者のルナールさんなんて、あからさまにお嬢様に気があるのがわかるのに、お嬢様はまるで気付いてないみたいだし。礼儀は弁えてるし、無理強いするような男じゃなさそうだから護衛騎士のお２人も静観してるらしいけど。

　まあいくら金カードの冒険者でも、冒険者と公爵家のお姫様じゃあ身分が釣り合わないだろうけどな。

　それに学院でのお嬢様の師だというハイエルフ。

　俺は人生でまさかハイエルフと遭遇する日が来るとは夢にも思ってなかった。

　ハイエルフって伝説の類じゃなかったんだ……。

エルフ族はお嬢様と専属契約してるエリシエルさんがいるから、そっちは見慣れてるし気さくなエルフ族だけど、ハイエルフって一目でわかるもんなんだ。

正直、エリシエルさんを見た時は、エルフ族は美男美女のはずなのになんか普通だな、と失礼なことを考えたもんだが、よくよく考えると俺はお嬢様の顔を子供の頃から見慣れてるんだよ。

お嬢様の顔って美男美女のエルフ族よりも綺麗なんだな、と実感した。

だけどあのジークヴァルト様の顔は凄まじかった。

お嬢様の顔って、ハイエルフ並なんだ、と思ったね。いや、俺にとって美人の基準がお嬢様になってる時点でどうかと思うけどさ。

それにジークヴァルト様とお嬢様はなんというか、同じような空気を纏ってた。長年連れ添った夫婦が似たような気配を漂わせてるような感じだ。だからこの2人は最初から気が合うんだろうなと思った。

ジークヴァルト様の姉さんだというハイエルフの絶世の美女にも会ったが、そっちは絶世の美女ではあるけれども、お嬢様やジークヴァルト様みたいなどこか浮世離れした雰囲気はなかったから、やっぱりあの2人はちょっと違うんだな、と思った。

でもまあ、あの浮世離れした雰囲気が6つ名特有のものだと言われたら納得だ。

お嬢様と同じ6つ名だったらしいジークヴァルト様は、何故かお嬢様と神殿で2人きりで結婚してきてしまった。あのハイエルフは間違いなくお嬢様のことが大好きだから、お嬢様の料理人の俺としては別にいいんじゃないか？　としか思わないが、お貴族様的にはどうなんだろうな？　まあ俺はアルトディシアだろうと、リシェルラルドだろうと、その他の国だろうと、お嬢様の行くところについて行くだけだけどさ。

結局お嬢様はアルトディシアの中に料理の神ロスメルディアを奉る街を造って、そこをジークヴァルト様と一緒に治めることになったらしい。

城から修行に来ていた料理人たちは、神気？　てやつできらきらしてるお嬢様を見て「ロスメルディアの化身だ！」って言って感動して泣きながら祈ってたが、お嬢様が美食の女神なのは公爵家の料理人にとっては今更だ。

お嬢様が治める街には料理学校を作って、大陸中から料理人が集まるらしい。

料理長はもう年だからといって公爵家を辞めてお嬢様について行って、料理学校で基礎を教えることにしたらしい。だってお嬢様の料理の基礎ってものすごく手順が多くて複雑なんだもんな、他の料理人にとっては全然基礎じゃないぜ。

元々副料理長だった俺が料理長に昇格するという話もあったんだが、俺が20代で副料理長になったのはお嬢様の料理を1番作ってたのが俺だったからだし、俺は一生お嬢様について行くと前から決めてるからな。

「オスカー、そのうち料理の本を書くと良いですよ、印税でとってもお金持ちになれますよ」

「料理の本ですか？　そんなの見たことないですけど、売れるんですかね？」

「ないからこそ売れるのですよ。基礎技術と、あと基本の料理のレシピを載せた本があれば大陸中に売れますよ」

お嬢様に会ってなかったら、俺は今頃公爵家の料理人ではあっただろうけど、字なんか読めなかっただろうし、ましてや本を書けなんて勧められることもなかったんだろうな。

「それ、お嬢様が書いた方が良くないですか？」

「私にそんな時間があると思いますか？」

ないだろうな。

この美食の都ロスメルディアができて3年、本当にここは3年前まで小さな宿屋と冒険者ギルドがあるだけの寂れた村だったのか!?　てくらいの大都市になった。どの種族だろうと食べないと生きていけないからな、大陸中からたくさんの種族が集まって、近くのレナリア大森林に入るために冒険者もたくさん集まって、たくさんの店と宿屋と食事処ができている。

当然、そこを治めているお嬢様も大忙しだ。

昔から早く楽隠居したい、なんて冗談みたいな本音をよく言ってたけど、それこそ楽隠居なんてしてる暇ないだろう、集まってきた料理人や各国の商人が号泣する。

でもまあ、お嬢様は毎日楽しそうだし、それを見ているジークヴァルト様もとても幸せそうだから、楽隠居はもっと先でもいいんじゃないですかね、お嬢様。

エピローグ

料理の神ロスメルディアの名を冠する街を造って10年。

やはり美味しいものに抗える人は少ないようで、各国が総力を挙げて建都に協力してくれたおかげもあって、ここら辺は本当に10年前は寂れた町と村しかなかったのか!? とBefore Afterの写真でも載せたくなるくらいの劇的な変化を遂げた。

老後はロスメルディアに移住したい、と考える貴族や裕福な商人も多いようだ。やっぱり現役をリタイヤした後は、美味しいものを食べて好きなことをして悠々自適に過ごしたいよね、どこの世界だってそれは変わらないだろう。

もともと私は美容グッズや健康グッズもたくさん手掛けているから、美の女神シェラディーナも加護をくれているようで、この街では料理と同じくらい健康と美容への関心も高い。

やっぱりね、年を取ってくると健康と美容は切っても切れなくなってくるのよね。私も前世では30代前半くらいまでは好きなように食べてたし、サプリとかに興味はなかったんだけど、40過ぎたくらいから新陳代謝の衰えを感じて、そうか、子供の頃はなんでおばさんたちは皆あんなにサプリが好きなんだろう、と冠婚葬祭等で親族が集まると思っていたものだが、自分がおばさんと呼ばれる年になると理解できたぞ、と思ったものだ。おばさんたちがスカーフを首に巻くのが好きな理由とかね、首と手と膝には如実に年齢が出るんだよ。女子力イコールアンチエイジングである。

美味しいは正義だけれど、暴飲暴食はいけないし、肥満は健康に悪い。

幸い、この街を治めている私と夫が美の化身（笑）とか言われるくらいに見た目が良いので、美食を愛する方々にも美味しく美しく健康に、という私のモットーは受け入れられているらしい。

私も現在28歳、女が1番美しいのは27、28歳である、と前世ではいわれていたから、これを過ぎてからはどんどん衰えていく一方である。ただ私は年を取るというのは別に嫌ではない。それだけの年数無事に生きてこられたということだしね、老化もまた人生である。今世ではこんな絶世の美女に生まれついたが、前世は平凡顔だったし、来世があるのなら次はどんな容姿かわからないし。

所詮顔の美醜なんて皮一枚の問題である。しかも自分の顔なんて鏡でも見ないと見えないのだから、常に傍にいる伴侶の顔は眺める分には綺麗にこしたことはないが、自分の顔は割とどうでもいい。

常に年相応に美しくありたいとは思っているが、若作りをするつもりはない。

私に可愛いおばあちゃんは無理だと思うので、美しく上品な老婦人を目指している。

まあ、それも私の夫が私の容姿にまるで執着がないからこそ、言えることなのかもしれないけれども。

私はジークヴァルト様の顔が好きだが、彼の方は本当に私の容姿はどうでもいいらしい。種族的に絶世の美形ばかりだと、逆に顔の美醜なんてどうでもいいのかもね。

「セイラン・リゼル、そろそろ出発の時間だ。取りやめるのなら私はそれでも構わないが」

「取りやめませんよ、行きましょう」

今日はこれからリシェルラルドへ行くのだ。もともとアルトディシアとリシェルラルドは隣国だから、それほど距離はない。遊びにおいで、とアナスタシア様に言われてから10年も経ってしまった。いや、ハイエルフの感覚では10年くらいさほど長くもないのだろう。

「別に私は無理に行かなくてもいいのだがな」

ずっと一緒にいるとわかるが、ジークヴァルト様は何事も割と尾を引くというか、根に持つ性格である。だからこそ400年以上もずっと神気を引き摺っていたのだろうけれども。

今回リシェルラルドへ行くのも、心の整理ができたら、と言ってから10年もかかってしまった。ハイエルフにとっての10年は短くても、今のジークヴァルト様の寿命は私と一緒なんだから、今までみたいにのんびりしてたらあっという間に死んでしまうよ。もともと私は前世から竹を割ったような性格と言われてきたのだ。

「ならここで留守番していてくださっても結構ですよ、私1人で行きますので」

そう言うと拗ねたように後ろから抱き締めてくる。相変わらず可愛い人、いやハイエルフである。

「行こう。いや、わかっているのだ、私もいつまでもリシェルラルドに背を向けているわけにはいかないことは」

溜息を吐く夫と共に馬車に乗る。

まあ私もね、いくら自分の容姿にさほど拘りはないとはいえ、超絶美形揃いのハイエルフの集団に会うのに、この先自分が年老いてよぼよぼになってからというのは、少しばかり遠慮したいのだ。

国が変わればもちろん街並みも変わる。

アルトディシアは前世のフランスっぽかったし、セレスティスはチェコのようだったが、リシェルラルドの建物はなんだかイスラミックだ。そして私は前世から美しいイスラム建築が大好きである。

そして見えてきた王城は、ブルーモスクだった。マレーシアでなくトルコの方ね。森の中に高い尖塔がいくつも建ち並んでいて、テンション上がる。

「楽しそうだな」

馬車の窓から街並みを眺める私にジークヴァルト様が声を掛けてくる。

「ええ、とても美しい街並みではありませんか」

「そういえば君は建築物も好きだったな、君の前世はとんでもなく多趣味だ」

多趣味というか、器用貧乏というか、下手の横好きというか、とにかく興味のあることは片っ端からやっていたのは確かだ。しかも途中でやめないからどんどん増えていくんだよね。前世のことを聞きたがったジークヴァルト様に、色々話していたら呆れられてしまった。ひとつのことを極められるような天才ではなかったから、多方面に秀才を目指した結果なんだよ。

「セイラン・リゼル様、よくきてくださいましたね。ジークヴァルトも。長旅で疲れたでしょう、こちらへ」

城に着くとアナスタシア様が迎えてくれた。非公式の訪問だから大々的なお迎えはない。公式訪問なんて面倒だからしたくない、とジークヴァルト様が言ったからだ。確かに公式訪問だと、夜会とか社交とか面倒だしね。

「フォルクハルトが貴女に会うのをとても楽しみにしているのですよ。明日のお茶会に招待しても大丈夫ですか？」

「はい、勿論ですわ」

王に会うとか緊張するけど、公式訪問じゃないからまだ気が楽だね。まあ、義兄に紹介されるということなんだけれども。

「よろしければ明日までに解凍して、お茶会の席で出してくださいませ」

手土産の冷凍お菓子箱を渡す。冷凍されたものを、冷蔵で解凍するというのもこの10年で周知されたように思う。

今は春なので、桜（この世界では桜という名ではないけれども）のスイーツの詰め合わせだ。ロスメルディアには近くのレナリア大森林に木があって咲いていたけど、他の国に咲くのかどうかは知らない。まだロスメルディアから他国へは出していないお菓子だ。

「まあ、もしかして新作ですか!?　楽しみですこと！」

アナスタシア様が軽やかに笑う。

リシェルラルドからも毎年エルフ族の料理人が留学してくるから、この国の料理事情もかなり変化していると思うんだけどね。

今日はゆっくり休んで旅の疲れを癒すようにとアナスタシア様が言って客室から退室されると、

ジークヴァルト様が溜息を吐いた。

「ジークヴァルト様、大丈夫ですか？　やはりリシェルラルドにいるのは辛いですか？」

もともとジークヴァルト様は、この国を嫌ってその感情で天変地異を起こさないために出奔したのだ。いくら400年以上経っているからといって嫌悪感が消えるとは限らない。抑えるのが辛いようならば、予定を繰り上げて早々にロスメルディアに帰るつもりだ。

「いや、大丈夫だ。逆に何も感じないことに驚いている。もう、それだけの時が過ぎたのだな……」

ジークヴァルト様は小さく微笑むと私を抱き締めた。

「私がこの国に帰ってこられたのは君のおかげだ。父上と母上たち、アルトゥール兄上の墓参りにも行けるだろう。君がいなければ私はきっと死ぬまでセレスティスから出ることはなかっただろう……」

生まれ育った故郷をずっと嫌ったままというのは辛いよね。私がきっかけだとしてもジークヴァルト様が乗り越えることができたのなら良かった。

翌日、お茶会の席でアナスタシア様から紹介されたフォルクハルト様というのは、ジークヴァルト様の目が銀色になっただけの、まるで一卵性双生児のようにそっくりだった。いや、身に纏う雰囲気は違うのだけれども、黙ってると本当にそっくり。

「堅苦しい挨拶は必要ないよ、私のことは是非お義兄様と！」

「初対面で何を言っているのです、フォルクハルト！」

「そうです、フォルクハルト兄上、セイラン・リゼルが面食らっているではありませんか！」

……リシェルラルドの現王陛下はプライヴェートでは割とフランクな性格だったらしい。今度お父様やお兄様に教えてあげよう。

「姉上は身軽にジークヴァルトに会いに行っていたからいいだろうけど、私は王座に在る限りこの国から出られないのだから、この先また会えるかどうかもわからない弟夫婦ですよ？　少しくらいいいでしょう」

「ロスメルディアに行ってみたいから、息子に譲位するとか言っているくせに何を言っているのです」

アナスタシア様が呆れたように鼻で笑う。ここの姉弟は全員異母姉弟らしいけれど、仲は良さそうだ。だからこそジークヴァルト様は４００年前傷付いたんだろうけど。

「フォルクハルトのことはいいですから、持ってきてくださったお菓子のことを教えてくださいな。本来ならばお茶会のお菓子はこちらで用意しなければならないのですけれど、貴女のお菓子に勝るものはありませんもの」

テーブルの上には、私が手土産に渡した桜シリーズが全て並べられている。

「こちらはロスメルディア近郊に群生している木に春に咲く花を使って作製したお菓子です。ロスメルディアでは桜シリーズと呼んでいまして、まだ他国へは輸出しておりません。桜マカロン、桜ロールケーキ、桜シフォンケーキ、桜と白餡のパウンドケーキ、桜ミルクプリンとなっております。

ミルクプリンは酒精が強めとなっております」

「リシェルラルドには生えていない木ですね、とても可愛らしい花ですこと」

「君が季節毎にお菓子を送ってくれるので、私もすっかり口が肥えてしまったよ」

いつも高級茶を送ってくれるので、お返しに送っているだけだ。夫の親族だしお中元やお歳暮の感覚である。

「私はこのミルクプリンが好きなのです」

お酒の国ヴァンガルドが作っている日本酒もどきで作製したミルクプリンは、ジークヴァルト様のお気に入りである。

「このサクラシリーズは他国へ輸出しないのですか?」

「花を塩漬けにしたり、蜜漬けにするのに手間がかかりますので、生産数が少ないのですよ。塩漬けの花にお湯を注いで飲んだりもしますけれど」

「君はこの花とライスを一緒にジンジャーで炊いたりもしていただろう? 花見をしながら食べたが、あれは美味だった」

桜ご飯は前世から新春と春に炊く私の季節料理のレパートリーである。俵型に握って、桜の塩漬けを一つずつ飾って、お花見弁当にして食べるのだ。ジークヴァルト様が炊飯器も作ってくれたし。

「いいなあ、ジークヴァルト、其方毎日幸せそうだな」

フォルクハルト様が、ジークヴァルト様を目を細めて見遣る。

「ええ、毎日とても幸せですよ」

ジークヴァルト様が何の衒いもなく答え、アナスタシア様とフォルクハルト様がそれは嬉しそうに微笑んだ。この姉兄は本当にジークヴァルト様のことを案じてくれていたのだろう。

今回のリシェルラルド訪問の目的はお墓参りである。

ジークヴァルト様のお父様とお母様たちが亡くなった時もジークヴァルト様は帰国していないそうだから、それはしっかりお参りしておかなくてはね。それに髪一筋残さずに雷に焼かれてしまったので、遺品だけが納められているというアルトゥールお兄様のお墓も。王城の奥まった場所にあるという王族のお墓に案内してもらう。

何も言わずに静かに父親のお墓の前に佇んでいるジークヴァルト様の後ろ姿を、少し離れて眺める。実母はエルフの愛妾で、ハイエルフの正妃たちを母親として育ったと言っていたから、親子関係のことはよくわからないけれども、姉兄との関係を見ている限り家族仲は悪くなかったんだろうな。

「すまない、セイラン・リゼル、アルトゥール兄上の墓は特殊だから、少し違う場所にあるのだ、付き合ってくれるか?」

神の雷に焼かれたというういわば罪人だから、当時この王族専用の墓に遺品を納めるのもひと悶着あったらしく、ジークヴァルト様が押し切った形で埋葬させたらしい。

あまり日の当たらない場所に小さな苔むした石碑がある。

「アルトゥール兄上、来るのが遅くなって申し訳ありません……」

ジークヴァルト様が石碑の前に跪く。

ああ、あれだ。唐突に前世の曲を思い出した。

私のお墓の前で泣かないでほしい、と歌う曲だ。普段なら前世の曲を歌ったり弾いたりする時には、編曲して歌詞も変えるのだけれども、この場では原曲そのままが相応しいだろう。

「セイラン・リゼル？」

いきなり歌い出した私にジークヴァルト様が振り向くが、6つ名が神の器だというのなら、神様たちももうこの可哀想な兄弟を解放してあげてもいいではないか。

ぽつり、と石碑の上にジークヴァルト様の涙が落ち、その場から次々と石碑の周りに花が咲いていき、いつしか石碑の周囲は花が咲き乱れていた。

そして残滓のように残っていたジークヴァルト様の神気も完全に消えたようだ。

〝…………〟

誰かが私に話しかけてきた気配がしたが、そのまま風になって消えてしまう。

「……その曲は、君の前世の曲か？」

「ええ、そうです。とても、優しい曲でしょう？」

「ああ、そうだな。とても、優しくて、切ない曲だ……」

よしよし、と私を抱き締めるジークヴァルト様の頭を撫でると、小さく笑う気配がする。

ああ、なんか予感がする。

この10年できなかったから、種族の違いもあるし私たちに子供はできないのだろうと思っていたけれど。

帰ったら産着の準備をしなくては。それに離乳食のレシピだ。

この世界にはハーフという概念はなくて、他種族と結婚したら生まれる子供は両親どちらかの種族になるから、前世の物語のようにハーフエルフは迫害されるということもないから安心だ。

孫の顔とまでは言わないけれど、せめて成人した姿くらいは見たいからできれば人間族がいいな。

やれやれ、街のことが落ち着いてきたと思ったら今度は子育てか。これぱっかりは前世でも経験がないからなあ。楽隠居はまだまだ遠そうだ。

でもまあ、それもきっと楽しいだろう。


人間族か、ハイエルフかわからないけれど、きっと生まれてくる子は私が会ったことのないアルトゥール様によく似た男の子に違いない。

時間よ止まれ

私はずっと何故自分がいつまでも生き続けなければならないのか疑問だった。

6つ名を与えられた者に課せられた役割がその場を安定させるための重石であり、有事の際の神の器であるのなら、私はどちらの役目も満足に果たせなかった不良品だ。

本来リシェルラルドの地を安定させるために6つ名を与えられたというのに、逆に天変地異を引き起こし、それを鎮めるために女神リシェルラルドをこの身に降ろすのに3年もの時がかかり、その間未曽有の大災害がリシェルラルドの地を襲った。

女神リシェルラルドは、3年もの間放置したのは神の器である私を蔑ろにしたリシェルラルドの地への罰だと言い、身の程知らずにも6つ名を与えた者を蔑ろにする地にはこうして罰を与えることがあるのだと言っていた。

〝我らの器として定めた者には、何不自由なく穏やかに過ごさせるよう命じているというのに、時折それを蔑ろにする者がいるのです。腹立たしいこと〟

神々によって感情を制限された我らを心から大切にしてくれる者などそうはいないのだが。信仰の対象として神殿に在るというのなら別だが、神殿もまた感情ある者たちの住まう場所だ。我らの存在を面白く思わない者も存在する。

ある時は、王の愛妾が正妃であった6つ名を害し、その地を大地震が襲った。

ある時は、神殿の奥で静かに暮らしていた6つ名を神官が凌辱し、その地を大津波が襲った。

そういった経験則から、どこの国も6つ名の扱いをどんどん厳しく定めていくようだ。そうやってあらゆる害意から退け、国のためにあれと幼少時から暗示をかけ続けることで、神々による感情制限も相まって成人する頃には自我などほとんどなくなっている。

いっそ痛みや苦しみなど感じる間もないほどにあっさりと殺してしまえば、6つ名が感情を揺らして天変地異に繋がることもなく、神々も不慮の事故で6つ名を与えた者が消えたと判断して、次の6つ名を与える者の選定に入るだけなのだが。

アルトゥール兄上も、私の名だけを奪おうなどと迂遠な真似をせずに、さっさと殺してくれれば良かったのだ。そうすればリシェルラルドの地も無事だったし、アルトゥール兄上も神々の雷に焼かれて死ぬこともなかっただろうに。

私が人間族や獣人族であったなら、これほど長い時間を無為に過ごすこともなかったであろうに、ハイエルフの身ではまだまだ先は長い。神の器として選ばれてしまったこの身は病を患うこともなく頑健だ。

私の目に映る世界には何の色もない。

何を食べてもほとんど味を感じぬし、何を聴いてもただ耳を素通りしていくだけだし、夜もほとんど眠れない。

そうしてぼんやりと４００年ほどの時が過ぎ、私の前にセイラン・リゼルが現れた。

ああ、これは女神アルトディシアの器だ、と一目見てわかった。

何か問題が生じて周囲の者たちに連れられて私のところにやってくる６つ名は時折いたが、自分から留学生という立場でこの地の私の下にやってきた６つ名は初めてだ。私のように感情制限が緩んでしまっているわけでもないのに、珍しいことだ。今思えば、あれは私が初めて他人に興味を抱いた瞬間だったのだろう。

セイラン・リゼルの手土産のお菓子は、実に４００年以上ぶりに私がしっかりと味を感じた食べ物だった。

たまたま珍しいお菓子だったからかとも思ったが、そうではなかった。

それからもセイラン・リゼルが持ってくる食べ物はどれも味がした。だがそれはセイラン・リゼルが一緒に食す時だけで、セイラン・リゼルが私の前からいなくなると途端に、それまで美味だったお菓子はぼんやりとした味になる。

私は困惑した。

ローラントもシェンティスも、セイラン・リゼルの手土産はどれも絶品だと絶賛するから、私が美味だと感じているのはおかしくはないはずなのに、何故彼女がいなくなった途端に味がなくなるのだろうか。これまで何人かの６つ名と会い、共に食事をしたこともあるが、このような現象は初めてだ。

食べ物だけではない。

セイラン・リゼルが私の前に現れてから、私の世界には色が付いた。

セイラン・リゼルが傍にいる時だけ、私は生きていることを実感する。

この４００年、私は死んでいたようなものだった。ただ時間が過ぎ去るのを待ち、時と共にこの身が朽ち果てるのを待ちわびていただけだったのだ。


私の妻となってくれたセイラン・リゼルが隣で静かに寝息を立てているのを眺める。

人間族の彼女の日々の眠りはハイエルフの私よりも深くて長いし、体温も私より高い。

なるほど、種族も年齢も生まれ育った環境も違うのだから、結婚して一緒に暮らしていくためには色々とすり合わせが必要だ、と彼女が言っていたのにも頷ける。

私は自分が誰かと結婚などする日がくるとは思ってもみなかったから、ましてやそれが他種族だったのだから、種族による違いなど考えてみたこともなかった。

寿命も食生活も睡眠時間も何もかも違う。

私は全て彼女に合わせるつもりだが、寿命が短くなって少しだけ惜しいと思うことがある。かつてはあれほどに死を望み、時間が疾く過ぎるのを切望していたというのに。


「どうしました？　ジークヴァルト様。私の顔に何か付いていますか？」

私の最愛の妻は先日35歳になった。初めて出会った時は確か16歳だったから、約20年ほどの時間を共に過ごしているが、外見はずいぶんと変化したように思う。ハイエルフと人間族の私たちの間に子が出来るとは思ってもみなかったが、私たちの間に産まれた息子はアルトゥール兄上によく似た金髪に金色の眼をした人間族で、先日洗礼式で5つの名前を神々より与えられた。人間族の子供の成長というのは恐ろしく早く、毎日の成長に目が離せない。ほとんど姿の変わらないハイエルフの私とは違い、人間族の妻と息子は日々姿を変えていく。

姉上が以前言っていたな。人間族や獣人族は、その短い寿命をまるで燃えるように生き急いで、あっという間にいなくなってしまう。だが、その1年草のように一夏を咲き香るような美は、生きることに飽いてきたハイエルフの身には些か眩しすぎると感じることがある、と。正にその通りだ。

「いや、君は今日もとても美しい。人間族の時間が過ぎるのはとても早いと実感していただけだ。かつて私は時間など早く過ぎ去ってしまえば良いと思っていたのだが、今は毎日この時間が止まれば良いと思う。君が傍にいてくれるだけで、世界とはこんなにも美しいものだったのだと実感する」

「あらまあ、ほほほ」

セイラン・リゼルがおかしくて堪らない、という風に笑い出す。

「私はそんなにおかしなことを言っただろうか？」

笑い止んだセイラン・リゼルが私を見上げてその両手で私の頬をそっと包む。

「私の前の世界で有名な言葉を言われたからおかしくなっただけですよ。時よ止まれ、お前は美しい。悪魔に魂を売ったとある学者の言葉ですわ。人生の最高に素晴らしいこの瞬間が、永遠に留まれとの願いから口にしたと言われています」

人生の最高に素晴らしい瞬間か。

まさにその通りだ。私は今毎日がとても幸せで堪らない。

今この時が永遠に留まれば良いと願うほどの幸せを毎日実感することができるなど、かつての私には想像もつかなかった。

そうだな、時は止まらなくて良い。セイラン・リゼルと一緒ならば、昨日よりも今日よりも明日はもっと美しい1日が待っているだろうから。

あとがき

こんにちは、砂都千夕です。

この度は「婚約解消のち、お引越し。セイラン・リゼルの気ままで優雅な生活。2」をお手に取っていただき、ありがとうございます。

1巻だけで打ち切られたらどうしようと内心怯えておりましたが、無事本編が完結して嬉しいです。


2巻では一般的な6つ名持ちとは少しばかりずれているジークヴァルトとセイランの保護者として苦労してきた、アナスタシアとファーレンハイト視点の閑話をところどころ入れましたが、この2人は今後もちょくちょく振り回される運命です。特に常識人で苦労人のセイランのパパンは大変です。

この世界は本の中の話ではないか、ともう1人の異世界転生者のユリアが言っていますが、正確にはジークヴァルトがセイランに語った、時々波長の合う者がいて夢でこの世界を訪れたり、違う世界の記憶を持って生まれる者がいる、という方が正しいです。ユリアが前世で読んだ本は、夢でこの世界を訪れた人がゲームクリエイターとして制作した乙女ゲームのノベライズ、というのが正解です。なので色々と似て非なる世界です。

2巻の表紙は、神殿でジークヴァルトの頭をナデナデするセイランです。この2人の今後の関係が一目でわかると思います。背表紙でルナールが普通にご飯を食べているのがなんだかシュールで笑ってしまいました。

あんべよしろう様、ありがとうございます。

もし3巻を出していただけることになれば、3巻はアナザーストーリーといいますか、ifストーリーでして、ルナールとの話になります。2巻の本編はなかったこととして、ルナールと一緒に行くことになります。シュトースツァーン家には下手すると6つ名持ち以上に細々とした設定があるので、書けると嬉しいです。

最後に、この本をお手にとってくださった皆様に最上級の感謝を捧げます。

2024年11月　砂都千夕

婚約解消のち、お引越し。
セイラン・リゼルの気ままで優雅な生活。②

発行 ―――― 2024年12月2日　初版第1刷発行

著者 ―――― 砂都千夕

イラストレーター ―――― あんべよしろう

装丁デザイン ―――― 村田慧太朗（VOLARE inc.）

発行者 ―――― 幕内和博

編集 ―――― 筒井さやか

発行所 ―――― 株式会社アース・スター エンターテイメント
〒141-0021　東京都品川区上大崎 3-1-1
目黒セントラルスクエア　7F
TEL：03-5561-7630
FAX：03-5561-7632

印刷・製本 ―――― 中央精版印刷株式会社

ISBN 978-4-8030-2037-3